中国文化视野下的
奥斯卡·王尔德
研究

赵峻／著

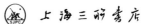
上海三联书店

谨以此书献给

我的父亲赵盛喜　母亲张世芹

一路行来相遇的良师益友

陪伴我的挚爱家人

所有失意的和有福的人们

目　录

导　论

一、中国文化视野之定位

作为周氏兄弟《域外小说集》的第一篇,王尔德和他的作品从进入中国起,就是在中国文化视野下被欣赏和被研究的。上世纪二三十年代,王尔德对中国现代文学创作产生的显著影响是有时代必然性的,是一代文学青年的自主选择。

上世纪 80 年代至今,中国的王尔德研究硕果累累。总体来说,目前以王尔德为中心展开的王尔德研究(包含对王尔德具体作品的阅读和评析)主要有以下三个方向:

以唯美主义和王尔德本人的文艺观为中心,评析其审美的现代性,分析王尔德各种体裁作品中的唯美主义特点。如乔国强《论王尔德的艺术化批评》(《外国文学》2016:4);李元《唯美主义的浪荡子:奥斯卡·王尔德研究》(外语教学与研究出版社,2006);陈瑞红《奥斯卡·王尔德:现代性语境中的审美追求》(中国社会科学出版社,2015)等。

以唯美主义文艺观与王尔德本人创作的矛盾为出发点,从文化、伦理等多角度分析王尔德作品唯美形式下的思想内涵。如刘茂生《〈理想丈夫〉中的政治伦理与家庭和谐》(《外国文学研究》

2009:3);蒋承勇、马翔《错位与对应——唯美主义思潮之理论与创作关系考论》(《社会科学战线》2019:2);刘茂生:《艺术与道德的冲突与融合》(社会科学文献出版社,2015);杨霓《王尔德"面具艺术"研究》(中国社会科学出版社,2017)等。

综述王尔德研究现状,或唯美主义文艺思潮研究。如张介明《当代西方的王尔德研究》(《外国文学研究》2004:4);赵澧、徐京安《唯美主义》(中国人民大学出版社,1989);蒋承勇、马翔《唯美主义》(北京大学出版社,2022)等。

关涉到王尔德与中国文学、文化相互影响的,主要有两个领域:

其一,唯美主义及王尔德对中国现代文学的影响。如:夏骏《论王尔德对中国话剧发展的影响》(《戏剧艺术》1988:1);解志熙《美的偏至——中国现代唯美-颓废主义文学思潮研究》(上海文艺出版社,1997);肖同庆《世纪末思潮与中国现代文学》(安徽教育出版社,2000);周小仪《唯美主义与消费文化》(北京大学出版社,2002)等。

其二,王尔德与庄子思想的契合。如肖聿《王尔德眼里的庄子》(《东方艺术》1995:4);葛桂录、刘茂生《奥斯卡·王尔德与中国文化》(外国文学研究 2004:4);张隆溪《选择性亲和力? ——王尔德读庄子》(《浙江大学学报》人文社会科学版,2012:3);陈龙《论王尔德的唯美主义乌托邦思想》(《宁夏大学学报》人文社会科学版,2019:4)等。

在这两个领域的中国文学、文化与王尔德之间的影响研究中,侧重点在于影响因何发生与如何影响,对于这种相互影响的意义,及对我们今天中国和世界文化建设的价值的思考还不充分。王尔德研究如何融入中国文化建设这一研究领域还有待开掘。

在本书中,所谓"中国文化视野",并非指能一直援引中国文艺理论去解读王尔德,而是以中国文化作为立足点,在对王尔德的为人、思想与创作与中国文学、文化的相互观照中,思考王尔德其人其作对今天中国现代化建设中的文化发展,有什么意义和启发?在人类文化面临大变局挑战的今天,"文学何为"的问题摆在眼前。要回答这个问题,就不仅要走过去,回归历史语境,了解维多利亚时代的英国和欧美社会文化;还要让王尔德走过来,让他思想和创作中对我们可能具有的启发意义走到我们当下的文化视野中来,激发对中国古典和现代思想精华的新认知,为创造新的中国文化形态及世界文化的未来作贡献。

　　例如,王尔德其人的复杂性,其作品解读的尚待深入,是众所公认的。① 在学术界,唯美主义艺术论、唯美思潮之理论与创作关系的错位与对应、颓废文学和浪荡子、唯美主义与消费社会、唯美主张与伦理实践的悖论、后殖民主义、社会问题剧、审美现代性、面具艺术、《莎乐美》中的女性形象、酒神精神或荒原意象,及它在中国现当代文学中的接受与影响、《理想丈夫》中的政治伦理与家庭和谐、《道林·格雷》的神话原型、乌托邦实验、心理需求层次及同性恋影射……王尔德研究的关键词在不断与时俱进。那么,如能以"知人论世"这一中国传统批评理念,去认知这位具有多样性的作家的本色,当对我们理解他的作品有所助益。

　　当然,中西互识、互证的目的在于互补。中国思想,不论儒家、道家还是佛教,多是落实在人的内在的精神境界,"由上向下落,由外向内收,这几乎是中国思想发展的一般性格"②;这种向内追求有利于人的德性修养以及人类与大自然的和谐共处,在个性多样

---

① 参见陆建德《中文版序》,《王尔德全集》第1卷,荣如德、巴金等译,北京:中国文学出版社,2000年,第32—33页;赵武平《世纪末的王尔德》,《王尔德全集》第6卷,常绍民、沈弘等译,北京:中国文学出版社,2000年,第821页。
② 徐复观:《中国人性论史》,上海:华东师范大学出版社,2005年,第222页。

化发展及社会进步方面则促进不够。这是中国现代文学接受王尔德的内在动因。西方文化近现代以来的浮士德式的世界观,追求自我在无限中新的个人体验,向自然挑战,力争成为自然的主人,以不断进取的姿态改变着人类历史进程;却也面临极端个人主义带来的伦理问题及唯工具理性引发的生态灾难。唯美主义的审美现代性及王尔德的作品正是对此警醒并反思的。这是王尔德欣赏庄子的内因。

这就是本书意义上的中国文化视野——在中国古典文论与哲学文化思想与王尔德其人其作的研究中不停往返,相互观照,既加深对王尔德的理解,也加强对中国古典传统中宝贵经验的理解和开拓性承继。而认知诗学给我们连贯思考这二者打开了通道。

二、研究方法与范围

本书以认知诗学作为总体理论框架。狭义的认知诗学由鲁文·楚尔开创。结合脑神经学、语言学和心理学等学科的实验研究成果,从阅读主体的认知心理和感受来对文学解读方式及效果展开研究。在此基础上后续发展起来的"广义认知诗学",是"以认知科学为理论基础,尤其是以认知语言学和认知心理学的基本原理与方法论为指导,对文学进行研究的一门新兴交叉学科。……涵盖了文学理论、文学史和文学批评在内的整个文学研究领域"①,也即"文学的认知研究"。

认知诗学研究"在形式主义批评和印象式批评之间建起一座

---

① 支宇,赵越:《"心智转换"与"具身认知"——"广义认知诗学"的两大学科范式与理论进路》,湘潭大学学报(哲学社会科学版),2022(02),139—145。

桥梁"①,对我们探究王尔德对于当代中国文化的意义来说,是比较合适的研究路径。跨学科研究不限于认知诗学范畴,认知诗学研究则必然是跨学科的。本书以广义认知诗学的方法为主,从社会环境与作家、哲学与文学、心理学与文学等方面,以中国文化视野为往返观照点,对王尔德其人及其作品,作跨学科的阐释和研究,探索王尔德思想及中国古典文化中蕴含的当代价值。

随着认知科学的发展,认知的"具身性"得到广泛的关注和认同。"具身认知"是当代认知科学和认知文化研究最为重要的关键概念之一。其核心理念可概括为心智与生命同在,认知和情绪不是两个割裂的系统,"体验……在任何对心智的理解中都处于中心地位"②,也就是说,先验哲学中与身体无关的理性其实是不存在的,"心智天生是亲身的。……是植根于我们大脑和身体的本性以及身体经验的。"③也就是说,曾经被嫌弃不够科学的印象式批评,其个体性、直觉性、涌动性,恰恰是与认知科学的最新发现相互吻合的。个体的直觉活动,是心智活动的必然条件,当然也是文学批评和鉴赏活动的必然状态,虽然并非全部的状态。

文学批评理念与方法的演变,不可能是与社会文化隔绝而自生的。具身性认知科学的观点,也是与西方文化中个体意识的张扬彼此呼应的。"许多20世纪的文学批评理论都起因于对基督教神学的质问和怀疑。"④这一论断并非夸张。事实上,不但西方现

---

① 何辉斌:《为形式主义与印象式批评搭建桥梁的认知诗学——论楚尔的〈走向认知诗学理论〉》,《文艺理论研究》,2015(04),146—154。

② 埃文·汤普森:《生命中的心智:生物学、现象学和心智科学》,李恒威,李恒熙,徐燕译,杭州:浙江大学出版社,2013年,第12页。

③ 乔治·莱考夫,马克·约翰逊:《肉身哲学:亲身心智及其向西方思想的挑战》(一),李葆嘉等译,北京:世界图书出版有限公司北京分公司,2017年,第3—4页。

④ 吴允淑:《现代语境下的基督教与西方文学》,见《多边文化研究》第二卷,北大比较文学与比较文化研究所编,北京:新世界出版社,2003年,第338页。

代文学的社会大背景是神缺席后现代人的生存状况，西方近现代文化的大背景都是如此——基督教式微与人的个体意识的勃兴正是这种文化变迁的一体两面。对应的，文学创作也反映出在这种社会变化中，人们伦理思想与主体认知观念的相应变化。

对个性的肯定和追求是西方近现代文化发展和文学创作中的一条主线。随着科学特别是心理学的发展，人们对个人主体性的认知也是不断发展的——从对个体主体理性的肯定，到对个体主体性的多样性的肯定，再到对认识论的主体概念的怀疑。与此相伴随的，西方现代文学以"瞬时性"的真实观或美学观，对传统现实主义文学的真实与典型论进行了革命。现代哲学家和文学家相信自己提出的真实观才是更真实的，比如伯格森或者弗吉尼亚·伍尔夫。至后现代，真实本身的存在成为一种悬置，西方近现代文化对个体意识和个性自由无限制强调的结果是，走到了问题的反面：在拉康和福柯对主体镜像构成与社会规约的揭示之后，统一、自主的先验人道主义主体概念堕入"主体性的黄昏"①，以福柯和德勒兹为代表的后现代思想家推举一种个体艺术性流散生存状态，以便尽可能从固化的意识形态或规训的社会机制中脱离而得自由。

王尔德的成长和创作期恰恰处于新旧世纪之交，各种思想冲突汇聚之时。值得注意的是，王尔德曾是佩特"瞬时主义"美学的信徒。这一美学思想以其对人的生存固定内核的摧毁超前性地与后现代精神相通。与上述后现代哲学家不同的是，王尔德不仅在随笔和作品中表现出对个体艺术性自由生存的无限向往，同时也表现出对这种无限自由的质疑。这就是他在他的作品中提出的"边界"问题。

---

① 弗莱德·R. 多尔迈：《主体性的黄昏》，万俊人等译，上海：上海人民出版社，1992年，第22—28页。

　　从这个角度上解读王尔德笔下的道连，思考唯美主义与颓废主义浪荡子的关联，考察王尔德对庄子的接受，就可以发现王尔德从东方艺术，特别是中国古典文化中感触到的，并不仅仅是艺术风格，而是人在社会与宇宙中的生存姿态。唯美主义者，或者说颓废主义浪荡子的"无为"，不仅是一种艺术观，也是生活观和生命观。无所事事作为文化策略，是审美现代性对加速度盲目奔跑的工业现代性的警惕和质疑。

　　本书以中国文化视野为立足点，以跨学科的认知诗学为总体研究框架，以发现王尔德研究中能够汇聚入当代文化建设的价值为目的。主体部分共分五章。第一章：沿用中国古代"知人论世"等批评理念，结合社会文化背景考察王尔德的为人和思想。第二章：细读《道连·格雷的画像》，分析王尔德作品中的伦理新阈值及其警示意义；及其思想对当前时代文化中伦理问题的启示。第三章：从认知主体的自我归类心理出发，研究中国现代戏剧对《莎乐美》的接受及王尔德对庄子的接受和误读。第四章：王尔德海洋文学研究，概述王尔德的海洋文学书写；以《打鱼人和他的灵魂》为中心，分析王尔德海洋书写中的伦理价值与生态隐喻。第五章：以"缺省"概念，概括王尔德戏剧与中国古代戏曲的共性；以《认真的重要》与《西厢记》的交互映照，彰显它们各自的艺术成就。以"全子"概念生发"全子主体性"概念，肯定作家和批评者作为认知主体的独立性和创新能力；以中国古典文化精华，矫正西方主体性衰微的精神颓势，提倡焕发生机勃勃、火尽薪传的人类文化信心。

第一章

重构认知脚本：
认真对王尔德是重要的

> 那些实现自我的人，所有人类都在他们身上获得了部
> 分的自我实现。

——王尔德

脚本理论尝试统一文学形式和语义，也就是说，把文学形式与文本产生的背景知识两者均视为文本认知过程中的重要因素。斯多克威尔把脚本定义为"一种具有社会文化特征的内在协议"①，也即在一定文化范畴内认知的一种约定俗成的心理图式，这种心理图式在读者的心智中表现为一定的既有的结构。一般来说，对大多数中西方读者提起王尔德，人们脑中浮现的已经形成的认知脚本，主要聚焦于同性恋和唯美主义，对他为人认真、思想超前的一面了解较少。这就是目前关于王尔德其人的普泛的认知脚本的概况。对王尔德为人的全面了解和评判还有待深入。

在受到西方现代文学和文学批评理论的影响之前，中国文学批评习惯于联系作家的时代环境、家庭背景与生活经历，甚至从作家

---

① 殷贝、杨静、陈海兵:《兼容并蓄:融形式分析与文化研究于一体的认知诗学》,成都:四川大学出版社,2017年,第169页。

的体貌性情来理解作家创作作品的主旨和其中蕴含的思想内容。

例如,"知人论世"是中国古代文学批评和鉴赏的核心理念之一。原文如下:"以友天下之善士为未足,又尚论古之人。颂其诗,读其书,不知其人,可乎? 是以论其世也。是尚友也。"[①]此处之友,无疑是精神契合的心灵之友。这段文字虽在论与古人的神交,因其诗,书,人的次第组合,很快就在后世的不断发展下,成为文学与社会密切结合的中国文学批评的主体观念之一,产生了各种流变。后续到现代文学时期,还有鲁迅先生作为这一理念的后援。

鲁迅先生对"就诗论诗"是不认同的:"世间有所谓'就事论事'的办法,现在就诗论诗,或者也可以说是无碍的罢。不过我总以为倘要论文,最好是顾及全篇,并且顾及作者的全人,以及他所处的社会状态,这才较为确凿。要不然,是很容易近乎说梦的。"[②]

在艺术独立性与文本自足性得到充分认识的今天,这种"知人论世"的文学批评理念,如果从西方新批评理论的视角出发,近乎意图谬误与感受谬误。不仅与唯美主义的旨趣大相径庭,而且恰恰正是唯美主义艺术观所反对的。然而,王尔德十分强调批评家(读者)的主观作用。在《〈道连·格雷的画像〉序言》中,王尔德有一段著名的言论:"如果一件艺术品是丰富的、有活力和完备的,那些具有艺术本能的人会看到它的美,而那些比唯美主义者更强烈地看重道德伦理的人将看到其道德教育。它将给懦弱者带来恐怖,不法者将从中看到他们自己的耻辱。对每个人来说它将成为他自己。艺术真正反映的是旁观者而不是生活。"

顺延此思路,以读者反应理论,反观"知人论世"说,对中国古代这一著名的批评理念和批评方式即可作出新的理解。知人论世

---

① 杨伯峻:《孟子译注》,北京:中华书局,1960 年,第 251 页。
② 鲁迅:《"题未定"草》,《且介亭杂文二集》,北京:人民文学出版社,1973 年,第 180 页。

一说，并非只关涉到其诗书、其人、其世三个因素，去感知这一切的，恰恰是第四个因素：读者（思古感悟者）。这与艾布拉姆斯在《镜与灯——浪漫主义文论及批评传统》中提出文学四要素理论，即作品、艺术家、世界、欣赏者，实乃异曲同工。

任何阅读都是不能摆脱"前理解"的，读者解释的角度必然会带来解释结果的不同，对作家作品的认知会形成相应的差异性认知脚本。通过不断的学习和思考，才能扩容"前理解"，更新已经形成的认知脚本。"知人论世"乃不是一个单向的、一次性地走向作者生平的过程，而是一个在读者和作者之间不断往返的动态历程。本书正是在这个意义上尝试重构王尔德其人之形象在中西方读者中曾形成的普泛性的认知脚本的。

过分强调作者对作品的决定作用，会导致对作品虚拟性和艺术性的干扰。但同样毫无疑问的是，那种把作家和读者极端对立，"读者的诞生应该以作者之死为代价"的说法，那种完全忽略经典产生的背景与作家初衷，任由读者解释，或仅作文本内部的分析，也会产生一种谬误，可称其为"自嗨谬误"——批评理路可能相当完美，但有可能与经典本身的历史文化内涵相去甚远，甚至南辕北辙。过分割裂作者与作品的关系，必然导致在对文本内部充分研究的同时，完全割裂了文本与社会的关联，因之导致对文本鉴赏与批评中的某种缺失。所以我们研究王尔德也仍然要回到他的成长环境中去。

正如陆建德先生所言："他一次次声明艺术应该远离当代社会和日常生活，但是我们不可能脱离他的时代背景和生活经历来谈论他的文学创作。"[①]"知人论世"必然是文学阅读或批评的基础路

---

① 陆建德：《中文版序》，赵武平主编：《王尔德全集》第1卷，荣如德、巴金等译，北京：中国文学出版社，2000年，第1页。

径,哪怕是面对形式至上的作家或作品。对于通常被指称为唯美主义代言人或浪荡子代表的王尔德来说,以"知人论世"的方法去走近他的心灵,尽量全面、客观地建立对王尔德为人的认知脚本,对王尔德研究来说,仍然不啻是一个好的开始。

王尔德交游甚广。经历从声名显赫到身败名裂的巨变,他一度成为各种传记写手的对象,关于他的多种传记难免鱼龙混杂。其中,王尔德小儿子化名维维安·贺兰为父亲所写的传记《王尔德》,最为真切,但难免有敬爱之情(难言之隐)。理查德·艾尔曼写的《奥斯卡·王尔德传》就研究性和丰富性而言,为世所公认,虽比较公允客观,但有些判断也难免带有传记作者的主观性。

《王尔德全集》共六卷,第五和第六卷是书信集,这两卷的厚度超过前四卷,可见与朋友通信是王尔德生活中不可或缺的部分。书信是我们了解王尔德所处的时代和判断王尔德为人的第一手材料。通过细读王尔德的书信,可尝试穿越后世研究者赠予他的各种褒贬不一的标签,勾勒出一幅王尔德的精神成长地图,仔细地返回他本身。

第一节　认真对王尔德而言是重要的

王尔德是一个认真读书,也认真讨生活的人。一个从小就对美好事物和情感有着强烈需求,毕生以真诚感情追求自我生命价值的人。认真对王尔德来说是重要的。

一、认真读书

王尔德宣扬无所事事,如在 1890 年 8 月 13 日致《苏格兰观察家报》主编的信中说自己极其懒惰,认为"有教养的闲散是男人适宜的职业"(5 卷 460)。① 就唯美主义艺术观来说,以审美现代性拒斥实用主义与工具理性,这一点已为大家所熟知。就具体的个体生活来说,人首先要解决安身立命的问题,王尔德也不例外。从这个角度来看,王尔德一贯表现出的轻松和逍遥,相当程度上是一种伪饰。

其实他是一个非常好学的人。他先后获得过普托拉皇家学校古典文学金质奖章,都柏林三一学院奖学金和柏克莱金质奖章的希腊文学奖(这个奖是三一学院学生在古典文学方面的最高荣誉②),牛津大学莫德伦学院奖学金,在学位考试和期末考试中都拿到最高等级,成为当时牛津古典文学学生都羡慕的"双料第一"③。他还以《拉韦纳》获得校内诗歌比赛奖,该诗作由学校出资付梓,是王尔德出版的第一部作品。

王尔德牛津期间不仅自己用功,也和好友互勉。1876 年 12 月,在得知沃德获得第二名后,他回信写道:"我亲爱的蹦豆,得到你的信真高兴,你的古典人文学科课程考得这么好,我一直是这么期待的,如今你亲自告诉我,这消息太好了。值得好好读的学科读得这么好,真棒。"(5 卷 45)在这封信中他说,下力气读书不但是为了分数和等级,更是为了"真正光辉而独出心裁的思想"(5 卷 45)。这时就已经显示出他对个体生命价值的思考和追求。

1877 年 8 月写信给沃德,说正在思考关于希腊和艺术这两篇文章,同时因准备古典文学毕业大考向沃德借阅哲学课笔记。在 1878 年,他因为不想刚有机会坐下来看书就要离开牛津而抱歉不

---

① 这里及以下所引用的王尔德书信,均出自赵武平主编《王尔德全集》,北京:中国文学出版社,2000 年版,下文中相关卷册及页码直接用括号标明在正文后面。
② 维维安·贺兰:《王尔德》,李芬芳译,上海:百家出版社,2001 年,第 12 页。
③ 维维安·贺兰:《王尔德》,李芬芳译,上海:百家出版社,2001 年,第 24 页。

能去参加沃德的舞会,并对这个知心朋友倾诉因要思考的东西太多,连阅读的时间都没有(5 卷 81)。

　　在受审期间,王尔德写信请求莱韦森给他带书来(6 卷 13)。1896 年,入狱后,他写给内务大臣的第一封请愿信,就抗议狱中没有合适的或足够的书本,图书馆极其小,藏书极少(6 卷 27—28),并在得到当局允许后先后开过几次书单。他发烧得很厉害却还抱怨"一整天没东西读"(6 卷 77);在《从深处》中他说:痛失所有藏书"对一个文学家来说,这是无可挽回的损失,在所有物质损失中,这是最令我心疼的"(6 卷 98);他又憧憬道:"相信有一年半的时间我不管怎样还是不会饿肚子的。这样的话,即使没写出好书来,至少也可以读些好书。还有比这更令人愉快的事吗?"(6 卷 121)

　　1897 年 4 月 6 日致罗斯的信中,王尔德因面临离婚和财产权问题不胜烦恼,信的后半部分却都在谈论最近读的梅瑞狄斯等好几位作家的作品,并希望朋友们能送书给他,他说:"假如有这么多书等着我,我会觉得真是不胜荣幸了。"(6 卷 201)临出狱前请朋友们帮他置办行李,特别提出旅行筐里要有带子,可以捆住书(6 卷 222)。

　　1898 年 12 月 28 日,已经落魄的王尔德写信给罗斯,因看到罗斯在《每日电讯报》上写的对亨利·詹姆斯的作品《狐狸》的书评,特别想能读到这本书。在贫病交加之前,勤奋阅读是伴随王尔德一生的。王尔德不但是大学古典教育所培养成的博学的知识分子,也是一个终生学习,自觉汲取古今文化知识和文艺创作技巧的思想者和艺术家。他过人的文思其实得益于手不释卷的学习。

二、认真谋生

　　王尔德的父亲于 1876 年 4 月逝世,并没有留下多少可资的遗产。正在读大二的王尔德失去了长久的经济支撑,谋生开始成为摆在他面前的或隐或现的阴影。1877 年,他不再能随意地去罗马,甚至因为要交 42 磅俱乐部入会费而颇感尴尬(5 卷 50)。1878 年,继承父亲某处房产的官司失利,王尔德意识到他恐怕要离开牛津,"去找一份令人厌恶的工作来糊口。这个世界就要把我压垮了"(5 卷 87)。从那以后,经济压力一直伴随他左右,实为世人所识的挥霍奢靡的花花公子的另一面。或者可以说,他成名以后奢华的生活,也可以理解为对之前备受经济压迫的一种精神反弹的表现。

1879 年他致信给知名人物布朗宁,希望他能举荐自己在教育部或学校谋一个有固定酬金的位置(5 卷 103),并不断出现在上流人士云集的场所为自己寻求机会。谋求教职的努力以失败告终。

1880 年,他写信给朋友诉苦,说还没有装修完房间,钱早已花光,"觉得孤独、凄凉和可怜兮兮。我觉得我燃烧完了"(5 卷 117)。1880—1885 年间,由于头两出戏剧都不成功,王尔德陷入捉襟见肘的窘境。去美国演讲,是为了宣传英国的唯美主义思想,还是为了给生活谋一条暂时的出路,恐怕后者占了更多的初衷。年轻的王尔德,靠巡回演讲和给杂志投稿赚钱来养活自己。结婚以后更是勤奋工作以赚取家庭开支。

他于 1886 年结识罗斯,结下终生的友谊。1891 年结识道格拉斯,后者的生活习惯无疑使王尔德经常处于举债的状态。以 1894 年的一封信为例,他希望给道格拉斯寄香烟去,但已在银行透支了 41 磅,店主和仆人也在向他要钱,他身无分文、忍无可忍但无计可施。却还在担心因为自己没有钱,道格拉斯来沃辛后会觉得饭菜寡淡无味等等(听说房子很小,没有书房)。他问:"但是你还是会来的,对不对?至少来一小段时间——直到你厌倦为止。"他感叹道:"我走过什么样的绝望的紫色峡谷啊!幸好这世界上还有一个人可以去爱。"(5 卷 621)同年,当谢拉德牵头麦克卢尔采访王尔德时,他要价 20 磅。当他的喜剧受到欢迎后,他也成功地以抽版税的方式为自己挣了不少钱。

被执行破产后,他曾写信给法国作家协会以保障自己的经济权益(6 卷 52)。1897 年在雷丁,2 月 18 日写信给莫尔·阿迪,主要讨论出狱后如何安排经济生活,那时他很认真地筹划如何偿还欠老朋友的钱,自信有慷慨大方的朋友们相助,只要能恢复创作,即可摆脱窘困。

出狱以后,《雷丁监狱之歌》起初并不像他预计的那样成功,而且他发现自己不能以本名创作了,加之不断遭受各种精神打击,王尔德的创作动力受损。在那以后他的经济状况一落千丈。钱的问题成为他书信中最鲜明的主线之一。

1897 年 11 月 25 日,他在给罗斯的信中写道:"史密瑟斯一直很友好并已寄给我 5 磅。他答应这个星期再寄另外的 5 磅;但是钱还没有收到。"在信的最后一段,他告诉罗斯自己如何对待如今慢待他的昔日好友,末尾他写道:"我明天给你写信,但是以后我买不起邮票了。"(6 卷 474)

究其一生,母亲和哥哥都未能在经济上对他有多少支持。出狱后妻子虽然拨付他一定的生活费,但他并不能合理分配使用。他写信给史密瑟斯说:"我从来都弄不懂数学,而生活现在就是一道数学难题。"(6 卷 529)他与史密瑟斯讨论 1 先令版本的《雷丁监狱之歌》能否畅销的问题(6 卷 556)。1898 年 5 月以后,跟各位朋友各种要钱成为他书信中经常性的内容。如给卡洛斯·布莱克:"假如你能给我 50 法郎的话,那对我来说将是一种无可估量的贡献"(6 卷 560);如给哈里斯:"你能寄 20 磅给我吗? 我身边一个子儿也没有,可我必须付给旅馆老板 15 磅。……假如你能做到的话,那将是大恩大德。"(6 卷 742)本就不擅理财的王尔德几乎不能自谋生路了。

读王尔德全集第六卷即书信卷（下），看他被控告，两次受审，不得不接受破产指控，一切收集的书籍书玩都零落失散；从出狱前的期盼和欢喜到出狱后的孑然一身；甚至看他的《从深处》的自省自诩自恋；都无法冲淡他书信中要钱声不绝如缕的自弃与悲凉。维多利亚英国社会像托尔斯泰笔下的俄国上流社会一样，砌了一道看不见的墙。被隔绝在外的王尔德，丧失的不仅仅是荣誉和天伦之乐，还有自食其力的可能和尊严。

三、认真爱自己和家人

王尔德容易给人们留下轻薄寡情的印象。与对妻子的背弃和对美少年的沉迷这些事实并存的是，王尔德对家人感情深厚，天性中有宽厚善良的底色。在很小的时候，他就对色彩有特别的爱好。青年求学时期，对朋友间的心灵交流和美的事物表现出格外的渴求。在入狱前 40 多年的人生中，王尔德的思想有诸多变化，但成长中唯一没有丧失的，是对个体有价值生活的追求。

妹妹艾索拉早夭后，王尔德为她写的诗是他所有诗歌里最感人的①。在牛津大学文学士学位第一次考试获得第一名后，在 1876 年 7 月致威廉·沃德的信中，兴高采烈的王尔德写道："我可怜的母亲万分高兴……我父亲若有知，也会非常高兴的……虽然获得第一名也仍然深深遗憾……我如今怕回老家的那所老房子，到处都引起我的回忆"（5 卷 23—24）。几天后在致哈丁的信中，他再次说道："这件事真正的愉快之处在于，我母亲那么高兴。"（5 卷 25）

---

① 诗歌全文见维维安·贺兰：《王尔德》，李芬芳译，上海：百家出版社，2001 年，第 8 页。

1895 年被拘后,王尔德曾写信给道格拉斯,言及有朋友向他保证说他母亲生活上决不会短缺什么,让自己安下心来,因"想起她会备受艰辛,我就非常难过"(6 卷 12)。得知母亲去世后,王尔德内心哀伤与愧怍交加,痛悔自己"让姓氏永远地蒙羞"(6 卷 108)。

这种深厚的感情不仅表现在对待血亲方面。1899 年 3 月 21 日,穷困潦倒的王尔德写信给罗斯,讨论能否从穆瓦图拉的房产获得收入。那时他哥哥已经去世,谈及自己的嫂子,他说:"我准备每年给她 40 磅,假如我能收到 140 磅左右的话,因为她有个孩子。"(6 卷 655)之后得知嫂子改嫁,他很是欣慰。其实成年后王尔德与哥哥并不亲睦,但亲情在他心中还是有分量的。他对嫂子的态度足见其宽厚的天性。

他对妻子和孩子的爱,更是发自内心的。

1883 年 12 月,王尔德写信给莉莉·兰特里,告诉她自己打算与一位名叫康斯坦斯的美丽姑娘结婚。他把未婚妻称为小阿尔特米斯,盛赞她美妙的头发和姿容(5 卷 254—255)。因外出演讲与妻子分离,思念妻子的他迷惘地感觉到自己的灵和肉与妻子的混合在一起,"我感到你的手插在我头发中,你的脸颊与我的相摩"(5 卷 274)。

他不仅发自内心地深爱过妻子,对两个孩子更是疼爱有加。长子西里尔出生后,王尔德给朋友写信说:"孩子非常好:小鼻梁极棒! 护士说这是天才的标记! 声音出色……你必须马上结婚。"(5 卷 294),喜悦之情溢于言表。1891 年 3 月,王尔德给大儿子写信,许诺会给两个孩子带回一些巧克力,并嘱咐西里尔精心照料亲爱的妈妈。"给她我的爱和吻,同样也给维维安和你我的爱和吻。"(5 卷 488)

生活转折以后,当念及他给他年轻的妻子和两个孩子所带来的灾难时,他痛苦难忍。在狱中他写信给罗斯,想销毁自己以前写给道格拉斯的信。因为："想到我不幸的孩子们即使知道自己是谁的儿子,却不能姓我的姓氏,我决心要保护他们,杜绝任何让人恶心的曝光或者丑闻进一步发生的可能"(6 卷 24)。1897 年致莫尔·阿迪的信中他自叙："我一直都是两个孩子的慈父。我深深地爱着他们,他们也十分爱我,西里尔是我的朋友。"(6 卷 56)

遗憾的是,一方面,由于王尔德对女性的生命过程缺乏深入的关心和了解,在他看来,产后忙于照顾孩子的妻子完全失去了美感;另一方面,康斯坦丝也没能对王尔德的艺术追求给予深刻的理解。王尔德抱怨说："我夫人不懂我的艺术,也别指望她会对艺术产生一点兴趣"(6 卷 186),夫妻渐行渐远。① 王尔德出狱后,迫于社会压力,康斯坦丝始终没有让他见到孩子,这成为王尔德生活中的最大痛点,也是他失去生活乐趣的首要原因。

王尔德还很早就流露出爱美和细致的天性。14 岁那年在写给母亲的信中,他感谢母亲为他准备了食品篮子。② 1875 年,在牛津后的第一个暑假他去意大利旅游,一直写信给双亲汇报旅途见闻,有时描述他见到的古代艺术品。在 6 月 15 日写给父亲的信中,他感叹"那古朴之美、手艺之精是描不出的……在他们这个民族中,艺术的感情和艺术的才能必定曾是非常广泛地普及的吧"(5 卷 7)。1878 年,病中的王尔德情绪沮丧,写信给哈丁说："你能为我从新楼外面那棵开满可爱红花的树上偷摘一束花吗? 我因生活中缺乏清新和美而心灰意冷。"(5 卷 82)

美食,鲜花,精美的艺术品以及美育,是年轻的王尔德真心热爱的。

---

① 关于王尔德夫妻渐生罅隙的原因,有的学者曾做过精准的分析。参见杨霓:《王尔德"面具艺术"研究》,北京:中国社会科学出版社,2017 年,第 66—67 页。

② 这封信未能找到原本,参见《王尔德全集》第 5 卷,苏福忠、高兴等译,北京:中国文学出版社,2000 年,第 4 页。

　　王尔德更是一个十分需要朋友及朋友间精神交流的人。王尔德全集中共收录了 1098 封书信,厚厚两大本,其中大部分都是他和友人的通信。就读牛津时,他和哈丁、沃德友谊最深,特别是和沃德之间能激发思考的智力交锋,令王尔德十分珍惜。入狱后,即使是《莎乐美》的第一次排演,也不能冲淡王尔德的痛苦和绝望,因为悲惨的寂寞使得他对于生的恐惧胜过对于死的恐惧。他说:"智力和激情——只有这两样东西才能使我浮出水面。"(6 卷 631)

　　出狱后,朋友们不能长时间陪伴他左右,生活中失去了痛快淋漓的智性畅谈,是王尔德郁郁寡欢的重要原因之一。之所以顶着来自四面八方的指责和道格拉斯复合,也是因为"他是我唯一能接触的朋友,没有陪伴的生活是不可忍受的"(6 卷 475)。

　　1898 年他写信给布莱克说:"你的友谊和兴趣给我以希望",他约布莱克一起吃晚饭,以便"可以尽兴地聊聊那些神圣和美丽的事物"(6 卷 543),这样的交谈在王尔德受审后在他的生活里就极为稀缺了。1898 年 3 月 28 日,王尔德乘坐马车时,由于马失蹄,把他的嘴割了一个大口子,他受到相当大的惊吓。但之后他写信给罗斯说:"我在听说你要来的消息后,正从我的马车事故中迅速康复。"(6 卷 546)也就是说,能换来朋友的一次相聚,即使发生交通事故受伤也是可以忍受的。王尔德在精神上对朋友重视和依赖可见一斑。

　　王尔德惯常善于掩盖自己的情绪,以至于大家都以为他没心没肺。艾尔曼的王尔德传记中写了一件事:与王尔德交往 2 年的女孩弗洛伦丝接受了斯托克的求婚,王尔德是从别人那里得知这个消息的,但他的朋友们并不觉得王尔德心情沮丧,他显得兴高采烈,笑得十分尽兴。[1]

---

[1] 理查德·艾尔曼:《奥斯卡·王尔德传》(上),萧易译,桂林:广西师范大学出版社,2015 年,第 146 页。

　　另一个例子是,纪德曾记述了王尔德与他们共同的朋友路易断交的情形。路易向纪德转述了王尔德绝情的话:"你以为我有朋友,我只有情人,再见。"这是冷酷轻浮的王尔德。后来谈及此事,王尔德向纪德澄清指出,他的原话是:"再见,彼埃尔·路易,我想有一个朋友,但只剩下情人了。"这是黯然神伤的王尔德。重要的是,在这句话之前,王尔德对路易说,不认为他有权利可以评价自己。也不愿意对自己的所作所为向他作任何解释。"如果他愿意,他所听到的人家对我的议论,他统统可以相信,我一概无所谓。"①

　　这种对自己真实内心情感的遮蔽,可以理解为是一种骄傲,是自诩为精英人士的骄傲;不给别人窥见他内心挫败感一丝机会。也可以理解为王尔德天真地以为,是朋友就该了解和相信他的为人,不会为流言蜚语所左右,无需他解释。这以后他数次在挫败时表现如此。剧本被拒,得知妻子亡故,刚刚出狱见到朋友和以后的流亡生涯中,他总是给自己戴上一个兴致勃勃的面具。

　　在书信中其实他有解释这种"欢乐"的缘由。出狱前他就预知到自己将被公共生活弃绝,并下定决心不拿自己的痛苦为难朋友们——"要让他们的日子因为我的痛苦而残缺……那样就太忘恩负义、太对不住人家了。我必须学会欢乐,学会快乐。"(6卷127)比如,在得知康思坦丝患病后他写信央求罗斯来陪他。罗斯后来写道:"奥斯卡对此当然不会有什么感觉。他为生活费的停发而感到震惊。"(6卷550)实际上他十分难过,甚至不敢单独一人呆在家里。

　　亲密如罗斯,尚为王尔德营造的假象迷惑,未能发现王尔德的悲伤。也许可以理解为,那个唯美、洒脱、幽默善辩的王尔德太耀眼了;其实王尔德有相当浪漫和重情的一面。出狱前,他写信给朋

---

① 纪德:《如果种子不死》,罗国林译,广州:花城出版社,2012年,第227页。

友拜托他们寻找自己毛皮大衣的下落。"这件毛皮大衣跟了我足有二十年，它意味着整个美洲与我同在，我早期那些夜晚与它同在，它与我贴心贴腹，我需要它，真地需要它。"（6 卷 193）对一件衣服的感受都如此深刻丰富的心灵不可能是无情的。

出狱后，王尔德数次尝试帮助狱友；1897 年 9 月，经济窘困的王尔德还借给一个法国诗人 40 法郎以便他回到巴黎（6 卷 392），都是他浪漫和重情的表现。1894 年在致菲利普·霍顿的信中他说："我对这个世界而言似乎只不过是个半吊子和花花公子——把自己的心扉向这个世界敞开并非聪明之举——由于举止严肃是傻瓜的伪装，以平庸、冷漠、缺乏关怀的绝妙方式表现出来的愚蠢就是智者的外衣。在这样一个平庸的时代，我们都需要面具。"（5 卷607）也许伪饰正是为了保护灵魂的真。

综上所述，王尔德是一个认真的人。在仔细阅读他的书信以前，我们对王尔德为人的认知脚本中，可能更多呈现的是他率性而为的种种表现，甚或以为他作品中那些说着"王尔德式悖论"的人物形象就是他本人的写照。在仔细阅读他的书信以后，我们发现了这个出身爱尔兰的青年人，是如何认真努力地使自己跻身于伦敦上流社会的生活之中，如何真诚地爱过自己的家人，虽然他更爱自己。抑或我们可以说，他用潇洒掩藏了自己的认真。认真对王尔德来说是重要的。

第二节　认真对待王尔德是重要的

王尔德在艺术创作和批评方面的成就是有目共睹的，本章择其重点而述之，侧重于探讨他在思想方面的超前性及其价值。

一、王尔德创作观的发展历程

思想和艺术观不可分割。勤奋而敏于吸收新动向的王尔德，一直在努力勘察当时欧洲文艺的新因素和新见解，并力争将其化入自己的创作之中。做到这一点，既有他的家庭和天分做底子，也是他作为一个来自爱尔兰的青年，要在伦敦文坛和上流社会占据一席之地，去和生活搏击的方式。这种吸收在锤炼了他的艺术观念和创作实力的同时，也带来他思想的不断扩容。天性的敏锐，使他不但不对这种不稳定性感觉不安，反而相当喜欢自己的这种永远新鲜的状态，并有意追求之，标榜之。

王尔德对艺术的看法是不断发展变化的，直至后来找到了自己的创作风格和方式。青年时代他认可的是诚恳、出自内心的艺术作品。在给父母的信中，他形容自己看到的巴洛克风格教堂，"无一不有，无一不多，就是没有艺术"（5 卷 11）；称现代风格的窗户浮夸虚假，过于雕琢的大教堂"毫不艺术"（5 卷 12—13）；称赞伍斯特小教堂"简朴而美，完美无缺，它那些窗户艺术极了"（5 卷 18—19）。

1876 年，在致威廉·沃德的信中，22 岁的王尔德赞叹勃朗宁夫人的《奥罗拉·李》一书诚恳、自然、伟大。在这首长诗中，女主人公奥罗拉·李爱慕自己的表哥而不自知，因表哥一心追求造福社会的理想，而她自己却热爱文学创作。分开多年后，表哥一心行善却屡遭挫折，奥罗拉也认识到爱情比艺术更重要。走过曲折的人生，他们终于认识到彼此相携的深情。长诗中奥罗拉还剖析了自己的创作观——什么是诗的最好形式？"……永远从内心走向外表……艺术本身仍是生活。……只需将火烧旺，让升腾的火焰自己去决定它们的形状。"①可以看到，一方面，勃朗宁夫人在这里强调了艺术来自生活；另一方面，也强调了内心感受及自由表达的重要性，她对王尔德发生的影响，在罗斯金和佩特之前，可以说奠定了王尔德艺术观的某种根基。

1883 年巴黎之行后，法国文学对王尔德发生了深刻的影响。1885 年，他发表了评论《面具的真理》，1889 年，发表《谎言的衰朽》。但就在他文艺观的这一形成期，1888 年，在《英国的女诗人们》一文中王尔德再次盛赞勃朗宁夫人"使英国为小人物而流泪……对一切伟大的东西都怀有热忱，对一切受苦受难的人都心存怜悯……"（5 卷 296）。他对陀思妥耶夫斯基也有类似的表述。因此，王尔德对社会问题的兴趣并不是在后期创作戏剧时才迸发出来，他对艺术的判断和追求从最初就并不是单一唯美的，他内心对社会不公的感知也并不是入狱后才发生的。

但有一点可以肯定，王尔德一直在思考他所处的时代，也很早就明确了要把自我生命的实现寄托在艺术之中。在 1883 年写给克拉里丝的信中，他指出："我们处在放纵个人野心的时代"，决心要通过戏剧让世人理解他，因为"戏剧为艺术与生活交汇之所"（5 卷 240）。他那句从校园流传到社会的名言——"我发现要想配得上我的蓝瓷器是一天比一天困难了"②，固然可以被理解为沽名钓誉的惊人之语，其实也是他对自己艺术人生的自省和自许，因为"自我节制和灵魂的不懈努力（我说的灵魂是灵与肉的结合），这才是一个人的价值所在"（6 卷 641）。

表面上看，王尔德是从勃朗宁夫人和罗斯金对他的影响（在写

---

① 伊丽莎白·巴莱特·勃朗宁：《勃朗宁夫人诗选》，袁芳远等译，石家庄：花山文艺出版社，1995 年，第 214 页。

② 理查德·艾尔曼：《奥斯卡·王尔德传》（上），萧易译，桂林：广西师范大学出版社，2015 年，第 186 页。

作中涵育着对善和正义的追求），走向了佩特和于斯曼所带领的道路（对瞬间感悟和形式美的追求）；实际上，奥罗拉走的恰恰是真诚地通过生活发现自己的本性，寻找对自己而言最重要的事，并坚定地为此努力的道路。王尔德亦如此。只爱自己是自私的，然而，确实，爱自己是一生浪漫的开始。

这对自己认真的爱，终于引领王尔德在创作上获得了成功。1893 年 4 月 19 日《一个无足轻重的女人》上演后，阿彻评论道："有关奥斯卡·王尔德先生剧作的一个基本事实是，它必须被放在英国戏剧的最高水平上，而且在英国戏剧中独领风骚。无论在智力上，在艺术竞争上还是在戏剧直觉上，王尔德先生在戏剧界的同行无人可与他匹敌。"（5 卷 577 页注释①）不久后他致信给萧伯纳，将自己与萧伯纳的剧作比作"伟大的凯尔特学校"的 Op. 1 和 Op. 2，并展望着 Op. 4 和 Op. 5 的交相辉映，对戏剧艺术的创作充满了信心和憧憬（5 卷 580）。可惜，维多利亚时代的道德高压将剧作家王尔德投入了监狱。由他和萧伯纳共同担纲的英国戏剧复兴，乃自戕了一员大将。今天王尔德的喜剧还备受喜爱，他的童话和小说也有很多读者，认真对待作家王尔德是重要的。

如果把王尔德作为唯美主义理论家来考量，他确实算不得开创者。但在他那个时代的英国，王尔德重新界定了何为批评——从对艺术独立的提倡，走向对创造性批评的宣扬。认真对待批评家王尔德是重要的。王尔德独特的批评观，虽相对来说，比较为众所周知，但其中的思想性还需进一步揭示。

王尔德自评曰："我曾经是我这个时代艺术文化的象征。"（6卷 118）"我人生有两大转折点：一是父亲送我进牛津，一是社会送我进监狱。……我更愿意说，……我是这个时代的产儿，太典型了，因为乖张变态，把自己生命中好的变成恶的，恶的变成好的。"（6 卷 123）

他对自己的评价是否客观？他是时代艺术文化的象征，还是纯粹唯美主义的？

二、作为时代的艺术文化象征的王尔德

维多利亚时代显然不能说是一个唯美的时代，而是一个新旧价值观交替的时代。

就历史阶段而言，维多利亚时期是英国在世界历史舞台上称霸四方的黄金时代。在王尔德出生前后的英国，发生了许多重大的历史事件。比如，1840 年，发动鸦片战争；1846 年，自由贸易取缔《谷物法》；1848 年，宪章运动爆发；1851 年，举办万国博览会；1853 年，发动克里米亚战争；1857 年，应对印度叛乱；1859 年，达尔文《物种起源》发表，引发全球震动；1867 年，英国议会改革。对殖民地的不断占领，使得英国的领土面积达到法国和德国的数倍。而英国铁路的发展，大大助益了它在全球殖民地的优质物质源源不断地运输到宗主国英国本土；对应地，1845—1860 年，爱尔兰发生大饥荒。这一历史时期占据主流的殖民扩张精神在吉卜林和康拉德等作家的丛林小说与航海小说中有着充分的体现。

它在文化上鲜明的特点之一是处于新旧价值观交替并存的转型期状态。"它时而是端庄高贵、精力旺盛，时而是骄傲自满、放纵粗俗，时而是宽容诚恳、个人主义，时而是尊奉传统、武断矫饰。"[1]一方面，维多利亚时代是温文尔雅和文明昌盛的代名词。维多利亚时期关于文学的正统观念是，小说不仅有娱乐性，还有引导世人的使命。严肃作家的小说流露出强烈的道德感情、社会责任感和批判意识。另一方面，维多利亚时期也是英国文化发展的

---

[1] 吴其尧：《唯美主义大师王尔德》，杭州：浙江大学出版社，2006 年，第 48 页。

多事之秋,不同阶级的文化品位之争错综复杂。首先,"经济形式的规定性,构成了个体之间相互交往和相互对待的伦理关系的规定性"①,封建社会的等级政治关系式微,利益成为社会关系的决定性因素,社会认同以合理利己主义为基础的最大多数人的最大化幸福,这样,"中产阶级在自觉或不自觉地接近上层社会的情趣的时候,也不断地加入新的文化因素"②。这种融合和冲突的结果是,资产阶级日益成为社会文化主体,"所谓的'维多利亚精神',实质上就是新的按工业阶级的形象塑造出来的绅士精神"。③ 其次,坚持艺术独创性品位的艺术家,对于作为社会主体的资产阶级臣服于工业化进程实用理性的艺术品位十分不满,他们尖锐地指出:"维多利亚时代后期的岛国狭隘心理与其说是旧式的,不如说是一种新的狭隘:它是一个阶级的狭隘心理。"④这些艺术家以艺术导师自居,倡导了唯美主义运动,否定"说教的艺术",认为艺术的目的不是传播道德的或宗教的真理,为确立艺术的独立自足性而斗争。维多利亚盛世的价值观念受到唯美艺术家的冲击。因此,艺术观念的变革,其本质在于文化领域中时代的精神实质已经发生了变化。

就文学发展历程来看,虽然唯美主义运动在王尔德受审入狱后戛然而止,19 世纪 80 年代以后,作家的思想倾向和艺术表现"已不同于正统的维多利亚式,在某些方面甚至是反维多利亚式的。他们的作品不仅仅关注社会和社会中人物的命运,而且变

---

① 牛京辉:《英国功用主义伦理思想研究》,北京:人民出版社,2002 年,第 22 页。
② 黄伟珍:《英国维多利亚时期文学中的"家庭"政治》,成都:四川大学出版社,2019年,第 20 页。
③ 钱乘旦、陈晓律:《英国文化模式溯源》,上海:上海社会科学出版社,2003 年,第307 页。
④ 威廉·冈特:《维多利亚时代的奥林匹斯山》,肖聿译,南京:江苏教育出版社,2006年,第 233 页。

得更具有哲理意味、象征意义和诗性特征。以反映现实生活、文以载道为基本特征的维多利亚小说逐渐衰落，一种十分不同的、以表现人的潜意识的非理性冲动为主的复杂的现代小说后来居上。"①

显然，唯美主义是这一动荡不已的时代文化的产物，是英国文化与文学从启蒙与浪漫时代向现代主义时代过渡的居间环节之一。相应地，王尔德在青年和中年时期也浸润于时代的各种思想主张之中，他的思想与艺术观念也是在学习中不断发展变化的。如果王尔德对自己的评价是客观的，那么他也并未把自己囿于唯美主义之中。

关于唯美主义的矛盾性与多重性，周小仪《唯美主义与消费文化》、刘茂生《王尔德创作的伦理思想研究》、蒋承勇、马翔《错位与对应——唯美主义思潮之理论与创作关系考论》等研究成果，都是极具创新视点的启发性之作。在他们开拓性的研究之后，我们可以尝试回答这两个问题：王尔德是不是纯粹唯美主义的？ 他对自己的评价是否客观？

威廉·冈特曾把王尔德称为"唯美狂"，但他也指出："人们粗心大意地错把他当作了'唯美主义'的发明者。其实，王尔德仅仅是唯美主义的传播者，或者是为唯美主义做广告的人而已。"②他甚至化用了大学才子派对莎士比亚的描述，来这样表述王尔德："作为一个青年，王尔德身上那些色彩缤纷的羽毛，都是饶有趣味地从别处——借来，插在自己身上的。"③

起初确实如此。罗斯金和佩特都是王尔德的老师，在大学求

---

① 蒋承勇等著：《英国小说发展史》，杭州：浙江大学出版社，2006 年，第 135 页。
② 威廉·冈特：《美的历险》，肖聿，凌君译，北京：中国文联出版公司，1987 年，第 139 页。
③ 威廉·冈特：《美的历险》，肖聿，凌君译，北京：中国文联出版公司，1987 年，第 139 页。

学期间,就唯美主义思想而言,他受到来自他们两个人的影响。在他为寻求人生出路去美国演讲时,他介绍的正是他们以及惠斯特等英国艺术家的艺术观念。王尔德从未遮蔽过自己受到他们影响的事实。他把佩特的《文艺复兴》称为"我的金书"。但维多利亚时代各种文化因素为何"令人吃惊地汇聚到了①"王尔德身上? 时代选中王尔德作为唯美主义的代言人,自有其因缘际会的必然性在其中;同时,与王尔德得自原生家庭的艺术敏感和后天的勤奋学习也是分不开的。小有成就后,王尔德又奔赴法国,从戈蒂耶到象征主义、自然主义以至于斯曼的《逆流》,法国的影响促成了王尔德艺术观念的成熟和坚定。

可以尝试把唯美主义分为狭隘的和广义的两种。前者以法国的戈蒂耶为代表,以"为艺术而艺术"为创作纲领,可以称其为纯粹的唯美主义者;后者以英国的王尔德为代表,可以称其为与时俱进的唯美主义者。后一类唯美主义者一方面把艺术自足理论推向极端,另一方面却同时相当关注社会的审美文化建设和培养。一方面通过生活艺术化,把艺术独立性公然推到与整个社会主流文化对抗的程度;另一方面,由于自身的经济需求和整个社会艺术产业的发展趋势,从日常生活审美化的初心,又难以避免地滑向了消费文化的媚俗之中。

不过,这种走向与其说该由唯美主义负责,不如说是法国大革命和启蒙思想后,资产阶级社会发展的必然产物。丹纳在《艺术哲学》中指出,法国大革命后,经过十年混乱,民主与平等的制度基本建立起来,公职可以通过会考取得,人们摆脱专制,野心和欲望开始抬头。"作为思想上保险栏杆的一切障碍都推倒了……好奇心与野

---

① 威廉·冈特:《美的历险》,肖聿,凌君译,北京:中国文联出版公司,1987年,第139页。

心漫无限制的发展,只顾扑向绝对的真理与无穷的幸福。"①显然,"在一切变得可能的同时,人们仿佛觉得一切都是可以允许的。"②佩特在《文艺复兴》中提出的,后来被发展为现代主义艺术观念的"瞬时性"美学,是不可能脱离社会革命和制度建设的基础的,在当时也更多的是从人生观方面对青年一代发生了影响。

社会生活与思想方面的民主倾向,不可能不渗透到艺术中去。中产阶级或普罗大众无论多么受到文化精英的鄙视,终将成为社会消费和文化生产的主体。以艺术导师自诩的唯美主义者们,从一开始就遭受嘲笑和反对,自然也无力阻挡历史的洪流。因此,冈特在《美的历程》的结论中说:"唯美主义运动从来没在英国普及。"③与其说是唯美主义的生活艺术化主张诱导了消费社会或与之暗合,不如说在讲求艺术道德性的传统与大工业生产的现代化进程的两面夹击之下,英国留给唯美主义的空间本就是狭小的。

而王尔德恰恰在这狭小的空间放出了异彩。就纯粹的唯美主义艺术主张而言,王尔德的确没有提出特别富有创见性的观点;他的看似片面、绝对的艺术观点,既谈不上体系和系统,似乎也庞杂无序,找不到坚实的根基。然而,这种多样性与游移,正是王尔德有意追求的结果。他看似漫不经心随口道来而又似是而非的批评话语,是指向充满反讽与隐喻的未来文学的。他希望自己日日新——不被定位和标签化,永远走在时代文学的前端,因此他不无自豪地说:"我认为我是一个不存在结论的问题。"

在古希腊神话中,如在代达罗斯的儿子伊卡洛斯和俄耳浦斯的故事中,"艺术被看成是一种超越自然的力量形式,这种力量即

① 丹纳:《艺术哲学》,傅雷译,合肥:安徽文艺出版社,1991 年,第 98 页。
② 勃兰兑斯:《十九世纪文学主流》(第一分册),张道真译,北京:人民文学出版社,1997 年,第 44 页。
③ 威廉·冈特:《美的历险》,肖聿,凌君译,北京:中国文联出版公司,1987 年,第 306 页。

便是有限的,有时也可能超越诸神特权,从而招致悲剧性的后果。……艺术家被塑造成某种英雄,与根本上具有限制性的人类生存条件相抗争"①,甚至可以打破旧规定,独创新法则。

从这个意义上来理解及王尔德,他对自己终于成了"声名狼藉的牛津圣奥斯卡"是感到满意的。他对自己在艺术观上与英国文学批评的落后现状之间的冲突,是有自觉意识和坚定决心的,因此这"声名狼藉"才与殉道者"圣"之伟大相配,仿佛堂吉诃德的勇气。

"我曾经是我这个时代艺术文化的象征"(6卷118),不论放眼整个维多利亚时代的思想文化和文学创作而言,还是单就纯粹的唯美主义艺术观念而言,这句自评确实如陆建德先生所言,是"有点过甚其辞"②。不过,王尔德发现了"间性",把它发挥到了极致——就其矛盾性和多样性而言,他确实可以算得上是这个动荡时代的艺术文化的象征。

王尔德自觉作为唯美主义的擎大旗者,不仅仅是为艺术独立,更是为了人的自由。他对唯美主义的大力张扬,既包含着对社会问题的思考,也包含着以唯美提升人性、促进社会进步的更宽广的追求,是与康德、席勒以降的审美救赎思想一脉相承的。

虽然他貌似宣称:"艺术除了表现它自身之外,不表现任何东西。它和思想一样,有独立的生命,而且纯粹按自己的路线发展。"(4卷356)但实际他是通过对话把这个新原则与"艺术表现了时代特征,时代精神,以及包围艺术、艺术在其影响下产生的道德和社会条件"(4卷351)的传统观点并置在一起,在二者相互观照的前提下强调艺术的独立性的。而"生活模仿艺术远甚于艺术模仿生

① 罗伯特·威廉姆斯:《艺术理论》,许春阳等译,北京:北京大学出版社,2009年,第1页。
② 参见陆建德《中文版序》,《王尔德全集》第1卷,荣如德、巴金等译,北京:中国文学出版社,2000年,第15页。

活"也同样是一组并存关系而不是排斥性关系。因此，他的似是而非、自相矛盾，其实是出自对多元并置的思想状态的一种体认和表达。

在 1890 年致《苏格兰观察家报》主编的信中，王尔德幽默地说，"非常痛苦地发现"自己被认作一位道德改革家（5 卷 457）。他接着说，"我把这些评论视为对我故事的非常令人高兴的赞美。因为，如果一件艺术品是丰富的、有活力和完备的，那些具有艺术本能的人会看到它的美，而那些比唯美主义者更强烈地看重道德伦理的人将看到其道德教育。它将给懦弱者带来恐怖，不法者将从中看到他们自己的耻辱。对每个人来说它将成为他自己。艺术真正反映的是旁观者而不是生活。"（5 卷 458）

因此，在王尔德看来，在批评中坚持艺术标准、在创作中反映生活、读者对作品的自主解读这三者，未必是非此即彼的，而是并行不悖的。唯美主义是王尔德与当时落后文艺观斗争的出发点，而非目的。他对艺术所关涉的各种多样性因素是有清晰认知的，他对艺术独立性的追求是以此为基础的——在把握好多重因素之间微妙平衡之丰富间性的前提下，坚持艺术和批评的独立品格。正是在生活与艺术的"间性"平衡这一点上，他越过"瞬时性"的现代主义，也越过了"解构"的后现代主义，通向我们今天。

王尔德对何为艺术、何为批评有着自己坚定且清晰的认知。他认为，"只有靠培养和用智力来进行批评的习惯，我们才能超越民族偏见"（4 卷 457—458）。在致玛丽·安德森的一封保留不全的信中他说："在这一商业年代为艺术事业辩护是场艰苦的战斗。……我代表的原则非常宽广、非常高贵，非常辉煌……某一天这艺术的民族。"（5 卷 212—213）虽然语焉不详，但可以推断他是把自己对艺术的追求与民族艺术趣味的培养这样的大目标联系在一起的。他对把"艺术作为儿童教育一个必要因素的部分"（5 卷

194)的提倡证实了这一点。

这非常宽广、高贵、辉煌的原则,就是对艺术创作及批评的自足和多元性的认知。艺术品的艺术性越高,解释它的可能性也就越丰富。人性中丰富的、非工具理性的东西乃得到保护和培育。王尔德认为:"美学在意识文明中与伦理的关系,如同外部世界中性别与自然选择的关系一样。伦理学像自然选择一样,使生存成为可能;美学则像性别选择一样,使生活变得可爱而美好,使生活充满新的形式,赋予它发展、丰富多彩和千变万化。"(4 卷 459)这就是他所坚持的通过艺术实现自我,其目的不在自私自利之心,而在生命的丰富和自由。王尔德始终把生活和生命作为创作和批评的核心,这是理解他的唯美主义主张时不可忽略的。

三、"间性"是来王尔德的大师

正是由于对"间性"的体认和把握,王尔德的思想和创作,超越性地指向着未来。在文化艺术界对"间性"有普遍认识之前,王尔德就敏锐地体察到现代文化的这一本质,并在作品中表现到了一种极致。这就是他独创的新法则。

王尔德称赞爱德华·卡彭特《文明:起因和对策》一书写得太精彩了。书中《为罪犯辩护:道德批评》一文中有这样的句子:"一个时代的弃儿是另一个时代的英雄。"(6 卷 741)爱普斯坦曾评价道:"王尔德认为自己是他那个时代的象征,但事实上他是其后即将来临时代的预言家。"[1]这种预言性、超前性正是要从他对"间性"的敏锐认知和精妙把握上去理解。

---

① 赵武平:《全集编后记》,《王尔德全集》第 6 卷,常绍民、沈弘等译,北京:中国文学出版社,2000 年,第 829 页。

　　在经过现代主义而进入后现代的西方，在尼采、罗兰·巴特、迦达默尔、拉康、福柯、德勒兹等一众思想者的光辉之中，王尔德当初超越其时代的思想①已经算不上特别显著，但其超越时代的先锋性，还未被充分和广泛地认识到。上世纪 90 年代，斯蒂芬·弗莱撰文称王尔德"成为继莎士比亚之后，在欧洲被阅读最多、被翻译成最多语言的英国作家"②。需要思考的是：为什么王尔德的作品还没有过时？

　　不论是王尔德的创作实践还是批评观，也包括他生活艺术化的主张，都是与对人生、对历史和社会的思考紧密相关的。王尔德可以说是世纪之交美学与生活先锋的一个典型人物③，有必要把他作为一个实例，去考察欧洲思想文化和审美史的发展变化。这些精深博大的历史之流，其坐标轴不外乎对自由的不懈追求和对美的不断重新定义，人类思想在其中以一种交互循环的方式向前。而王尔德独特的平衡与居间能力，恰与这种交互循环相合，在某种程度上超越了后现代的偏执，吸引我们不断重新开始对他的阅读。

---

① 关于王尔德的超时代性，可参见托马斯·曼《从我们的体验看尼采哲学》（见《人类困境中的审美精神——哲人、诗人论美文选》，魏育青、邓晓芒等译，北京：知识出版社，1994 年，第 325 页）；特里·伊格尔顿《圣奥斯卡》（见《历史中的政治、哲学、爱欲》，马海良译，北京：中国社会科学出版社，1999 年，第 322 页）和理查·艾尔曼《引言：王尔德，作为艺术家的批评家》，北京：《王尔德全集》第 4 卷，杨东霞等译，中国文学出版社，2000 年，第 2 页）；等等。

② 赵武平：《全集编后记》，《王尔德全集》第 6 卷，常绍民、沈弘等译，北京：中国文学出版社，2000 年，第 828 页。

③ 关于唯美主义与浪荡子及浪荡子与文化先锋的关系，审美现代性与工业社会的关系，已有透彻的研究。参看波德莱尔《1846 年的沙龙：波德莱尔美学论文选》，桂林：广西师范大学出版社，2002 年；周小仪《唯美主义与消费文化》，北京：北京大学出版社，2002 年；李元《唯美主义的浪荡子：奥斯卡·王尔德研究》，北京：外语教学与研究出版社，2006 年；陈瑞红《奥斯卡·王尔德：现代性语境中的审美追求》，北京：中国社会科学出版社，2015 年；薛雯《颓废主义文学研究》，上海：上海人民出版社，2012 年；等等。

首先，是在形式至上与伦理诉求之间的居间性。

思想史正如文学史一样是一条此起彼伏、前后相继的河流。诚誉贬值、真率泛滥的个性自主、自由选择在存在主义哲学的高峰后，经红色的60年代后的幻灭，而走向形式主义，语言学转向波及文学、哲学和科学各个领域。当从现实和历史中逃遁的文学到达一定程度后，必然引发思想界的不满和反拨，乃有文化转向。就形式主义的大力发展和对伦理诉求的文学表达这一组矛盾而言，唯美主义处于欧洲文学史上"美与真"交锋的第一场大战役。

一方面，"全部唯美主义、颓废主义运动都是在抗议十九世纪的压抑，……十九世纪的压抑造成了人们精神上的神秘状态和恐惧心理，历史上最假道学的世纪用这层外衣包住了性这个题目，但是，这种压抑对作家来说却不是什么禁区"①，唯美主义首要目的是确立艺术的独立性，但也包含对维多利亚价值观的冲击；另一方面，通过将恶从现实生活中转移到语言和审美中的"恶的美学历程"，虽然文学表现的范畴得以扩大，但真实的罪恶与想象的罪恶的界限也变得模糊。

从积极的一面来说，审美救赎理想是建立在对人类进化、社会进步的信心之上的。"19世纪末20世纪初西方文学艺术领域中的现代主义者都是乌托邦主义者。"②王尔德憧憬着："当我们达到目标中真正的文化境界时，我们就达到了圣人梦想的那种完美，不可能存在罪人的那种完美。这不是因为人们奉行苦行僧的自我抑制，而是他们可以做想做的一切，却不会伤害心灵，也不会有任何伤害心灵的想法。"（4卷459）因此他所谓的"一切艺术都是不道德的"（4卷430），也可以换成"一切艺术都不是不道德的"——不是

---

① 威廉·冈特：《美的历险》，肖聿、凌君译，北京：中国文联出版公司，1987年，第202页。
② 詹姆逊：《晚期资本主义的文化逻辑》，张旭东等译，三联书店，1997年，第34—35页。

说教的、被迫遵循的道德而是一种自发、自为的道德境界——"并不是企图抛弃良心，他提倡的是一种更高形式的、已成为本能的道德。精神文明或从心所欲不逾矩的至善境界不是凭抽象的说教来达到的，德育与美育必须统一。"①

从消极的一面来说，通过对恶进行内省的转移，把恶置于一个假象的世界加以查看和表达，撒旦的审美功能倍增，恶经由心理学转化到文学中后，对人类心灵深渊的探究改变了魔鬼的旧面貌，使想象力中的恶与现实中的恶之间的标准模糊起来。作为文学对象的恶在开辟了美学新飞地、冲破世俗道德对艺术实践束缚的同时，也经由对恶的泛化和审美化，逾越了传统的道德价值观——"唯美主义者的反叛在于把信念和道德的内容变成以自恋和陶醉为特征的美丽形式。"②

就王尔德的生活和创作而言，改变价值观念和取代现行观念的僭越被置于美学幻想之下，现实意义上的道德败坏，因其美学上的新颖性获得了存在的权利和吸引力，实验的欲望和享受美的欲望成为驱使他本人及作品中人物行动的原动力。例如，在《从深处》中，王尔德认为基督的道德完全是同情，他说："'让你们当中从来没有犯过罪的那个人，朝她扔第一块石头吧。'说了这话，活在世上也值得了。"（6 卷 147）正是通过对这一基督教中广为人知的"人人皆有罪"观念的强调，来进行恶的泛化，以扭转、置换，或者说宣布社会对他的判决的无效。

王尔德的过人之处在于，在追求与僭越的同时，像观看演员的表演一样观看这种追求和僭越，肯定其合理性的同时也排演其破

---

① 陆建德：《中文版序》,《王尔德全集》第 1 卷,荣如德、巴金等译,北京：中国文学出版社,2000 年,第 28 页。

② 彼得-安德雷·阿尔特：《恶的美学历程——一种浪漫主义解读》,宁瑛、王德峰、钟长盛译,中央编译出版社,2014 年,第 277 页。

坏性。他说:"我瞩望着唯美主义取代伦理道德、美感主导生活法则那一刻的到来:永远不会这样,因而我瞩望着它。"(5 卷 452)不论是他的诗歌、童话还是小说、戏剧,其中唯美幻灭、伤害和疏远总是和瞬间流露的真情实感和反思悲悯混合在一起,揭示出在艺术中倡导形式至上,其实质不过是对人性中伦理诉求的一种别样的应对方式。

其次,是在唯美、媚俗、反讽之间的居间性。

谈及唯美、媚俗与反讽,似乎都绕不过王尔德,又不能把他限定在其中任何一个之中。

唯美主义胎成于消费社会因此难免其媚俗的观点,颇具新锐和深刻之处,其内涵大致如下:唯美主义有高雅文化的一张面孔,亦有通俗文化的另一张面孔,"为艺术而艺术"口号所掩饰的正是它所倡导的反面。① 虽然唯美主义是对社会商业化发展的精神抗衡,但王尔德的艺术世界"正是致力于把现实以及人的审美感觉结构化、形式化,实际上也就是使之秩序化"。② 资本终于以艺术的方式对感性进行了再控制,把个人的审美活动转化为工具化的社会活动形式。古典美学的社会救赎理想到此丧失殆尽,面目全非。……因此,唯美主义者所倡导的艺术独立性、生活审美化、人生艺术化等等现代主义观念从根本上说为审美的物化与艺术的商品化扫平了道路,做好了充足的准备。……审美物化和艺术商品化正是艺术自律的必然结果。③

唯美主义具有复杂性已成为学界的共识,对上述观点可以做新的勘察。一方面,资本对感性的控制、审美救赎理想被消费社会

---

① 周小仪:《唯美主义与消费文化》,北京大学出版社,2002 年,第 14—15 页。
② 周小仪:《唯美主义与消费文化》,北京大学出版社,2002 年,第 95 页。
③ 周小仪:《唯美主义与消费文化》,北京大学出版社,2002 年,第 238 页。

吞噬,并非该由唯美主义负责。消费文化不是唯美主义的产物,而是现代社会的产物。工具理性和大众文化,是唯美主义最初所抗衡的并欲以审美化的生活培育和改善的。在资本主义社会发展过程中,对艺术自律和生活艺术化的追风导致了审美物化和艺术商品化实乃非唯美主义者所能料及的。不能以结果代替初衷。资本对艺术活动的渗透不是唯美主义艺术主张造成的,而是资本主义经济发展的必然结果。唯美主义并未预谋消费社会。

另一方面,把审美活动完全定性为资本掌控下权力话语对感性的操控,也不全面。即使在消费社会,审美带来的对既定文化图圈的冲击和心灵的解放不仅是珍贵的,也是人类永远不会停止渴求的。与其认定审美救赎理想的破灭,不如面对大众文化和消费社会诸现象,去考察审美的个性与社会压抑之间互动的过程。

对王尔德而言,对个人生存的谋划和对外界评价的关注,并不完全就等于媚俗。主观上,他很清醒自己要警惕大众的庸俗影响,并力争在不失去自我的同时取悦观众。"他探讨了艺术与这种影响的相互关系……把王尔德置于晚期维多利亚社会环境的背景中,将不仅会烛照出王尔德自相矛盾的风格,而且勘察出社会市场中知识的流传和消费状态,因为没有纯然于包装之外的知识,也没有能与媒介分离的信息。"①

王尔德以其"王尔德式的悖论"闻名于世。悖论的精神是反讽,反讽的实质是对单一化和本质化之不可靠的揭露。这种揭露正是建立在对理性、人性及道德的多样性的觉察之上的。王尔德说:"现代生活是复杂的,相对的。这是它的两个显著特征。"(6 卷

---

① Regenia Gagnier: *Wilde and the Victorians*,彼得·拉比:《剑桥文学指南:奥斯卡·王尔德》,上海:上海外语教育出版社,2001 年,第 27 页。

110)

他调侃人类"愤怒地反对唯物主义(他们称之为唯物主义),却忘记了物质的进步无一不使世界获得精神:忘记了精神的觉醒(如果有的话)无一不浪费世界的能力:使希望落空,抱负失败,信念成空或被束缚"(4 卷 405)。他宣称:"在艺术里没有所谓普遍的真理。艺术的真理便是其反论也是真的。"(4 卷 486)"文学中最高的乐趣在于认识不存在物。"(5 卷 443)王尔德"喜爱临时的身份胜过固定的身份"[1],在他的书信、传记和作品中都可以得到反复的印证。"非常多面性的思想的迹象,通常认为这是王尔德的一个特点。"[2]在"间性"这个词还没产生以前,王尔德就是一个唯恐被定性的间性大师[3]。

"每个人灵魂中都有怀疑主义。在这动荡和纷乱的时代,在这纷争和绝望的可怕时刻,只有美得无忧的殿堂,可以使人忘却,使人欢乐。"(4 卷 27)一提起唯美主义人们就耳熟能详的王尔德这一名言并非妄言。形式主义的兴起与社会政治运动低迷,语言学转向与对启蒙宏大叙事的反思和对本质主义的消解及心理学发展都密切相关。正如王尔德所言:"一切变革都出自于人对更高尚的生活的追求,对更为自由的表达方法和机会的追求。……任何把它与其时代的进步动态和社会生活分割开来的企图,都会扼杀其生机,误解其含义。"(4 卷 7)

源自希腊的批判精神在法国大革命及两次世界大战之后,在

---

[1] 特里·伊格尔顿:《异端人物》,刘超、陈叶译,南京:江苏人民出版社,2014 年,第 54 页。

[2] 博尔赫斯:《关于奥斯卡·王尔德》,《博尔赫斯全集》散文卷(上),王永年、徐鹤林等译,杭州:浙江文艺出版社,1999 年,第 407 页。

[3] 可参考杨霓:《王尔德"面具艺术"研究:王尔德的审美性自我塑造》,北京:中国社会科学出版社,2017.2。对王尔德在各种"面具"下的多重居间性有详尽的分析。只是作者比较倾向于王尔德人为设计了各种面具,而未将王尔德自身成长中真实而不自觉的多重身份的涌现视为一种生成过程。

文学上走到了荒诞和黑色幽默，在哲学上走向了反人本主义。与荒诞和黑色幽默的彻底的怀疑主义不同，反讽在讽刺的同时有包容和悲悯，包容和悲悯是文学经典最高层次的内核，因为叙述就是面向世界，建立一个能建构伦理意义的语言和认知尝试。

以拉康、福柯、德里达等为代表的后现代哲学家，对人的自我认知能力的不可靠性、社会的权力话语的无所不在和言不及义的揭示，呼应着科技革命和消费文化；不确定性、去本质化、多样性的文化特征在人类精神各个领域冲击着传统思想。在反对一切固化的、本质化的哲学思想传统的同时，由于这种消解对其他可能性的一概排斥，后现代自己也陷入固化、本质化的偏执。与这种偏执相比，阅读王尔德的作品是一个有趣的、温暖的过程——一个回到人的文学的过程。

值得深思的是，福柯、德勒兹等思想家在他们几乎动摇一切的探索中，没有否定审美的个体及生命瞬间性的迸射。在反思人文主义的文化霸权等弊端的同时，还是不要忘记，渴慕更为美好，更为通情达理的生活方式，新的艺术形式、新的智力和想象的愉悦，都是以人的生活为出发点的。对居间性的认识，是对生命状态的探寻与延展，而并非对作为主体的人的摧毁。王尔德给我们的暖意，正是由于他的作品是人的文学，他作品中的人，不论性格与经历如何，是一个在生活中行走并不断认识自己的人；而写的人相信，美和艺术能给人类更好的未来。

在比较文学以及各个人类精神领域，跨学科性、越界、居间性正成为新的大趋势，最能说明问题的是认知科学的发展。早期的认知科学把人的认知活动理解为脑神经运作的过程，而现在具身心智、分布式认知等理论强调知识、认知和经验的具身性和整体性，探讨认知科学与人类经验之间的关系，越来越强调身体在认知中所扮演的角色。认知形成于大脑和身体间一系列互补性的交互映射，作为收集和发布信息的大脑结构扣带回皮质，和我们的皮肤、肌肉、味蕾、体态、身体的运动等等之间的物理-电-化学活动的大漩涡中①，并不能忽略认知过程中所嵌入的社会文化。"我们看到种种形式的无根基性实际上只是一种：有机体和环境在基本循环中彼此包进（enfold）又彼此展开（unfold），而这个循环就是生命本身。"②

才华用来工作，天才用于生活。王尔德超乎常人的平衡能力和对居间性的把持，正是他个人生命的成长与时代精神的彼此成就。一方面，"他是一个不仅在两种甚或在三种文化中孕育而成的艺术家：一个盎格鲁-亲法派，在内心深处还拥有爱尔兰的灵魂"③，这样的多重身份给他观察英国社会及其上流圈子提供了独特的视角；另一方面，在艺术创作上能推陈出新，"是因为他知识丰富，文学功底厚实，富有想象力和创造性"④，他的间性思维发达也是与他对生活的热爱及广泛阅读培养出的敏锐才智分不开的。这些是他喜剧创作的根基。当时为英国社会所腰斩的，我们今天还可以反复欣赏。

王尔德对艺术独立性的强调，实质上是强调通过艺术虚构，通过艺术本身该有的样子，把个体生命实现与社会变革发展联系起来。通过悖论和反讽，他试图"保护那些反常和独特的事物，让它们免受净化和标准化的侵袭，用同情的道德观去取代严厉的道德

① 盖伊·克莱斯顿：《具身认知：身体如何影响心智》，孟彦莉、刘淑华译，北京：中信出版社，2022年，第74页。
② F.瓦雷拉、E.汤普森、E.罗施：《具身心智：认知科学和人类经验》，李恒威等译，杭州：浙江大学出版社，2012年，第175页。
③ Merlin Holland: *Biography and the art of lying*，见彼得·拉比：《剑桥文学指南：奥斯卡·王尔德》，上海：上海外语教育出版社，2001年，第3页。
④ 曾繁本：《英国唯美派的擎旗人，王尔德》，《超越传统的新起点》（英国小说研究1875—1914），文美惠主编，北京：中国社会科学出版社，1995年，第154页。

观。与其说他属于维多利亚的时代，不如说他属于我们的时代。"[1]他的思想在他的时代是超前的，他教会我们用"既……又"甚或"非此非彼"（in-between）来思考和感受，而不是"或者是此，或者是彼"。

"死亡是来自德国的大师"，保罗·策兰以一首《死亡赋格》，回答了阿多诺"在奥斯维辛集中营之后是否还有诗歌"的问题。可以仿写一句：间性是来自王尔德的大师，以明确他曾经的超前性和对我们今天时代的意义。王尔德不仅是作家、批评家，也"是一个极具诗人气质的思想家，是语不惊人死不休的思想家。"[2]认真对王尔德而言是重要的，认真对待王尔德也是重要的。他在艺术和批评领域的双料成就，他对间性的天然亲和及勇敢把握，以其在思想史中的典型意义，值得我们更加认真地对待他。

第三节 认真之困难

威廉·冈特在《美的历险》中，把关于王尔德出狱后创作力锐减情形的那一章命名为《认真之困难》。确实，坚持认真是不容易的。

《雷丁监狱之歌》后王尔德就没写出什么新作品，他入狱前的创作高峰再未延续，殊为可惜。关于这个问题，通行的解释是"失去荣誉说"。这种解释看起来合情合理，却没有从深处切近王尔德的实际情况。追名逐利，并把荣誉玩弄于股掌之中，是王尔德给自

---

① 理查德·艾尔曼：《奥斯卡·王尔德传》（上），萧易译，桂林：广西师范大学出版社，2015年，第785页。
② 张隆溪：《与王尔德的文字缘》，《书城》，2010(01)，18—22。

己佩戴的面具之一。他的轻浮有时是一种状态,更多的是一种姿态。

为什么《雷丁监狱之歌》后王尔德的创作力受阻?可以利用认知科学的一些研究成果,尝试作出与王尔德本人精神状态更为吻合的解释。

从批判思维型大脑、焦虑危害、选择性注意几方面来看,王尔德在坚持与挫败的拉锯战中失败的原因在于,肉体虽然出狱了,但遭受的折辱、情感的失落和经济的窘迫,使他的灵魂仍不得自由。长期受制于利害性注意,处于"狱外的囚犯"的状态中,是他再也不能恢复创作动力的根本原因。

一、"失去荣誉说"不尽客观

王尔德十分注意掩藏自己真实的心态,在他生活的时代,即使他的亲人或密友,也未能深入了解他个性的复杂。而他自己似乎乐于与种种误解共存,不但不打算全盘托出,而且还有意无意地制造假象。受此影响,关于为什么《雷丁监狱之歌》后王尔德就没有作品了这个问题,有一种普遍通行的看法,认为王尔德过于在意荣誉,乃至一蹶不振。持这一见解的不止一人,可称其为"失去荣誉说"派。举例如下:

在 1945 年出版的《美的历险》中,威廉·冈特认为王尔德是个外场人,也就是说,"他属于浅薄而阔绰的社交圈子。他需要圈子里的人同声赞扬他。被这个圈子扫地出门,他就失去了灵感的唯一来源"。[①]

茨维坦·托多罗夫把王尔德的创作努力都没有成功的情形称

---

① 威廉·冈特:《美的历险》,肖聿、凌君译,中国文联出版公司,1987 年,第 237 页。

为"可怕的悲剧"，他引用王尔德的信："请把巴黎有关我的报道都给我寄来——不管是好的还是坏的，尤其是坏的。了解公众对我的态度，对我来说具有生命攸关的重要性"来推断，好名声——也就是王尔德对公众承认的需求、对他人目光的依赖——把别人看他的目光内心化了，是造成这一悲剧的原因。

这样的判断有其一定的合理性。王尔德在成为作家之前，就是以健谈闻名的"客厅霸主"，当时他几部成功喜剧的主要受众也确实是上流社会。王尔德的自负、夸张和故弄玄虚，也极易给人留下不佳印象。然而仔细分析这种观点，却可以发现其基本是一种拘于一端的揣测。至少有两个原因，可能会影响这种揣测的客观性。

首先，王尔德的外在形象有诸多的不同侧面，其中有相当程度是他自己刻意打造出来任人评说的。比如，也许是负才任气，也许是倾慕古希腊哲人对闲暇的推举，年轻的王尔德似乎很乐意打造一个"不用功的博取声名者"形象，而实际上他读书相当勤奋。他营造的假象是如此成功，以至于师友家人都会被迷惑。比如，大考拿了第一，他写信给朋友说："我不禁趾高气扬，忘乎所以，但又假装一点儿也不在乎。"（5 卷 25）而朋友们的电报劈头就说"真个的，奥斯卡"（5 卷 29），也一定程度说明了他平时的隐蔽策略是成功的。因访问希腊迟归，被学校处罚停学后，他给哈丁的信是这样写的："正如我所预料的那样，这儿所有的朋友都不相信我的说法……他们把我的解释都当成了儿戏。"（5 卷 59），这其中包括他自己的亲哥哥。注意"正如我所预料的那样"这一表述，说明这种效果是他营造并享受的，乐在其中。

其次，还必须注意到王尔德的思维和语言常常是多层次和多变化的。他的很多表述，在正着读的同时还需反着读。比如在给内务大臣的信中，他一面说"没有半点为自己可怕的罪行辩护的企图"(6卷26),一面引经据典,罗列了种种理由证明他的性倒错不是罪,不该由法律惩罚。他写信拜托特纳照顾一个即将出狱的狱友,对他说几句关心的话,因为"我们从监狱里出来的人都像孩子一样敏感"(6卷326)。这既是陈述事实,也暗含对朋友的埋怨,还有他自己对这种敏感的观察、反思,并借此维护自尊。他是那种不断观察和反思自我生命的艺术家,当他以成为社交圈中心为乐的同时,亦对此冷眼相看,十分明了需努力阅读和写作才是根本,可惜,与道格拉斯的交往和在戏剧界获得的成功使他迷失了自我。

冈特说王尔德需要社交圈子里的人同声赞扬他,并且这个圈子是他创作灵感的来源,王尔德的同时代人,特别是他的朋友对这一点大概都有印象。不过说是唯一来源就有失武断了,以社交圈子的浅薄推论王尔德的浅薄,也不客观。在成为有名气的作家之前,在出入伦敦的客厅之前,王尔德就是一个在学校中勤于读书和善于写作的优等生,并很早就发表了作品。可以说为上流社会所承认,是刺激王尔德写作的动力之一,但对这承认的期待的承重点更在于对自我价值、对他自诩的天才的肯定,而不仅仅是贪图名声。因此也可以反过来说,王尔德在圈子中的名声是他努力的结果,而不是动力因。

监狱中恶劣的起居饮食条件和艰苦乏味的劳动;在转狱途中被围观的刻骨的屈辱;破产后家中一切珍藏都散失;听到犯人被毒打;因摔倒而右耳病痛却得不到任何诊治;特别是听到母亲去世的消息,这些痛苦都是实实在在的,即使平常人亦会深受伤害,何况一个感觉细腻的作家。阿瑟·克利夫顿1896年10月8日去狱中见他时,王尔德饮泣连连,几次说觉得自己恐怕熬不过刑期了。

仅仅把王尔德的痛楚解释为"他只能过奢华饮誉的日子……

时时渴望得到别人的崇拜"[1]，这种揣测与他狱中和狱后的生活实际是不相符的，也是不能令人信服的。王尔德与母亲感情深厚，母亲的去世使他的负疚自责无以言表，把他对自己过去的反省和悔悟仅仅解释为他人眼光的内化，对社会给他的处罚的认可，也是不全面的。事实上，出狱后的王尔德并未在精神上屈服，更不曾向社会屈膝献媚。他说："我的未来如何，完全取决于我的艺术以及我的艺术再次与生活交融的可能性。我无意向答尔丢夫邀宠，也从来不与恶人们调和"（6卷432）；"他们仅仅是野蛮地对待我，但没能影响我，他们只是毁灭了我"（6卷474）。

重视公众生活，热爱名誉，不是王尔德的毛病，而是他作为一个绅士，由他出身的家庭和所受的学校教育培养出的品格。托多罗夫认为王尔德在诉讼前夜拒绝出逃的原由是："我决定留下来，这样更高尚，更漂亮"[2]，是一个精准的判断。作为一个作家，关注舆论对自己作品的反应，也是十分正常的。且托罗多夫前引的王尔德给道格拉斯的信，其背景是王尔德出狱后刚在贝尔讷瓦勒安顿下来，幻想伦敦固然已将他放逐，不以同性恋为罪的巴黎却有可能会接纳他。因此他为了看到巴黎报纸上有关他的报道，买了三天的报纸，想知道人们对他"说好还是说坏"。"说坏的我更想知道……说什么我都在乎"，是因为"我的神经实际上很脆弱"（6卷309）。

这种情形，与其说他特别在意自己的公众形象，不如说他想判断自己在法国能否安身；即如果恢复了创作灵感，生活是否可以在法国重新开始。遗憾的是，他再也没有把灵感抓住，这是由于出狱

---

[1] 威廉·冈特：《美的历险》，肖聿，凌君洋译，北京：中国文联出版公司，1987年，第237页。

[2] 茨维坦·托多罗夫：《走向绝对：王尔德、里尔克、茨维塔耶娃》，朱静译，华东师范大学出版社，2014年，第48页。

后他遭受的痛苦压垮了他的渴望和坚持。王尔德自己说得很清楚:"我从不梦想在社会上恢复自己的名誉,也不想这样做,但是我确实想能再从事艺术工作,并希望如此。"(6 卷 377)

可见,"失去荣誉说"不尽客观。王尔德在《雷丁监狱之歌》后创作力受阻有众多复杂的原因,在用认知科学分析其症结之前,可以先梳理一下王尔德狱后生活的真实状况。

二、出狱后的不断坚持与不断被挫败

王尔德出狱后的生活就是挫败与坚持的拉锯战——希望自己能恢复创作力、写出好作品,不断为此努力又不断挫败的过程。

他称在狱中给道格拉斯写的长信是一生中最重要的一封信,因为它从根本上涉及了他对将来生活的期许心态,这个状态的核心就是,对基督和他的精神所作的艺术化,以及通过罪的泛化来冲刷他自己的罪与罚。也即他所说的若重新创作,将围绕的两个主题:一个是"基督乃生活中浪漫主义运动的先驱";另一个是"艺术生命与举止行为的关系"。因此,1897 年 5 月出狱时,他见到朋友后写的第一封信就是向修道院申请静养 6 个月,绝非心血来潮。即使这时他已被迫在分居协议上签字,法庭将孩子裁决给康斯坦丝监护,他仍希望能重建自己的生活。因此见到朋友们时说说笑笑,状态良好。可惜,他的请求被婉拒了。朋友记述道:"王尔德的精神一下子垮了下来并失声痛哭。"他以这 6 个月的静修为跳板回归世界的梦想破灭了。这是他出狱后的第一次挫败。也是以后一系列挫败的起点。

与其说王尔德需要的是来自客厅的赞誉,毋宁说他需要的是智力相当、情趣相投的友谊。

早在 1896 年 9 月 25 日致莫尔·阿迪的信中,王尔德就写道:

"我发现我不能创作了。沉默、完全孤立、与有人情味及使人有人情味的影响相隔绝扼杀了人的智力，头脑失去了生命……"（6 卷 37）1897 年 3 月致莫尔·阿迪的信中，王尔德说："我的肉身所在的监狱里，我得到了许许多多的仁慈，但我的灵魂所在的监狱里，我能给予我自己的却只是空无一物。"在同年差不多同一时段写给道格拉斯的长信《从深处》中，王尔德预计自己 5 月底会出狱，他憧憬着"大海会洗去世界的污垢和创伤……我希望至少同朋友们呆上一个月，在他们有益于身心和充满关爱的陪伴下，重获安宁与平和"（6 卷 181）……

也就是说，虽然他在这封长信里通过指责道格拉斯，悔悟自己行差踏错，以及将基督精神审美化等诸多途径，试图经由自己的表述来重构他被判入狱这件事的意义，但他内心的重构并没有真正建立起来。他高度赞扬了基督的浪漫精神和自为精神，实际上在承认自己受诱惑放浪声色的同时，在宣称自己体会到谦卑、悲悯和感激的同时，并不打算改变自己的随性自为和艺术主张。正因为如此，他把朋友的陪伴预设为出狱后生活的必须条件。遗憾的是，朋友们各有自己的生活，他很快形单影只。1897 年 5 月 28 日，在给罗斯的信中他说："这是我独处的第一天……一整天里我都处于难以自控和难过的心理状态。"（6 卷 283），这是出狱后他情感的第二次低潮。

王尔德对两个儿子十分喜爱。法庭的判决重创了他。在信中他写道："但我的两个孩子被法庭判走了。这是，也将永远是个令我无限沮丧、无限痛苦、无限悲伤的心结。法律竟会如此裁决，竟敢如此裁决，认为我不适合同亲生孩子在一起，这不禁令人毛骨悚然。牢狱之耻同这相比都算不了什么。"（6 卷 116—117）由于康斯坦丝始终拒绝王尔德去看孩子，也不带孩子来看他；失去家，失去人伦之乐和亲情的王尔德，在对孩子的思念中备受折磨。加上无论他搬到哪里,都躲不掉被路人和过去的熟人轻慢,他终于选择与道格拉斯复合。这一选择不但导致他与妻子关系的彻底决裂,也令他的许多朋友不悦并疏远他。而由于王尔德经济不宽裕,道格拉斯的淡漠自私再次伤害了王尔德。他写信给罗斯,称道格拉斯带给他的失望"是痛苦生活中最痛苦的经历;它是一种非常可怕而致人瘫痪的打击"(6卷515)。在失去生活费的威胁下,两人被迫分手,置王尔德于更无助的孤独之中。这是一个与世界抗争、失败;再抗争、再失败的过程。

《雷丁监狱之歌》写成后,出版也不顺利。11月16日他写信给罗斯说:"我不知道我与美国出版界之间有如此大的隔阂。我原来想我会轻松地获得成功并保证能得到一大笔钱"。(6卷455)为了能让《雷丁监狱之歌》在美国能够出版,王尔德写信给伦纳德·史密瑟斯,建议不加他的名字出版。"我认为现在最好不加我的名字出版。我看清楚了,是我的名字让人害怕……在美国和在其他地方一样,撤掉我的名字是必须的。"(6卷497)在1897年11月28日致莫尔·阿迪的信中说:"我的诗在美国的经历对我的信心、虚荣和希望是一个沉重的打击。"(6卷479)王尔德意识到自己再也不能用本名写作了。他作为作家的身份已被取消。

三、贫困的磨折

经济压力是笼罩着王尔德狱后生活的浓重阴影。出狱十多天,在1897年6月2日给罗斯的信中,他就说自己"决定完成《佛罗伦萨悲剧》,以此获得500英镑"。7月12日致布莱克的信中,他说"我希望能很快写一部剧本,然后如果它能上演,我就能得到钱"(6卷363)。为了如此迫切地对钱的谋求而打算写作,显然并不是对写作有利的状态。之后,王尔德经常处于没有钱花的状态。他不常看英国的报纸，因为太贵了。经过长途海运后的书到了，他没钱取出来。买不起邮票，在咖啡馆里用免费信封写信。有时为了 10 磅跑腿三次，感到如此羞耻；有时把朋友给的 5 磅称为"天赐神粮"。

1898 年 5 月 20 日以后，也就是他出狱 1 年的时间后，他给朋友的信中，索要钱成为一个主要的内容。作品写出来，也很难出版，是王尔德没有预料到的。这一打击不仅仅意味着当时的社会拒不给他恢复艺术家身份的机会，也意味着他仍将陷入经济的困局无法自救。在狱中他曾悲观地说："我是完完全全地身无分文，实实在在地无家可归。"（6 卷 121），现在竟不幸成为事实。即使承受着这样双重的打击，在相当长的一段时间里，王尔德都没有放弃重新写出作品来的努力。

起先他觉得旅馆的生活不利于写作，希望有一个属于自己的房子；接着他又放弃了在贝尔讷瓦勒的这处房子，不断改换环境，从鲁昂到巴黎，到意大利再回到巴黎，不但始终没能进入他所希望的能好好创作的状态，反而在这个过程中遭遇了两个断崖式的心理崩溃节点。

第一个是从布莱克那里听闻康斯坦丝病重（不治之症）的消息。王尔德在信中写道："听了你告诉我的消息我的心都碎了。我并不在乎自己可悲的生活——这是罪有应得——但是，当我想到可怜的康斯坦丝，我简直想自杀。"（6 卷 375）至此，王尔德开始畏惧弄人的命运。虽然，8 月 22 号他写信给戴利时仍说："今后我希望能回到意志力集中的状态，它给艺术创造条件并统治着它。"（6 卷 385），8 月 24 日在给罗森斯坦的信中就是另一种表述了："我不知道自己该到哪里去。我没有处于最佳状态去做自己愿意做的事，恐怕永远也不行了。那种强烈的创造动力已远离了我。我不在乎怎样努力再得到它……"（6 卷 390）。也许，妻子一直是王尔德可能回到安稳世界的那个支点，这是他自己也没有意识到的。

1898 年 2 月，王尔德写信给哈里斯说："我已经失去了生活和艺术的主要动力，即生活的乐趣……我即将入土；陈尸所向我张开了血盆大嘴，我去那儿察看了我的锌床"（6 卷 511）。

彼时，王尔德的《雷丁监狱之歌》在社会上引发了反响，哈里斯乃提出带王尔德去戛纳附近的一个小地方纳波尔，准备住一个月，以便他能写出一部艺术作品。王尔德再次满怀希望地写信给豪斯曼和纪德，告知他们此事，说"也许在那儿我会重新找回我的灵魂"（6 卷 624）。

遗憾的是，事情并不顺遂。1898 年 12 月，身无分文的王尔德陷身尼斯的旅馆，早晚都收到一张账单令他神经相当紧张。老板又应中产阶级英国游客所请，勒令他离开。他典当了戒指，匆匆去往蒙特卡罗，后决定去瑞士。1899 年 3 月 1 日，途径热那亚的时候，他去看了康斯坦丝的墓地，发现"她的姓，即我的名字，被省略了"（6 卷 646），十分悲伤和震撼。当时的英国社会并不是收回了给王尔德的赞誉，而是清除了他的名字，也清空了他的生活。他如何还能再写出与生活交融的艺术作品？这是王尔德内心崩塌的第二个节点。

虽然可以对王尔德出狱后遭受的打击作一个文字的梳理，但他内心深处的伤痛是无法用文字企及的。这些挫败与打击，与所谓的"社交圈子、客厅的邀请、好名声"相比，哪一样不是切肤之痛呢？而在这重重重创之下，他屡屡挣扎着想要能重振精神，无比热切又无比绝望地想要自己能写出好的作品。"假如在意大利都无法写作，我又能在哪里写呢？这是我惟一的机会了。"（6 卷 395）后期书信中这样的企盼不绝如缕，令人叹惋。他所作的坚持殊为不易，为此所作的努力和挣扎，恰恰是顽强的、令人动容的。诚如他对自己的描述，他性格中是有"豪气"，"意志上有些顽梗，加上天性中的不少叛逆，向来是咬咬牙挺住"，王尔德的这一面——这种

"牛"气(牛：古爱尔兰岛的化身和英雄形象的神话原型[①])是需要重新认识的。他值得更多的敬意而不是曲解。

四、焦虑及利害性注意抑制审美创造力

基于认知科学的一些研究成果，可以对王尔德创作力受阻的问题进行新的认识和解释。

首先，焦虑对大脑活动产生的抑制和危害是原因之一。出狱后，以前拥有主动型大脑以及批判型思维的王尔德堕入难以摆脱的焦虑之中。

王尔德对自己人生的规划，对上流社会的进击，都说明他的大脑是主动型大脑。美国心理学会在对智力进行定义时指出："个体理解复杂观点、有效适应环境、进行经验学习、进行多种形式推理、通过思考克服障碍的能力存在差异。"[②]实验证明，不同的人大脑活动是不一样的。更聪明的人，大脑会更主动地接受和处理信息。从某种程度上来说，《从深处》和《雷丁监狱之歌》的写作，都是王尔德对自己入狱、服刑一事的主动再叙述，并尝试通过这一再叙述来获得话语主动权。

"大多数社会的大多数成员会倾向于保持社会习俗和信仰，即他们儿时就习得的那些。……批判的或独立思维的个人可能会偏离原有的并提出对问题的新答案——虽然他们仍旧面临着让别人

---

① 冯建明等：《爱尔兰文学思潮的流变研究》，上海：上海三联书店，2022 年，第 22—24 页。
② 理查德·J. 海尔：《智力的奥秘：认知神经科学的解释》，葛秋菊译，知识产权出版社，2019 年，第 6 页。

去听从他们的新想法或新实践的艰巨任务。"①受审前的王尔德确实是以在当时的英国争取艺术的独立性为目标的一位斗士。他不但坚信自己是正确的,而且勇敢地向社会陈规挑战。这种挑战应该也是他创作激情的来源之一。他对自己的才华从来都自信满满,就他对来自外界的美誉的兴趣而言,与其说他离不开上流社会,以此美誉为写作的动力;不如说他天真地以为上流社会离不开他,他可以轻松地把玩自己所能驾驭的一切。显然,他的大脑是批判思维型的大脑。

大脑工作的不同方式不仅在不同的人之间存在,在同一个人人生的不同阶段,随着社会环境的变化和人经历的不同,也必然呈现不同的状态。出狱后的王尔德完全处于另一种生存境况中,主动型、批判思维型的大脑被焦虑扰乱。他过人的记忆力使得监狱中的某些情景历历在目,这种情景记忆严重干扰他的日常心神,被可怕记忆的阴影深深攫住的他,十分渴望却难以完成大脑的重置。他在信中说:"我放弃了写作,因为我整天被有关那些幼小的孩子们,那个可怜的、弱智的、根据医生的命令被鞭打的小伙子的记忆所困扰。"(6 卷 290)"我已经收到很多写一个戏的邀请,然而至今为止尚无成果。失去自由的震撼依然作用于我的身上"(6 卷 377)……

1897 年 4 月,在致罗斯的一封长信中,王尔德说:"释放我的那一天也无非是将我从这个监狱转到另外一个罢了,果真到了那时,则整个世界对我而言不比我的单人牢房大上多少,而且充满了恐惧。"(6 卷 187)理查·艾尔曼把他的这种心态准确地标识为"狱外的囚犯"②。认知科学研究认为,"焦虑对任何形式的思考都不

① G. E. R. 劳埃德:《认知诸形式:反思人类精神的统一性和多样性》,迟志培译,江苏人民出版社,2012 年,第 165 页。
② 理查德·艾尔曼:《奥斯卡·王尔德传》(下),萧易译,广西师范大学出版社,2015 年,第 701—703 页。

利,它不仅束缚我们的注意力,还会削弱我们的冲动控制,耗费本可以更好地用在其他方面的大脑处理力。"①焦虑对写作心态的危害,王尔德自己认识得很清楚,1898 年,在致波利特的信中,他说:"你问我在写些什么:很少。我总是对蚊子和钱等问题忧心忡忡,并被旅馆账单、缺香烟和没零用钱等小事所困扰。平静对艺术家就像对圣徒一样必不可少。我的灵魂已经因可怜的焦虑而变得平庸。"(6 卷 611)这是王尔德始终不能如愿集中注意力的一个原因。

其次,人的注意力是一种选择性注意,按照布罗特本提出的过滤器理论,在任何时候人们能够注意的信息量是有限的。如果得到的信息量超过了这一容量的话,人们就会利用注意过滤器,让其中的一些信息通过而阻挡其余的信息。②

出狱前后的王尔德对于与孩子再不能相见,对于难以得到正常的人际交往中的正常情感耿耿于怀,母亲和妻子相继去世;这些悲伤的情感信息太过强大,以至于虽然他意识到"我必须学会快乐"(6 卷 126),实际上,快乐的信息却被阻挡和过滤了。这是他再也写不出喜剧的原因之一。

最后,不断处于经济重压和随时随地可能会遇到的排斥和羞辱,使他总是处于与利害性注意相关的意识活动中。大脑的形状知觉中枢和意义领悟中枢既各自具有相对独立的功能又可互相转换。在一般情况下的认知行为中,意义中枢具有首要地位。"如果人的生存需要得到满足,……同时,在社会理想、政治目标等精神方面的利害性需求也不明显而强烈,则此时的生命机体就相对松弛,处于无利害需求状态。"③在无利害状态下,意义中枢就可能不

---

① 卡罗琳·威廉姆斯:《认知迭代》,马磊译,北京:北京日报出版社,2018 年,第 50 页。
② 加洛蒂:《认知心理学》,吴国宏等译,陕西师范大学出版社,2005 年,第 63 页。
③ 李志宏:《认知神经美学》,中国书籍出版社,2020 年,第 122 页。

被充分激活,而认知模块中的形式知觉中枢则被充分激活,并进而激活情感中枢,引发愉悦感,也就是进入审美状态。

"如果在审美认知的过程中突然出现了高强度的利害性事件,评估系统会立即启动,使机体转入利害状态,形成利害性注意,中断审美认知活动。"[①]在 1897 年致道森的信中,王尔德承认他现在发现"艺术的构造很困难",接着他就开始抱怨那不勒斯的报纸以连篇累牍的报道对他造成的骚扰,"我确实曾认为在那不勒斯我能得到安宁"(6 卷 424),王尔德悲叹道。这正是利害性需求激活后中断审美认知的典型描述。

可见,王尔德出狱后,尤其是他生命的最后一两年,生存需要时时压迫着他,使他无法从利害性注意中抽身出来以获得审美的自在。虽然他急切地想调动审美认知模块,但总是无法阻止利害性状态自动开启他的一般性认知模块。这是他自《雷丁监狱之歌》后再没有作品的根本原因。

不再创作,特别是不再写喜剧了,当然也还有其他主观情绪或思想上的原因。这些原因使得利害性注意进一步压制着王尔德原来十分活跃的审美认知模块,并取得了压倒性的胜利。一方面,出狱后的王尔德遭到上流社会的排斥和折辱,即使心中还有一些喜剧构思,主观情绪上他不会愿意再写喜剧。"他怎么能以把他弄得身败名裂的人为材料,写出个欢乐的喜剧呢?"[②]

他讽刺地说:公众"喜欢听我诉说自己的痛苦……我不敢肯定人们会再喜欢我轻松的一面(6 卷 641)……"与其说他在琢磨公众会喜欢什么样的他,不如说他早已洞见了公众的心理,不再继续写与《雷丁监狱之歌》风格接近的作品,正是对这种猎奇心理的拒斥,

---

① 李志宏:《认知神经美学》,中国书籍出版社,2020 年,第 123 页。
② 威廉·冈特:《美的历险》,肖聿、凌君译,中国文联出版公司,1987 年,第 238 页。

他不愿意用自己痛苦的经历喂养公众冷漠的心灵。

另一方面,《雷丁监狱之歌》的创作风格与王尔德以前的文学主张是不一致的。他自己对此有清晰的认识:"我的诗的主题全是错的,而处理上也太个人化"(6 卷 458);"诗歌的自传性太强,而真实经历是不该用来影响诗人灵感的"(6 卷 511)。虽然,王尔德不甘心走上用他本人的生活经验来滋养他的作品这条与自己艺术主张相反的道路,但他也认识到《雷丁监狱之歌》"发自我内心深处,是一种痛苦的呐喊……包含了一些好的东西"(6 卷 511)。在《从深处》中,他本已决心"好好地重新开始"(6 卷 152),在悲怆的启蒙中找寻美背后的精神(6 卷 182)。可惜,当时的英国社会以毁灭王尔德的方式,取消了他的艺术再次与生活交融的可能性。

综上所述,就为什么《雷丁监狱之歌》之后王尔德就没有作品了这一问题来说,"失去荣誉说"是一种不够全面的推测。其合理因素在于指出王尔德失去了创作更好作品的条件和心境,其偏颇之处在于把这一缺失落实在所谓"爱名声"的虚荣心上。以认知科学相关研究成果可以更精准地解释这一问题。

这不是一个品性是否轻浮或者奢求名声的问题。王尔德失去的是人能开展审美认知的基本条件,这一缺失是由他出狱前后生活中的一系列打击和痛苦造成的。在 1897 年写给史密瑟斯的信中,王尔德对此有明确的表述:"对缺钱的事我已经麻木了。……当争论的焦点是一个数字问题时,天才、艺术、恋爱、激情等等就毫无用途。代数问题的结论不能在审美感中发现,无论它多么发达。"(6 卷 460—461)

长期陷入利害性注意的王尔德,不仅失去了创作所需的心境和高度集中的注意力,而且很快病痛缠身。王尔德在牛津读书时就对科学有兴趣,他甚至认识到:"生活不是由意志或愿望驾驭的。生活取决于神经、纤维、慢慢构成的脑细胞,思想就在那里藏身,欲望就在那里酝酿。"①他自己是深知来自经济压力的焦虑对他的摧毁性。他最后的一封信还在抱怨哈里斯,说因为哈里斯没有把钱寄给他,导致他被各种欠账引发的精神焦虑整天地折磨,彻夜不眠,不然"我的病应该在两个星期之前完全康复"(6 卷 754),读来令人不胜唏嘘。

在 1897 年 11 月 16 日致罗伯特·罗斯的信中他这样说:"我的存在就是一桩丑闻。但是,我不认为我应当为因继续生存引起丑闻而受到指责。"衣衫褴褛的王尔德在巴黎曾偶遇歌手梅尔巴太太,在自报姓名后直接向她要钱。他们初次相见时王尔德说的是:"啊,梅尔巴太太,我是语言勋爵,你是歌曲女王,所以我想,我得为你写一首十四行。"②如果说是当时的英国社会把诗人王尔德变成了一个乞丐,今天我们至少可以对他少一些误会和曲解。

五、本章的几个余问

英国上流社会对王尔德的围剿,以及王尔德在出狱后,不愿意把自己的悲哀哪怕是在创作中展示给世人,有没有民族文化心理冲突在其中?

1801 年,爱尔兰成为英国的殖民地。1845 年至 1850 年间,爱尔兰发生大饥荒。土豆刚引入爱尔兰的时候,本是作为园艺观赏植物,随着爱尔兰的产品源源不断运往宗主国英国的本土,土豆成为爱尔兰人特别是贫苦人的主食,取代了乳制品和豆类。

大饥荒之后,爱尔兰的民族情感凝聚性加强,"在新教和天主

---

① 奥斯卡·王尔德:《道连·格雷的画像》,《王尔德全集》第 1 卷,荣如德、巴金等译,中国文学出版社,2000 年,第 232 页。

② 理查德·艾尔曼:《奥斯卡·王尔德传》,萧易译,桂林:广西师范大学出版社,2015 年,第 761 页。

教这两大对立的阶层之间,出现了一个为数众多的中间地带,理查德·派恩称其为'中间的爱尔兰'(Middle Ireland)"[1],王尔德的家庭正属于此类。而他母亲则是激进的爱尔兰民族主义运动者之一,以"斯波兰萨"为笔名,发表了许多激进的文章。虽然青年王尔德通过努力,成功地跻身伦敦上流社会,并以自己的才华傲视群雄;经过审判、被宣布破产,在移送监狱途中被围观等折辱,他内心深处的民族情感,会不会变得敏感起来?

英格兰人认为爱尔兰人是原始的野蛮民族,"在都铎王朝的某些人看来,爱尔兰人不仅原始,还野蛮、叛逆,而且普遍不值得信赖。"[2]维多利亚时期对爱尔兰人的主流观点是:"(他们)是凶残的,放纵的,目光短浅的,不洁的和虚伪的,他们令人生畏地野蛮。"[3]

王尔德受审期间,有人匿名寄给他一张史前怪物的图片。主持第二次审判的法官威尔斯对王尔德说:"我对你说什么话也没用。会做出这种事的人一定是羞耻感荡然无存的。"[4]在王尔德求职、谋生、入狱的过程中,英国上流社会对他的拒绝、讽刺、驱逐,固然与王尔德高调挑战当时维多利亚时代的道德标准有关,与英格兰人对爱尔兰人的刻板印象在社会文化中起到的作用是否就无关呢?

在对王尔德其人进行比较全面的观照以后,我们可以回到"知人论世"说,再探讨两个问题。

---

① 冯建明等:《爱尔兰文学思潮的流变研究》,上海:上海三联书店,2022年,第76页。
② 约翰·吉布尼:《爱尔兰简史:1500—2000》,潘良译,桂林:广西师范大学出版社,2021年,第32页。
③ 黄伟珍:《英国维多利亚时期文学中的"家庭"政治》,成都:四川大学出版社,2019年,第128页。
④ 维维安·贺兰:《王尔德》,李芬芳译,上海:百家出版社,2001年,第105页。

其一，探析中国读者对王尔德既有的认知脚本，相对来说，为何较多地集中在他的同性恋和唯美主义这两个焦点？其可能性原因，及其背后隐藏或体现的是读者心智中的文化因素。

按照图形-背景理论，人的注意力是有限的，在人认知事物的过程中，大脑会对观察对象进行区分，忽视暂时不太相关的事物。在此过程中，"被关注的事物被称为图形，而被忽视的事物就是背景。"①由于中国文化传统中对德的强调，和对文学创作教化功能的强调，在当今的文学批评和阅读中仍然发挥重大的影响，王尔德与此文化规约特别相异的部分——他迥异于常人的恋爱史和唯美文论，就自然成为中国读者认知王尔德其人这一认知过程中的图形，也就是说容易被中国读者判断为品德不佳的部分引发了他们认知中更多的注意力分配；而王尔德为人中认真、重情的一面，成为被忽视的背景。

指出这一点，并非为了否认德性的重要性，或否定文学的伦理教诲功能，只是从认知诗学的角度，来分析某种认知结果的产生原因。把王尔德为人中认真、重情、有操守的一面，尝试从背景推至图形，并不是对王尔德个人生活中所作所为的全盘认可，只是通过这些方面的补充，构成一个相对完整的认知王尔德其人的新脚本。

通过多角度的视线所达成的对王尔德人品的认知脚本的重构，必然促进对王尔德作品的深入理解。这正是我们研究的目的。"知人论世"，其为人可能跟其所处之世界一样，是多变而复杂的——既有广为人知的一面，也有深不为世俗所知的另一面；随着人类文化的发展，后世对其认知也是会发展变化的。比如同性恋，过去是德行问题，现在是生理问题。

---

① 殷贝、杨静、陈海兵：《兼容并蓄：融形式分析与文化研究于一体的认知诗学》，成都：四川大学出版社，2017年，第214页。

　　其二，如何通过对王尔德其人其作的认真琢磨，增进对他所处时代文化思想背景的了解；力争在他身处其中的环境中考察王尔德思想和创作的意义。

　　需要指出的是，王尔德作为个体的内在多样性，既是来自他对自我生命真实性的坚持，也是源于时代思想文化的变化，这种变化体现在他的生命中，正如他自己所言："把自己生命中好的变成恶的，恶的变成好的"；这一评价的复杂性在于：如何判断什么是好，什么是恶？无疑，那个时代正统观念认同的好，与王尔德追求的好，是不一致的。在王尔德的时代，新旧价值交错，冲击了传统对善恶的简单区分。王尔德的思想体现在他的作品中，揭示了现代伦理观的新内涵，乃以转折时代伦理观的含混和矛盾，既扣紧了时代文化的命脉，也对我们今天的文化走向，具有警示意义。这在下一章展开讨论。

第二章

伦理探险与"艺幻"警示

> 宗教一旦被证实是真实存在的,就会消亡。而科学就记录宗教的消亡。
>
> ——王尔德

关于唯美主义其理论与创作实践的不相一致,学界已有诸多研究成果。从伦理学的角度指出王尔德创作中的真善美的道德因素,指出他作品中的道德判断与伦理价值,是特别具有启发意义的。确实,王尔德的创作,他警句式的人生哲理,"能够给人以启发和警示,具有永恒的伦理价值"。[1]

可以激活脚本的标记有多种,比如前提标记——运用某个脚本的前提;内在概念化标记——"此类标记用来指称一个脚本中的行为或者角色"。[2] 本章用以理解王尔德在他作品中呈现的伦理思想的脚本前提,不是去分析其中体现的真善美的内涵,而是重点去考察他以他的作品在他的时代揭示了人类伦理思想的什么新变

---

[1] 徐彬主编:《英国文学的伦理学批评》,北京:北京大学出版社,2020年,第125页。

[2] 殷贝、杨静、陈海兵:《兼容并蓄:融形式分析与文化研究于一体的认知诗学》,成都:四川大学出版社,2017年,第171页。

化、新内容，以及对我们的启发。这个认知脚本中的标记就是"自我的真实"，这是我们理解王尔德思想（包括判断他的品性）的关键词，也是我们本章的思路核心，它关涉着西方历史文化中的诸多内涵。

先从人的个性方面来说"真"。王尔德本性中的真率过去是比较被忽视的。王尔德的"面具"意识强烈，使他人总禁不住想要戳穿他的矫饰，然而矫饰把戏的内里恰恰是真率。王尔德不是因为道德败坏而身败名裂的，是因为他的真率性。他的书信中有相当多的真实自我，比如他在宗教方面一直立场摇摆，因此他写信给他钦佩的朋友沃德说："你要是能体会罗马的魔力，那于我将是最大的喜事：那会使得我的心从此安定下来。"（5 卷 51）可见他希望通过自己真实的思考来走近宗教信仰，而不是简单盲从。

再如他意识到自己起先的演讲技能是糟糕的，为自己的进步高兴，1882 年 5 月在致诺曼的信中说："我在讲话和姿态上有了大大改进"，并把写有自己名字的 6 英尺高的广告牌描画在信中（5 卷 193），真是一个兴高采烈的率真的人。再比如，博西继承遗产后，王尔德竟以为他可以向博西要钱，结果大失所望。艾尔曼说"王尔德总是有点天真，尤其是跟残酷的人打交道时，因为他自己的天性中没有残酷的东西"。[1] 确乎如此。

但这种真率并不仅仅是一个个性的问题，某种意义上说，欧洲思想史中自由范畴的不断扩大是与对"何为真"问题的认知进程同步的——真，是与社会规范保持一致的安全存在状态，还是尽最大可能地实现自我生命的各种可能性？对应于伦理内涵来说，则可以概括为"自我与他人"的关系问题。王尔德在思想上对"真"的坚

---

[1] 理查德·艾尔曼：《奥斯卡·王尔德传》（上），萧易译，桂林：广西师范大学出版社，2015 年，第 186 页。

持,是可以放在欧洲思想文化与文学的历史洪流中来考量的。不论是从个体生命的存在还是从文学的创作来说,他都切准了时代文化的脉搏。

第一节　推敲自我与"恶的美学历程"

一、诚与真——"推敲"自我:世纪末欧洲文学的文化与心理命格

奥托·兰克在他的《心理学与灵魂》一书中,勾勒了西方历史文化中对"灵魂"的理解,从集体共有一个灵魂的图腾时代发展到性时代、再发展到近现代的唯物论科学心理学的历史进程。他不但揭示出在"一方面是'没有灵魂'的科学心理学,另一方面是承载真正灵魂的载体"这一悖论状态中,精神分析的作用——意欲以科学的方法解释唯物论时代人因自我意识产生的痛苦;而且指出了西方文化历史中一体两面的主要脉络——在科学发展记录宗教消亡的同时,人的自我认知和对人本性的了解在不断增进。

兰克选择了莎士比亚的《哈姆雷特》作为一个典型的文学文本,来分析其中的灵魂心理学。他把哈姆雷特作为子女时代从灵魂信仰到心理学转变的代表。"哈姆雷特代表了性时代和父系统治的产物,这种类型的儿子想要成为一个自由、自主的个体,而不是儿子本身——父亲的复仇者和母亲的配偶。"[①]具体地说,哈姆雷特延宕的原因,并不是由于复仇任务过于艰巨,其难是难在他对

---

① 奥托·兰克:《心理学与灵魂》,郑玉荣、殷宏伟译,北京:中国人民大学出版社,2020年,第66页。

自我生命价值真实的追求。也就是说,从内在灵魂来分析,哈姆雷特是对作为一个认知个体,对自我主体的自由和伦理加以选择和捍卫的意识形态的一种表现,他典型地标记了个体心理学的发生。

兰克的这一心理学史分析,与西方历史是同步的。布克哈特指出,"具有个性的人物"①是意大利文艺复兴的核心。随着科技和工业的发展,基督教对社会文化的控制日益受到冲击,西方近现代社会的发展与欧洲思想文化史中个人主义的发展在很大程度上是同步的。法国大革命以后,民主与平等的制度建立并发展,教育推广,自由的思想越来越普及,人内心的各种欲望活动起来,过去由上帝或国王决定的灵魂安宁和社会秩序失去其合理性。"个人解放了……似乎一切都变得可能了"②——近现代意义上西方社会的形成与个体内在自我意识的形成是同步的。随着旧社会规范的瓦解,由外部社会权力以及那种权力界定的精神的"诚实"开始贬值,关注个体生存经验之"真"(向社会展示的心理及情感与个体实际的情感和心理之间的一致性)——成为艺术表达的新特征。

黑格尔曾用"主奴关系"来表述过个体精神发展中的这种分裂与成长过程。当个体意识完全遵从外部社会权力之时,会获得类似"高贵"或"尊敬"的心理肯定,但却与个体自由自为的存在相去甚远。当个体发现外部权力(比如金钱的控制)与自我对精神本质的追求相抵触,尝试改变那种顺从一致时,对抗就瓦解了原初的一致和谐,黑格尔将此时个体与外部社会的关系称为"卑贱意识"关系。脱离了原初简单的诚实,自我的这种裂变反而因其对自主的追求体现出其进步性,在黑格尔看来,是精神的更高阶段。

---

① 布克哈特:《意大利文艺复兴时期的文化》,北京:商务印书馆,1979 年,第 126 页。
② 勃兰兑斯:《十九世纪文学主流》第一分册,张道真等译,北京:人民文学出版社,1997 年,第 43 页。

这样一来,随着个人意识的发展,到底何为真诚;或者说遵守成规的旧我和聆听内心的新我、诚实如一的灵魂与分裂流动的意识,到底哪一个才是真我,是不断进步的善? 就成了一个问题。

随着大工业文明的推进,社会似乎越来越使人处于异化的境况中,因人类社会的文明在很大程度上是通过抑制个体的本能才得到维持的,"人的进攻性是向内投射的,经过了内化;事实上,进攻性被发送回了它的起源地——即,它被指向了个体自己的自我。在那里,进攻性被一部分自我所接管,而这部分自我则以超我自居从而凌驾并对立于自我的其他部分。"①人的自我的各个部分如何相安无事,自爱的人如何确定自我与社会及他人之间的关系,就成为现代文化和文学表现的主题之一。

王尔德对此有诸多明晰的表述。"我生活的目的是实现我的人格,或曰自己的本性。与以前一样,我还是通过艺术来实现这一目标的。"(6 卷 588)"人类真正的完美不在于他有什么,而在于他是什么"(4 卷 293—294)。"搞明白自己到底是谁,这是王尔德笔下大多数主角追究的目标。"②其实这也是 18 世纪末—19 世纪欧洲文学最重要的主题之一——认识自我、实现自我。

经过新教革命和法国大革命,社会文化活动中这种对真正自我的认知和追寻加速运作。文学中出现了教育小说或成长小说,"整个 19 世纪,艺术的一个主要意图就是在观众心里唤起生存的意义,并召唤被高度发达的文化削弱了的那种原始的力量。……真实的艺术作品让我们看到自己的虚假,它祈求我们摆脱这种

---

① 弗洛伊德:《文明及其不满》,见《一种幻想的未来 文明及其不满》,严志军、张沫译,石家庄:河北教育出版社,2003 年,第 109 页。
② 理查德·艾尔曼:《奥斯卡·王尔德传》(上),萧易译,桂林:广西师范大学出版社,2015 年,第 18 页。

虚假。"①

所谓虚假,就是以前以为真的东西,随着时代的发展,被认识到并非是真。而在追寻真正的真诚——无论是对自我、对人性还是对社会文化而言的那种内外一致性的过程中,人的种种迷惘、痛苦和自我认知,就成为文艺复兴以降,特别是18世纪末—19世纪文学的一条思想文化主线。认识和反映世界的同时,去理解和命名自己——"推敲"自我,堪称19世纪欧洲文学的文化与心理命格。

以整个欧洲文学为范畴,举例来说,从狄德罗《拉摩的侄儿》对一个为当时社会正统眼光所不齿的人的思想的精细表露,到歌德《浮士德》凸显的人内心中两个灵魂的博弈(几乎可以理解为对黑格尔"高贵意识"和"卑贱意识"的文学注解);从《红与黑》中于连对自我的寻找和建立,到《人间喜剧》对人性的勘问;从《一个世纪儿的忏悔》世纪病患者那面临文化崩塌的茫然,到俄罗斯文学中多余人的绝境和小人物的挣扎……在反映社会现实生活的同时,如何自我认识、自我评判和自我实现,成为这一时期文学的贯穿性的主线之一。

以英国文学为考察对象,人如何认知人性、自我成长是这一时段文学的核心内容之一。在《汤姆·琼斯》中,众人对小说中的两个男青年主人公的认知经过了一番曲折——布利非这位人人认可的好少爷最后被揭露了其虚伪和卑鄙;而有各种毛病的汤姆·琼斯却被发现是一个真诚的人。这应该是比较早地通过小说提出了社会新问题——何为荣誉?何为真诚?反映出菲尔丁对社会文化思想变化的非凡把握能力。从《鲁宾逊漂流记》《名利场》《感伤的旅程》《唐璜》到狄更斯《远大前程》和哈代的《无名的裘德》,无不可

① 莱昂内尔·特里林:《诚与真》,刘佳林译,江苏教育出版社,2006年,第96页。

以从主人公在社会生活中、在不同的人生历程中的自我确立的角度来理解；当然也必须包括以简·奥斯汀、勃朗特姐妹、乔治·艾略特为代表的作家对女性自我的观照和思考，特别是玛丽·雪莱对人类科学理想的质疑……面对旧道德的崩塌，怀着对新世道的惊叹和忧虑，主人公在人生路上的颠沛起伏也是精神漂流的过程，其中确立的文学思想新因素，正是现代社会观念下对作为个人的自我的关注和表达。

从王尔德对其他作家的影响来论，他对另一个把自我的身心作为观察对象，不停探索和琢磨的作家影响巨大，那就是安德烈·纪德。纪德 1891 年 11 月 27 日同王尔德初次见面，在 12 月给保尔·瓦莱里的信中他这样写道："王尔德致力于扼杀灵魂在我身上仅存的影响，因为他说，要认识一种本质，就必须将其消除：他要让我懊悔有这样一颗灵魂。"[①]在 1892 年 1 月 1 日，纪德在日记中写道："我想，王尔德对我只有伤害。"接下来的两句是："和他在一起我就不会思考了。感触更多了，但是我不知道如何组织了，尤其再也跟不上别人的推断了。"[②]就在两天后，在 1 月 3 号，他写道："我感到自身有千百种可能，总不甘心只能实现一种。"[③]在 1893 年 10 月 10 号，纪德在日记中写道："我不再称我的欲望为诱惑了，也不再抵制；反而追随欲望了……美呦！欲望呦！你们才会愉悦我的心灵！……我憎恶忧伤，反对我的同情心。"[④]1893 年的阿尔及利亚之行使纪德突破了新教思想的束缚，"从此，纪德走向了尼采式的个人主义，肯定那'超越了善恶'的自我"。[⑤]

---

① 纪德：《纪德日记》，李玉民译，上海：上海译文出版社，2015 年，第 112 页。
② 纪德：《纪德日记》，李玉民译，上海：上海译文出版社，2015 年，第 111 页。
③ 纪德：《纪德日记》，李玉民译，上海：上海译文出版社，2015 年，第 111 页。
④ 纪德：《纪德日记》，李玉民译，上海：上海译文出版社，2015 年，第 138 页。
⑤ 张若名：《纪德的态度》，北京：北京三联书店，1997 年，第 7 页。

可见,纪德所说的伤害,可以理解为王尔德的思想给纪德带来了冲击。而反过来看这个问题,也可以表述为,王尔德带给纪德的这种困扰对纪德思想和写作的发展是产生了影响的。概括地说,在保持纯洁的灵魂和体验生命的多样性两者之间,是王尔德推动纪德走向了后者。

王尔德认为,一个作家的每一个作品都可能会和自己上一部作品相反。可惜,他的创作生涯被牢狱之灾腰斩。这一艺术理想,由深受他影响的纪德实现了。[①] 纪德"热衷于突出他的每一种倾向,喜欢他们各异,并全部加以保护。他为每种倾向而生,直到创作一部作品来象征它。"[②]纪德在小说和自传、日记中所展开的坦率的思想交流和自我辨析,就像种到土地中的种子,又对法国文学和后世作家产生了影响。他提出的两个问题:"你以什么神的名义,以什么理想的名义,禁止我按自己的天性生活? 但这种天性会把我带到何处,如果我只按天性行事?"[③]既是那个时代的自我与伦理之问,在今天,也仍然是人类伦理思想中的关键性问题。

王尔德在牛津时曾和一个朋友说过,"要尝遍世界这个园子里每棵树结的果"(6 卷 132),要心怀这份激情踏进世界——与浮士德的表述何其相似! 他所塑造的道林·格雷,正是对可否无限制解放自我天性这一问题的一种探索。王尔德自己则如愿成为"声名狼藉的牛津圣奥斯卡、诗人和殉道者"(6 卷 533),和年轻的世纪病患者及多余人形象同气连枝。王尔德能不能算作顶一流的作家,这还是个问题。但如果从他对所处时代的思想文化心理的把

---

① 纪德所受的王尔德的影响,以及他在不同作品中所作的不同探索,可参见理查德·艾尔曼《奥斯卡·王尔德传》(上),萧易译,桂林:广西师范大学出版社,2015 年,第 478—487 页。

② 张若名:《纪德的态度》,北京:三联书店,1997 年,第 1 页。

③ 纪德:《如果种子不死》,罗国林译,广州:花城出版社,2012,第 191 页。

握这个角度，从他与整个时代文学中那些坚持真实坦率、追求丰富自我的著名形象的应和程度来看，他确实可以作为时代和文学的典型及象征。

重新审视在过去曾被视为"真"的人的自我、理性和心灵，也是之后的现代文学的主题之一。正如王尔德所说："在内省的范围内还有很多事情可做。人们有时说小说正变得越来越病态了。就心理学而言，小说从未有过充分的病态。我们仅仅触及了灵魂的外表，仅此而已。"（4 卷 455）19 世纪以后，文学表现出日益深入地"对现代个体化生存的深刻体察和反思"[①]。以此而论，王尔德也是从浪漫主义至现代主义文学发展史中，从反映外部社会到重主观心灵表现的这一转向的承前启后者之一。

二、"恶的美学历程"

唯美主义与颓废主义文学思潮关系匪浅，王尔德本人和法国文学也渊源深厚。作为一种文学思潮的颓废主义之颓废，其内涵有诸多迁延。由于颓废主义作家及其作品表层上显著地背离或挑战传统道德，同时代人中不乏从道德意义上指斥他们为颓废者，而这些作家本身自诩为"颓废"者，则是以此自醒、自傲。

今天我们更多从学术角度来推衍颓废主义之"颓废"的内涵。首先，必须从现代化历史进程这个出发点去理解西方颓废主义思潮。在宗教式微、社会巨变后的 18 世纪末—19 世纪初，旧的社会思想规范欲勉力支撑而不得，新的思想文化因素变化迅速，一个新的、统一的社会文化根基尚未建立起来。

缪赛曾对这一思想文化空窗期加以表述："永恒就像一个老

_____

① 黄梅：《推敲"自我"：小说在 18 世纪的英国》，北京：三联书店，2003 年，第 440 页。

鹰窠,世纪就像一只只雏鹰挨个地飞出窠来在宇宙中飞翔。现在轮到我们这个世纪来到窠边了。它站在那里瞪眼瞧着,但它的翅膀却给剪掉了,它凝视着无限的太空,飞不起来,只有等死。"①在《一个世纪儿的忏悔》中,他写道:"这是一个家中房屋已成废墟的人……新屋又没盖好,不知如何去挡风避雨,不知如何去准备晚饭,不知在何处工作,也不知去何处歇息,不知其生死之所,而且他的孩子还都是小小孩。要么我是大错特错了,要么我们就像是这个人。"②宽泛地来说,这种变化就整个社会来说,无一不是颓废的,但新生也寄寓于其中。关于社会和人的观念,都在发生改变。

首先,过去,个人价值以宗教、国家和家族荣誉为依托;现在,个人欲从集体中分离出来,保存自我并对生活做出判断。一方面,认识到人其实无法判断生活,也无法判断自己,形而上的人生意义的缺失;另一方面,面对人生的无意义,强者仍要为生活赋予一种价值。这种变化"显示出有关生活意义的价值评估从客观/真理判断向主观阐释、从单一到多元的重大转向"。③

其次,一批对时代风向有着敏锐认知的艺术家在艺术创作、美学风格甚至生活态度上,大张旗鼓地自认"颓废"。可以把颓废主义艺术家分为两类:第一类把颓废宽泛地理解为时代新的精神面貌,积极感受并表达这种新精神因素;第二类执着于对个人自由的无限追求,即使背负道德堕落的恶名也要抵抗自由感和个性的丧失,这种反叛中自有其高贵,正是波德莱尔对花花公子们的赞赏所

---

① 勃兰兑斯:《十九世纪文学主流》(第一分册),张道真译,北京:人民文学出版社,1997年,第45页。
② 缪塞:《一个世纪儿的忏悔》,陈筱卿译,北京:北京燕山出版社,2000年,第18—19页。
③ 蒋承勇、杨希:《19世纪西方文学思潮研究·第六卷:颓废主义》,北京:北京大学出版社,2022年,第28页。

在。显然,尼采将现代社会评判为一种衰退,并将之归咎于传统的基督教教义体系,在今天看来并非完全准确。衰退的表述正是以传统为关注对象的一种价值判断。而现代化进程中,发展才是主线。唯美主义不同于颓废主义的地方正在此处。虽然唯美主义者也表现出对现代化进程的疏离,但保留了对美和美育的信心,王尔德本人对科学和人类未来也有积极的接纳和期盼。或者可以说,颓废主义的审美观是道德反叛的产物,而唯美主义的审美观在反叛中有建设。但两者都是一种试图用合乎当时代的思想和语言描述当时代生活的严肃的努力。

法国文学对王尔德有相当大的影响。他自己公开赞赏的两本书,佩特的《文艺复兴》和于斯曼的《逆流》,显示了在思想和文学方面对他发生影响的力量从唯美主义到颓废主义的走向。他多次对被视为颓废主义重要代表的戈蒂耶、波德莱尔、爱伦·坡和福楼拜等,表达了赞赏之情,但他同时也欣赏莎士比亚、济慈、勃朗宁夫人、陀思妥耶夫斯基……如果从颓废主义文学的角度来评价,"王尔德的独创性价值在于,他把颓废审美的准则推向了其逻辑上的极限,并把前一代的大师——特别是戈蒂耶、波德莱尔、爱伦·坡——留下的美学遗产组织成相对一致的综合体。"[1]王尔德以法国文学的"颓废"风姿滋养了英国的唯美主义。如果从作为艺术家的王尔德本人来说,他的创作并不囿于颓废主义之中,正如也并不囿于唯美主义之中。他对当时代各种杰出艺术家及其艺术品位的思考和超越,能汲取各种新思想和艺术表现手法,在多重因素中保持奇妙平衡,才是他的天才所在。

更为广泛地说,在 19 世纪末的各种文艺思潮中,存在一种共

---

① 蒋承勇、杨希:《19 世纪西方文学思潮研究·第六卷:颓废主义》,北京:北京大学出版社,2022 年,第 73 页。

通的普遍性,即在确立艺术独立性的同时,抛弃艺术创作在道德上的自我束缚。理论上,这一"恶的美学历程"可以上溯到 18 世纪,康德对美的定义和黑格尔、谢林、克尔恺郭尔对恶的美学价值的探讨,甚至更早的普罗提诺和奥古斯丁对世界之不完满的解释;在古希腊路西法尔和基督教原罪神话中,在莎士比亚、马洛、弥尔顿、莱辛和歌德等人的文学作品中;对作为一种心理和文学对象的恶的体察和描绘。

　　总体来说,在西方现代社会进程中,关于自由精神和审美领域的拓展在各个方面是并驾齐驱的。对个体作为认知主体,认识世界和自身的自由意志和能力的肯定与艺术自治纲领的提出、与恶的美学历程的发展是同步的;也与自然科学、人类学、非理性哲学、现代心理学与文学批评的相互浸染过程是并发共生的。现代美学中的恶,不仅与宗教、法律、伦理割不断联系,也是在艺术中被叙述的对象;艺术家通过想象力使恶脱离实践性的道德寓意特征,成为人内心错综复杂图像的外显。这就是恶的现代主义文学方法论。随着文学描绘恶的多样化审美形式,恶的概念,甚至现实的概念都变得多元化。因此,对王尔德作品中现代伦理内涵的研究,必然是跨学科的。

　　"善良和奸诈的二元对立将被恶的美学通过一种诗意模式——至少是叙述模式——取消,在这模式中重复、打破界限、无节制和反常行为的基本样本复制一个恶的世界,这个世界跨越了理性的或者伦理学的概念性评价框架。"①安德雷·阿尔特从撒旦的审美功能倍增、重复作为恶在文学中的显现形式、逾越的美学性质和神圣的色情文学诸方面,分析了恶的美学历程的丰富内

---

① 彼得-安德雷·阿尔特:《恶的美学历程:一种浪漫主义解读》,宁瑛等译,北京:中央编译出版社,2014 年,前言,第 12 页。

涵。虽然安德雷把王尔德列为"现代派恶文学的伟大代表人物"[①]，他以《莎乐美》为例，把唯美主义和王尔德作为恶在文学中的显现形式的单调和重复的典型[②]，而未能对《道林·格雷的画像》中的"逾越"作出适当的解读。在他作为个案分析的作家中也没有纪德。

逾越可以分为两种类型。一种是直接、大胆地对传统道德说不，比如在刘易斯、施莱格尔、于斯曼、萨德、坡等作家的作品中；比如王尔德公然宣布艺术家有可能是罪犯，罪犯也有可能是具有独特表现思维和手段的艺术家——在犯罪和艺术才能之间，不是非此即彼的关系这样的文学批评观点。另一种则是以一种越界-质疑越界的自我反观，在越界的快感和罪感中来回犹疑地撕扯，例如《道林·格雷的画像》，纪德的《背德者》；直到《洛丽塔》中，这种撕扯几乎完全被沉醉取代。

必须指出的是，树立艺术独立性，摆脱道德寓意对艺术创作的束缚，恰恰是对传统道德文艺观的一种反应。丑的美学，或者说不道德文学自有其道德和价值涵义。在自由已经不是为少数人所追求的奢侈品的今天，第一种逾越几乎已经降级为对恶及其快感的耽溺，对文化的建设意义甚微；而第二种逾越中对自由和越界的反思，恰恰是十分必须的，尤其是当我们保卫面临挑战的现代人类生活的时候。对旧有界限的突破是如何在王尔德的作品中体现的？王尔德对这种突破或者说逾越本身是全然赞许的吗？这就是我们将探讨的问题。

---

① 彼得-安德雷·阿尔特：《恶的美学历程：一种浪漫主义解读》，宁瑛等译，北京：中央编译出版社，2014年，前言，第16页。

② 彼得-安德雷·阿尔特：《恶的美学历程：一种浪漫主义解读》，宁瑛等译，北京：中央编译出版社，2014年，279—285页。

第二节　王尔德审美伦理的现代新阈值

一、伦理并非固定不变的抽象理性原则

卡林内斯库对"作为西方文明史一个阶段的现代性"与"作为美学概念的现代性"①之间所作的区分众所周知。这一划分将自浪漫主义到现代主义文学中,对启蒙运动以来的工业社会及功利主义思想的质疑与反拨凸显出来,成为理解现代文化与文学的一个深具影响力的观点。

但如果局限于这一划分所揭示的审美现代性与工业现代性的对立,则会有对比较复杂的历史样貌简单化的可能。实际上,18世纪末及19世纪末的历史文化都处于转型交汇之中,不论是从文艺思潮来说,还是从作家作品来说,许多时候对现代社会进程的态度是既有不满也有接受,甚至可以说,是怀着一种对进步的信心和期盼来接受,至少可以说,这种审美现代性对工业现代性或社会现代化并不是一种自觉的、单一的反对态度。

有些作家对现代文学或者说现代性,是从开始的抵触、贬低,到后来的接受和建设这样一个心态过程。比如波德莱尔,一开始对现代性是评价不高的。后来他对现代性的陈述却成为经典。唯美主义也是如此。一方面,追求艺术自足的唯美主义者对中产阶级的艺术鉴赏力是不赞成不欣赏的;另一方面,他们是相信通过他

---

① 马泰·卡林内斯库:《现代性的五副面孔》,顾爱彬、李瑞华译,北京:商务印书馆,2002年,第48页。

们思想和作品的流传,通过审美教育的普及,是能够改变或提高社会审美趣味的,这里面蕴含着对未来社会进步性的一种相信和预见。

一方面,王尔德对唯美主义艺术主张的大力张扬,是公开向他认为当时还拘泥于道德教诲准则而不免落后的英国文学批评界宣战;另一方面,王尔德对当时社会文化中个体-群体心性结构的变化——其中最显著的一点是对自我内心和人性复杂的认知和接受,相当敏感,特别是其中对个体生命的生存体验权利及其价值的追求,以及这种追求中反映出的伦理学意义上的新阈值;但囿于维多利亚时代对道德的高调提倡,他把自己所发现的新时代对传统伦理价值所作的颠覆和挑战,隐藏在他的唯美主义艺术主张和文学创作之中。

何为良心?道德良心概念的内涵既有其亘古不变的内核,也有随着漫长历史不断生成转换的因素。亚里士多德指出:"善事物也同样表现出不确定性。"①西季威克认为,"伦理研究的首要主题就是包含在'对人而言何为终极善的或可欲求的'这一概念下的全部内容。"②随着社会的发展,过去的伦理学家可能没有感知到的人类经验的一部分就需要被认知和表现,对人而言何为善的或可欲求的,并不是单一的抽象理性原则,而是一部人类心灵成长史。

历史地看,新教主义"摧毁了独一无二的真理和一致的信仰这一西方人过去的心灵慰藉"。③ 当时思想开明的知识分子已经对伦理准则的变化发展和具体性有所认知,比如斯达尔夫人认为:"对伦理道德的认识是随着人类理性的发展而日益完善的。……

---

① 亚里士多德:《尼各马可伦理学》,廖申白译注,北京:商务印书馆,2003 年,第 7 页。
② 亨利·西季威克:《伦理学史纲》,熊敏译,南京:江苏人民出版社,2008 年,第 11 页。
③ 雅克·巴尔赞:《从黎明到衰落——西方文化生活五百年》,林华译,北京:世界知识出版社,2002 年,第 23 页。

现代哲学家所公认的原则远较古代哲学家肯定的原则更有助于个人的幸福。"[1]可见,当时时代新伦理精神与浪漫主义以降的时代精神——对个体意识的张扬、对个人幸福的追求是一致的。

18 世纪末—19 世纪,不断增生的欲望和个体所面临的选择成为新的伦理考验。而文学精准地抓住了时代生活中伦理探险的各种面貌。人们认识到,一个人的内心世界,或者一个人与社会道德规范之间,会有种不一致的存在。但对当时的读者来说,伦理道德并不是固定不变的抽象标准这一新思想,仍然或者是他们未能接受、或者说不愿公开承认的。

从自然本质上说,我们每一个人都是与他人相分离的。就社会文化而论,个体的伦理自我认知无法回避与他者的关系问题。新时代伦理的核心问题,仍然是爱己与爱他之间的矛盾,但选择的天平和认知的边界都发生了位移。某种意义上来说,现代伦理思想的发展史可以理解为是一个逐渐认识到"理想主义与整体主义的虚幻和现实个人存在的真实"[2]的过程,当个人对自己的生命行使了各种判断和选择权,不可回避地,"良知寓意着个人主义,而行使个人主义就总有可能产生异见"。[3] 现代伦理即人与自我和他者的相遇:"我们注定是或本质上是一种道德存在,即我们不得不面对他者的挑战。"[4]人须在与他者的相互关系之中确定自身的伦理形象。但维多利亚时代的英国社会一方面经济高度发展,另一方面还严苛地维系着旧的伦理规范,唯美主义者的艺术独立论从

① 斯达尔夫人:《论文学》,徐继曾译,北京:人民文学出版社,1986 年,第 125 页。
② 万俊人:《现代西方伦理学史·上卷》,北京:北京大学出版社,1990 年,第 13 页。
③ 雅克·巴尔赞:《从黎明到衰落——西方文化生活五百年》,林华译,北京:世界知识出版社,2002 年,第 271 页。
④ 齐格蒙·鲍曼:《生活在碎片之中——论后现代的道德》,郁建兴、周俊、周莹译,学林出版社,2002 年,序言第 1 页。

思想上来说也是对此种裂隙的一种反应。

从青年到中年,王尔德自己对艺术和人性的认识也是在不断变化的。在他的诗歌、童话、小说和戏剧中,都在关注人如何在判断、选择和反思中达成伦理意义上的自我认知的问题。伦理并非空洞的道德准则,而是个体生命本身必须作出的有时甚至不乏艰难的选择,这一认知在王尔德的作品中是思想的一个出发点。这正是王尔德作品中伦理思想现代性的表现。

王尔德作品中主人公的伦理探险蕴含了对现代伦理境遇的观察。其中的伦理思想新阈值主要体现出自主性、本真性、居间性三个方面。王尔德在西方伦理发展史中贡献了自己超前性的思考;也以自己对伦理边界的探险,揭示了无限自由的诱惑及其危险性。

二、王尔德审美伦理的现代新阈值

在对自己的爱和对他人应负的责任之间如何选择为善?在人类社会中,每个人与他者是"相依"还是"相残"?"他人就是地狱",那地狱是因他人而成,还是因为自我的欲望?在"先于他人"和"为了他人"之间如何平衡?通过对这些问题的探讨和表现,王尔德的作品体现出其对时代伦理思想新阈值的表现。

1. 自主性:自主选择是现代伦理"善"之前提

把"自爱"放在"爱他人"之前,能走多远的问题,不啻是贯穿王尔德作品的一个根本性的问题。对这一问题的思考和表现,是以个体作为认知主体和伦理选择主体,个人有对自我行为和伦理判断的自主性为前提的,因此它乃是现代伦理新问题。

他诗集中的第一首《唉!》即开宗明义地提出了这个问题。

原诗如下:

> 唉！
>
> 让我的灵魂随每一缕激情飘逸
>
> 而化作弦琴任八面来风吹奏，
>
> 难道是因此我才不再挽留
>
> 我旧时的聪明和苦行般的自制？
>
> 我的生活宛若卷轴被书写二次，
>
> 曾在孩子气的假日里被人草就
>
> 能搭配古曲笛管的赋闲之讴，
>
> 这，损害了我整个生活的秘密。
>
> 确曾有那样的时候，我本该登攀
>
> 阳光照耀的峰顶，清晰地奏响
>
> 生命的和弦，送达上帝的耳边：
>
> 难道旧日光阴不再？啊，你可看见，
>
> 我只不过用小棍点触了浪漫的蜜糖，
>
> 难道灵魂的遗产就须从此丢个精光？①

　　"我的生活宛若卷轴被书写二次"，早年自制的灵魂如今"随每一缕激情飘逸/而化作弦琴任八面来风吹奏"；本该向着上帝攀登的道路已转为对自我生命秘密的求索。这里，佩特的影响相当明显。王尔德曾把佩特的《文艺复兴》称为"我的金书"，佩特在这本书的结语部分提出的生命乃流动瞬间的观点，对王尔德这样的青年人具有无法抵御的吸引力。

　　总体来说，王尔德在他的许多诗歌中指出了自由的革命给了人自主选择的可能，同时也带来了一系列的问题。血雨腥风使高

---

① 奥斯卡·王尔德：《唉！》，《王尔德全集》第 3 卷，杨烈等译，北京：中国文学出版社，2000 年，第 1 页。

贵的灵魂坠入尘埃,诸神已死,欲火如神秘的斯芬克斯唤醒人的兽
性,将人心烧成冷硬的石头。现代人一如"在凄凉流放中的流浪
汉……只能把不安作为精神食粮"。① 虽如此亦不得不自主选择,
因为旧的价值体系已崩塌;虽如此亦必须自主选择,因为是否道
德,什么是善,只有在自主选择的基础上,才谈得上是现代人的伦
理问题。

自主选择与良善之爱之间的张力,在王尔德的戏剧和童话中
也有丰富的表现。

王尔德的戏剧一般被归类为风俗喜剧,他戏剧中对上流社会
的揭露和讽刺也在一定程度上反映了社会问题。但社会问题不仅
存在于政治制度方面,也存在于人的内心世界。除了两个片段《佛
罗伦萨悲剧》和《圣妓或珠光宝气的女人》以外,王尔德还著有 7 部
戏剧。以《莎乐美》(1893)为分期,他早期的两部悲剧《民意党人维
拉》和《帕多瓦公爵夫人》,与后期的 4 部喜剧《温德米尔夫人的扇
子》《一个无足轻重的女人》《一个理想的丈夫》和《认真的重要》风
格完全不同。但是在这 7 部戏剧里,无论是对爱情、对亲情和友
情,抑或是对自己的生活方式,每个主人公都有自己坚定的选择,
哪怕这选择是以付出生命为代价(在早期悲剧中),抑或是以失去
在上流社会生活中的位置为代价(在后期喜剧中)。而莎乐美对
"我要约翰的头"的坚持,其魅惑性与偏执更是令人战栗。从莎乐
美到先知乔卡南、希律王和王后,包括年轻的叙利亚人,都毫不犹
豫追求自己想要的,坚守自己所追求的。若要对他们的行为作出
伦理的判断,认识到他们的自主性是一个起点。

在《自私的巨人》《少年国王》和《星孩》这三篇童话中,巨人、少

---

① 奥斯卡·王尔德:《人性》,《王尔德全集》第 3 卷,杨烈等译,北京:中国文学出版社,
2000 年,第 182 页。

年国王和星孩,一开始都是比较自私的。他们都是在自己的生活历程中,由于心灵受到某种触动,认识到过去的自我中缺乏着某种东西——对他人的关心和爱,并通过自己的改变获得了"一种从前不曾有过的东西"①——良善的心灵。快乐王子和小燕子,磨坊主的朋友小汉斯,也是发自内心地选择了先人后己,及至牺牲了自己。不论是善良的衍生还是善良者的毁灭,都因其发自内心、遵循本性而显得尤为真实和珍贵。

2. 本真性:面对世界的无序和人类本性的复杂

王尔德作品中所表现的生活及主人公的命运,都不建立在传统文学中真善美取得最后胜利的道德逻辑上;某种程度上质疑了善恶因果伦理观可能具有的欺骗性。这些作品从不同侧面揭示了世界的无序、表示了对生存意义的怀疑;表现了面对这偶然性的世界,获得良善品性的不易及保持善良可能要付出的牺牲。甚至主人公在变得无私、善良之后,并不会受到美德的庇护。这种生存本真状态的呈现,虽不乏残酷,却也超越了虚伪的乐观;认清生活的本相和人的本性之后的向善选择,必然是更为珍贵的。某种意义上来说,由于人所身处其中的社会文化范式和人类理性认知能力的局限,使得伦理意义上的求善求真,只能以不断摸索的状态呈现一种进行时中的无限接近。

童话《西班牙公主的生日》就可以说是这样的一部残酷童话。西班牙公主是无知且自私的。对餍足于奢靡生活的统治阶级来说,深厚的情感是不存在的,不幸是不存在的;甚至伤心也是不存在的;公主要求自己的玩伴要"没有心"。没有心,自然没有不安;有心,才会有痛苦。小矮人、快乐王子和打鱼人都心碎而死,小夜

---

① 奥斯卡·王尔德:《星孩》,《王尔德全集》第 1 卷,荣如德、巴金等译,北京:中国文学出版社,2000 年,第 472 页。

莺以心血灌注的红玫瑰被无情践踏；小汉斯受尽磨坊主的欺骗和折磨。心碎的意象在童话中反复出现，昭示着真情的可贵，抒写着被弃的悲伤。

如果说王尔德童话冲破了传统童话中对儿童"瞒和骗"的假想的"善意"，尝试通过对光明与黑暗相伴，爱与死亡相生的生活本相，培植儿童（读者）切实的伦理认知，在童话中，王尔德还是用"上帝"和"天国"的意象对其中的冷峻作出了一定的舒缓调和。

小说中对生活本相的揭示也是多样性的。有时，纯良的本性能给人物带来好运，比如《坎特维尔的幽灵》和《百万富翁模特》中的弗吉妮亚和休伊因，都像传统伦理价值观所宣扬的那样以自己的善行得到了好报。有时则刚好相反。比如，亚瑟·萨维尔勋爵竟是因为爱他的未婚妻西比尔主动选择去杀人。作家写道："对他说来，西比尔是一切善与高尚的象征。……他的良心告诉他这不是一种罪过，而是一种牺牲……他不得不在为自己生存为他人生存之间作一抉择。"①亚瑟杀了人，不但没有被追责，反而过上了梦寐以求的幸福生活；维系亚瑟内心安宁的逻辑竟是他将杀人解释为是出于良心、出于对他人有利的一种自我牺牲。亚瑟的任性妄为突破了基本伦理底线，不能不说，作者对传统伦理善的内涵的挑战令人瞠目结舌，这是对人类伦理边界的大胆勘察和探险。

3. 居间性：多重自我及伦理判断的偶然性和模糊性

"我只不过用小棍点触了浪漫的蜜糖，/难道灵魂的遗产就须从此丢个精光？"诗歌的作者似乎对旧时光阴又充满留恋，并不愿意轻易摒弃，甚至不愿意相信，仅仅是因为对自我欲望的一点点满

---

① 奥斯卡·王尔德：《亚瑟·萨维尔勋爵的罪行》，《王尔德全集》第1卷，荣如德、巴金等译，北京：中国文学出版社，2000年，第259页。

足,就要失去曾有的清明灵魂。

会无法回头吗?能付出这样的代价吗?这个问题既是王尔德以诗自问,也是他探查现代伦理边界的主旋律。由于他无力判断也无法选择,就像那些曾记录古代异教故事又被僧侣们刮掉、重新写上基督教文字的羊皮纸,双重性或多重性,取代了早年真诚开朗的心性,成为王尔德生命的底色。

《温德米尔夫人的扇子》一剧的达林顿就经常以似是而非的论调来指出生活中的这种多频互换可能性。他嘲笑好人会把坏事看得太重,指出把人区分成好的或坏的是很荒谬的事,看似俏皮话,其实恰恰是揭示出现代社会"善"的多元变化状态。女主人公在经过一番人生波折后,终于认识到:"对于所有的人来说,只有同一个世界;善与恶,罪过与无辜,携手同行在这个世界上。闭眼不看生活的一半,以为这样可以过太平日子,这好比遮断自己的视线,以为这样在绝壁与深渊之间走路可以安全一些。"①心灵纯洁,对自己有着极高的道德要求的温德米尔夫人,认识到人性的复杂和自我的多重性,认识到自己身处必须在一种不清晰边界中去摸索判断的困境之中。这就是现代人的伦理境遇。

这段话使得作品的主题不再局限于什么样的女人是好女人或者好人的问题,而是指出我们对此的判断可能是盲目的;我们赖以实现幸福人生的道德理性有时是靠不住的。进而提出并试图重新回答这个问题:什么是真和善?

在《认真的重要》中,两位个性迥异的男主人公都选择了用两个身份拥有双重生活;象征居间性对整个人类来说是一种普遍性的状态。"拒绝成为稳定和理性的,王尔德给了维多利亚式

---

① 奥斯卡·王尔德:《温德米尔夫人的扇子》,《王尔德全集》第2卷,马爱农等译,北京:中国文学出版社,2000年,第151页。

认真一记耳光，而他的不一致性是对有关意义生成的通行假定的一种含蓄的批评。"①王尔德式的俏皮话，他的悖论和反讽，都是建立在直面并接纳伦理判断的偶然性和模糊性这个认知基础之上的。

社会旧有的法则被颠覆后，从歌德的《少年维特的烦恼》，到英国文学中的浪漫主义英雄，从法国文学中的世纪病患儿到俄国文学中的多余人，文化废墟中的一代青年困在"无物之阵"之中，伦理道德从过去的社会行为总则碎片化为个人面对人生境遇作出的不同选择，包括在选择时的挣扎和怀疑。自主性的伦理选择、本真性的伦理秩序和居间性的伦理境况，在王尔德各种体裁的作品中都有所表现，这正是王尔德在作品中展开的伦理探险和他在唯美主义及审美伦理面具下张扬的伦理新阈值。

亚里士多德在《伦理学》第一卷讨论"善"的时候问："每种活动和技艺中的那个善是什么？也许它就是人们在做其他每件事时所追求的那个东西。"②比如对军人来说是夺取胜利，对建筑师来说是盖好房屋。那么对王尔德来说，善就是他完成的优秀作品。在他的作品中，他描摹出人深陷于无序的世界之中，写出人们原初的伦理观如何在生活中毁灭又新生，写出人如何在没有定解的道德此岸向善与真靠拢的艰辛与喜悦，这就是王尔德完成的"善"。作为作家的王尔德因其作品中的伦理探索而当得起伦理学意义上的"善"。

"意识到自己的才能并希望发展这种才能，这就是个人主义。好社会可以使人感到自己发展的前途无限。因此，个人主义导致

① Lawrence Danson, *"Wilde as critic and theorist,"* 彼得·拉比编：《奥斯卡·王尔德》，上海：上海外语教育出版社，2001年，第82页。
② 亚里士多德：《尼各马可伦理学》，廖申白译注，北京：商务印书馆，2003年，第17页。

解放,这是现代时代最典型的主题。"①这一主题在文学艺术中的表现必然伴随着对伦理道德新因素的体察和探索。王尔德的作品继承了英国文学中莎士比亚、菲尔丁、斯威夫特等先驱对人性多面性的理解和表达。作为一个艺术家而非伦理学者,他敏锐地捕捉到面对生活本相、按照本性生活这一现代伦理新阈值,以他的文学创作对此作出了深刻地、多方面地探索。在良心和自爱之间不断权衡,就是现代人欲按照本性生活时不得不身处其中的伦理境遇。肯定个体生命价值的重要性,肯定个体在伦理问题上的自主判断和选择,则必然引发不一致性。这种居间性就是现代伦理的本质状态,在王尔德生活的时代被认为是不真诚的、堕落的。而站在人类伦理发展史来看,王尔德的伦理探险既是先锋性的,也因其先驱性的牺牲获得了崇高的意味。

　　王尔德伦理探索的失格之处在于,过分张扬自我欲望的实现难免会混淆艺术和生活的界限。恶的美学历程不能成为现实生活中的道德飞地。当他声称"为了直接的个人利益而撒谎,例如——带着道德目的撒谎,在古代世界曾特别流行"②时,一方面以古代之名赋予了他所称谓的"英国文艺复兴"革命性的审美伦理新内涵;另一方面,也对自人类历史以来人性的多样假面进行了辛辣的嘲讽。但是,以积累艺术经验或审美判断之名为无边的欲望辩护,甚至把现实中的犯罪行为淡化为艺术体验,则不免把他作品中伦理探险的价值降格了。然而他之所失,经过思辨,正可以转化为我们所得,因他以自己的故事和优美的作品,提出了一个人类伦理思

---

① 雅克·巴尔赞:《从黎明到衰落——西方文化生活五百年》,林华译,北京:世界知识出版社,2002年,第62页。

② Oscar Wilde, "*The Artist as Critic*," in Richard Ellmann, eds, *The Artist as Critic: Critical Writings of Oscar Wilde*, Chicago: The University of Chicago Press, 1969, p. 317.

想与文化发展进程中的"边界"问题。"徘徊在唯美艺术与道德之间的道连"①是王尔德的一个问号,以他的双重性昭示着我们在文化和历史进程中必须重视的这个逾越的限度问题。

第三节 《道连·格雷的画像》的"艺幻"简论

"文学中最高的乐趣在于认识不存在物。""艺术的真理便是其反论也是真的。"王尔德的艺术创新,显然不仅仅囿于形式,还包含着思想探索。《道连·格雷的画像》中画像"变容"的情节,对应于"科幻",可称之为"艺幻"。运用认知叙事学的理论来分析,这一"艺幻"在小说中展开了"实现自我人格"与"灵魂道德谴责"之间的双向叙事进程。道连"艺幻"面具之下自我生命实现的破灭,及其自我认知的迷途,可与世纪交替时期的"世纪病""多余人"等形象比肩。王尔德以在传统与现代两边踟蹰不决的艺术观照,提出了人类文明史进程的一个共性问题:把握边界的困难和必要性。

纵观欧美文学史,从浪漫主义到现实主义再到现代主义文学,包括世纪末的自然主义、唯美主义和象征主义以及与其纠缠在一起的颓废主义,其实都是围绕文艺复兴以来的两个关键词——"自我"和"科学",所形成并不断演进的一个共同的、广泛的现代文学进程。现代历史不妨说就是个性自由与科学进步的历史,艺术程式甚至对艺术性的理解都是在这两个核心的推动下不断发展的;伴随对传统生活方式和精神文化的革新,有关宗教、伦理、自我的认识都堕入变动不居之中。

---

① 徐彬主编:《英国文学的伦理学批评》,北京:北京大学出版社,2020年,第139页。

关于"我是谁,从哪里来,到哪里去"的问题成为所有人,特别是青年人面临的问题。唯美主义主人公当然也是其中的一员。对美的张扬与浪漫主义以来青年对自我生命实现的自由的追求是一致的,与以形式自律及"瞬时性"美学等审美现代性对工业文明社会现代性进程的对抗也是一致的。"'为艺术而艺术'是'为人生而人生'的自然延伸。"①

广义地说,所有的文学创作都可以理解为一种艺术幻想,特别是作品中富有创新性的部分,能因其陌生化的性质给读者留下深刻印象。个性自由与科学进步打开日新月异的世界,也使人的欲望前所未有的张扬。在世纪末转折时期的文学中,通过灵异物获得超能力的情节多次出现。某种意义上来说,这些灵异物可以理解为正在飞速发展成为"全知全能者"的科学的一种投射。

狭义地说,在某类文学作品中会描述超自然规律的事件或物件,比如阿拉丁神灯、飞毯、希腊神话故事中的诸神,《圣经》中上帝的各种异能等等。这种艺术手法区别于一般的艺术虚构,往往突破写实艺术的边界。《道连·格雷的画像》别出一裁,在作品中具有超能力的是一幅画,一幅出自画家之手的人为创作的艺术品。整篇小说的情节都是在这一幻化的核心情节上展开的。对应于科幻小说中的科幻一词的含义——科学幻想,我们不妨称之为"艺幻"小说。

按照图形-背景理论,"图形就是指某一认知概念或者感知中突出的部分,即注意的焦点。背景是指为突出图形衬托的部分。"②图形和背景一方面会共现,另一方面具有互动性,在一个环

---

① 蒋承勇、马翔:《中西"文学自觉"现象比较研究——以六朝文学与唯美主义思潮为例》,《中国比较文学》,2021(01),121—134。
② 刘文,赵增虎:《认知诗学研究》,北京:中国文史出版社,2013年,第23页。

境中作图形，在另一个环境中可能作背景。如果作品中的图形和背景势均力敌，那么其叙事结构则与双重叙事进程理论相吻合。其中"隐性进程是显性情节后面的一股叙事暗流，不影响对情节发展的理解，因此读者阅读时往往容易忽略。"①在《道连·格雷的画像》中，道连的行动与经历看起来是比较突出的图形，细究之下，可发现与此图形在叙事能量上相匹配的背景——画像对道连的反制。

这一宏观"艺幻"，在小说中相当显著地展开了主干的和次要的双向叙事进程，将王尔德的"面具"艺术思想物象化，切中了唯美主义的悖论性境况，不仅关联到当时的社会现实和思想文化氛围，而且通过对这一"艺幻"的谱系考察所提出的"边界"问题，对当今人类社会及未来发展趋向具有启发意义。

一、《道连·格雷的画像》"艺幻"的诸多层次

援用认知诗学的相关概念，"脚本是基于主题的概念场的一种组织方法……脚本具有一种历时的结构，一般由根据时间或因果先后关系组织起来的命题集合组成"。② 也就是说，人在大脑中储存着各种模式的知识脚本——下一次新认知发生前人已经具备的知识结构，它是人类基本的认知结构，是一种具有社会文化特征的认识先结构。正在被认知的文本中的信息可以根据与读者大脑中已有脚本的匹配程度分成三类，符合人们预期和推理的称为一阶信息；提供较罕见信息的为二阶信息；在生活中完全不可能发生的

---

① 申丹：《双重叙事进程研究》，北京：北京大学出版社，2021年，第22—23页。
② E. C. 斯坦哈特：《隐喻的逻辑：可能世界中的类比》，黄华新、徐慈华等译，杭州：浙江大学出版社，2009年，第76页。

事,会对读者的已有脚本造成极大挑战的被称为三阶信息。①

依照这个分类标准,《道连·格雷的画像》中有宏观和微观两种"艺幻"层次。

(一) 小说中"艺幻"的层次构成

《道连·格雷的画像》中最具突出位置的"艺幻"情节,是画家完成并赠予道连·格雷的那幅画像,在道连的一次发自肺腑的祈愿之后,画像代替道连变老变丑,而道连则如其所愿地永葆青春的外貌和气质风度。一幅已经完工并被置于无人可见的阁楼上的画,竟然会随着主人公的人生进程发生变化,无疑是在生活中完全不可能发生的事,是三阶信息,对读者已有的认知结构来说会构成极大的挑战。这一情节是构建小说结构的屋脊,可理解为《道连·格雷的画像》中宏观的"艺幻"。

与这一宏观"艺幻"如同科幻作品一般的超自然性带给读者的震惊相比,作品中的其他带有"艺幻"性质的情节其"幻"的程度不明显,可归属广义范畴的"艺幻",也可定位为作者新奇的艺术构思。这些情节也给读者提供了一些罕见信息,但冲击并不特别强烈,从对读者先有脚本的冲击度来判断属于二阶信息。这些微观"艺幻"有可能被宏观"艺幻"遮蔽,在这里加以简要的分析。

画家的"艺幻"体现为:声名不振的他完成了这样一幅杰作,却压根不想送出去展出。亨利勋爵的"艺幻"体现为:他使出浑身解数争夺道连对画家的友谊,不是出于实际利益的需求,而是出于对道连产生心灵影响的目的,而且这一目的是通过他在社交场合奇想联翩的惊人之语达成的。

---

① 殷贝、杨静、陈海兵:《兼容并蓄:融形式分析与文化研究于一体的认知诗学》,成都:四川大学出版社,2017 年第 173 页。

道连对西碧儿的爱情的"艺幻"体现为:他爱作为演员的西碧儿,而一旦西碧儿从演出中摆脱出来呈现出自己的真实存在,道连竟如梦初醒地发现他爱的是幻化为朱丽叶或罗瑟琳的舞台佳人,不是现实中的女孩本人;西碧儿的"艺幻"体现为:灰姑娘遇到了她的迷人王子,却不知道如何继续施展魅力抓住对方,而出自本真地选择为爱情放弃演技,一经抛弃旋而自杀,这一人物形象的纯真炽烈、绚烂静美,应该也能在读者的认知脚本中留下印痕。

无疑,不论是作品中的宏观"艺幻"还是这些微观"艺幻",其核心焦点都关联着"美",都在不同程度上指向着唯美主义。

(二)"通过艺术实现自我"的幻灭:微观对宏观"艺幻"的衬托

促成小说中宏观"艺幻"发生的主要角色有四位:画家贝泽尔、亨利勋爵、道连和西碧儿。他们分别对这一"艺幻"的生成具有不可或缺的作用。道连对自我的认知作为叙事中的核心图形,构成了三组互为镜像的人物关系,他的个性在这几重关系中萌生并发展。

画家在邂逅道连之后,为他的形容气度所折服,决定为他画一幅跟真人一样大小的肖像画。在画作制作过程中,画家常常对道连发出由衷的赞美,使道连意识到自己过人的外表。画家可以说是道连自我意识的启蒙者。画作完成后赠予道连本人。画家-画像-道连,构成了道连自我认知萌生的第一重关系。

亨利勋爵无意中看到了正在制作中的画,也对道连发生了浓厚的兴趣,不顾画家的反对结识了道连,并谋取了他的好感。亨利勋爵以影响别人心灵为乐,他主动出任为道连的精神导师和人生引路者,以舌灿莲花般的鼓动之词,把对青春易逝、韶华老去的恐惧深深根植在道连脑海中。他"忽而用想象的虹彩把它点缀得五色缤纷,忽而给它插上怪论的翅膀任其翱翔"。① 亨利的长篇大论给道连巨大的冲击,他感觉自己内心秘密的心弦被触动了。"好像一个人被猛然叫醒"②,重新认识了自己和生活。亨利-道连,构成了道连认识自我的第二重关系。

道连涉世不深,画家不断的赞誉让他感到喜悦骄傲。他没有自己的主见,被亨利勋爵向他揭示的人生奥秘震惊得不能自已,不自觉地对着画像发出了祈愿:"如果我能够永远年轻,而让这幅画像去变老,要什么我都给! 是的,任何代价我都愿意付! 我愿意拿我的灵魂去交换!"③在不自知的情况下,促成了这一"艺幻"的达成。

道连抛弃西碧儿回家后,意外发现挂在书斋中的肖像面部起了变化,嘴角流露出些微的冷酷。他急忙揽镜自照,看清自己鲜红的嘴唇并没有现出画像上那样冷酷的线条。反复查看确定不是幻觉之后,费解的他蓦然想起不久前在画家画室里发下的痴愿。他先是害怕,继而决心不再作恶,回到西碧儿身边。但亨利登门拜访,带来了西碧儿已自杀的消息,并成功开释了道连心中的负疚不安之情。道连经过短暂的挣扎,决定继续接受和肖像之间的交感作用。西碧儿对"艺幻"的彰显起到间接的促成作用。

"正是借助贝泽尔的画像和亨利的言语,道连才认识到自己绝美的形象。从这个意义上讲,画像就像一面镜子。"④

小说中的自我认知并不是只发生在道连身上。画家通过创作

---

① 奥斯卡·王尔德:《道连·格雷的画像》,《王尔德全集》第1卷,荣如德、巴金等译. 北京:中国文学出版社,2000年,第47页。

② 奥斯卡·王尔德:《道连·格雷的画像》,《王尔德全集》第1卷,荣如德、巴金等译. 北京:中国文学出版社,2000年,第25页。

③ 奥斯卡·王尔德:《道连·格雷的画像》,《王尔德全集》第1卷,荣如德、巴金等译. 北京:中国文学出版社,2000年,第30页。

④ 杨霓:《王尔德作品中体现的"镜像理论"探析》,《思茅师范高等专科学校学报》,2011(01),70—74。

道连的画像来印证自己的艺术追求,那是他看得如同生命一样重要的;亨利把道连看作影响他人心灵的实验品,他在其中获得成功的乐趣;西碧儿是通过道连的目光认识到自己的魅力,并为了真实的生命之爱牺牲了自己的艺术才能;而道连爱的,是被自己欣赏艺术的目光幻化后的西碧儿。在这几重人物关系中,他们彼此互为镜像,情节聚焦于生命的实现与自我认知。

耐人寻味的是,人物对自我生命认知与实现的向路都与艺术或美紧密相关,亦都归于破灭。王尔德似乎以此对自己"通过艺术来实现自我人格"的理想作了一次隐秘的怀疑。画家、西碧儿的自我追求随着生命的凋零彻底幻灭了,亨利在小说中是一个除了言辞几乎没有行动和履历的人物,在某种程度上对应着唯美主义者的夸夸其谈在生活实践中的必然挫败。这三个人物及相关的微观艺幻可以理解为背景,道连的自我认知和生命历程是小说中突出的"图形",其他人物的毁灭对道连人生的失败是一种衬托;二者在叙事能量上不匹配,不构成双重叙事进程。画像完成,是道连自我认知的开始;主干"艺幻"情节的达成,是道连自我认知得以进一步以奇异的方式展开的开始。

二、双重叙事进程:唯美"艺幻"下的"去灵魂"之旅

(一)"艺幻"面具下道连的生命解放之路

道连于是在亨利一次次的谆谆教诲中走向了以及时行乐实现自我生命的道路。他耽于奢靡的生活,由沉迷到堕落,犯下各种法理不容的罪过和罪行。但都由于他和画像之间神秘的互换而逃脱了制裁。

"即使将来红润的血色从画中人的脸上消逝,留下一张死灰色

的面具和两颗暗淡无神的眼珠,他本人仍将保持少年的风采。"①这个代替道连变老变丑的画像,给小说中真实的道连佩戴上了无形的唯美面具。在这一异能面具的掩护之下,他过上了无边自由、解放生命的生活。

他将西碧儿的自杀解释为一桩罗曼蒂克的悲剧。后来,在看了亨利勋爵带给他的一本研究各个时代的欲念的书以后,全世界的罪恶仿佛都在道连的心上跳舞。这本书接替亨利完成了对道连的继续教育,从此他就在以追逐物欲为自我生命实现的道路上义无反顾地走下去。

他有异香扑鼻的卧室,布满奇花异草;他搜集刺绣的桌布、古老的金银器皿、东方的香精、最古怪的乐器、各式珠宝、绣品、壁毯、法衣。他迷恋过罗马教会、达尔文主义、各种新思想和各种风格的音乐。他的服饰式样和新奇作风成为各俱乐部里纨绔子弟亦步亦趋模仿的榜样;他的潇洒气度使他成为青年人心目中"崇美以修身"的典型。他把生活理解为无非是一瞬间而已;当种种精彩瞬间的轮换终于使他厌倦,他就诱导年轻的女性和男孩子们坠入新享乐主义论调的圈套。社会上关于他的不良行为有各种传言,但只要他一出现,始终像个纤尘不染、白璧无瑕的人。他唯美的面具保护着他。

(二) 画像的映照与道连的"去灵魂"之旅:双重叙事进程

与此同时,画像的面部表情和整个形体也一直不断地发生着变化。道连的每一次堕落都会在画像上添加狰狞、淫邪的线条。虽然这幅画已经被他搬到一个外人无法进入的顶楼密室中。几年

---

① 奥斯卡·王尔德:《道连·格雷的画像》,《王尔德全集》第 1 卷,荣如德、巴金等译. 北京:中国文学出版社,2000 年,第 115 页。

以后,他开始不敢在外久居,生怕有人趁他不在时进入那间屋子,把他的秘密暴露在光天化日之下。

他自己认识到,"这幅肖像对于他将成为一面最神奇的镜子。如果说过去这面镜子映出了他的形体,那么今后将向他揭示他自己的灵魂。"①书中不断出现将这幅画像比作良心或灵魂的表述。虽则如此,道连似乎本可以一直在画像给他覆盖的美好面具下继续奢侈纵欲的生活。但是画家贝泽尔在听到关于道连的各种风闻以后痛心不已,上门与道连恳谈,希望他洁身自好。当画家痛苦地表示自己并不了解道连的灵魂时,小说中出现了令人费解的情节突转。

道连不仅把画家带到他唯恐有人闯入的密室,看到那幅狞笑着的画像,而且在莫名的疯狂情绪中把画家刺杀了。是什么刺激得道连竟然杀掉了画家?对这个问题的追问,让我们发现,画像不仅仅是一面照出道连灵魂的镜子,这个貌似静态的物体,其实在小说中还具有叙事动力。

不断被叙述者勾勒其生活轨迹的道连,看起来是占据注意力的图形,那个暗中跟随其变化的画像,又何尝不是一次次地逼迫着道连不断回到它的面前?画像成为小说中的另一个行动者,画像的变容与道连的人生进程具有等量齐观的叙事动力。

当我们被道连无法无天的生活震惊和吸引的时候,虽然作者一再提请我们关注画像的变化,我们的注意力仍然可能会倾注于道连本人的行为和心理中。然而,画像与道连的交互作用不仅仅是一种情节的深层或暗含意义,也不是一个叙事进程中的秘密,而是在作者不断地明示之下,"从头到尾持续展开的叙事运动……是

---

① 奥斯卡·王尔德:《道连·格雷的画像》,《王尔德全集》第 1 卷,荣如德、巴金等译. 北京:中国文学出版社,2000 年,第 115 页。

与情节并行的另一个叙事进程,在主题意义上往往与情节发展形成对照性甚或颠覆性的关系"。①

画像不断向道连展示他的灵魂日渐丑陋的过程,也就是道连不断远离他曾经光明磊落的精神世界的"去灵魂"之旅。这一隐性进程与情节发展平行推进,构成双重叙事动力,既解释了道连杀害画家的令人困惑的行为——在情节发展中对一切都不以为然的道连,实则越来越不能承受面对灵魂所产生的内疚压力的重负,直至这次疯狂的爆发;也向我们昭示了这一"艺幻"情节在小说结构和叙事中的意义。

一方面是道连陷入欲望之壑不能自拔,另一方面是画像绝不姑息的对应性变化;"情节发展和隐性进程沿着不同主题轨道前行,相互冲突,相互制约,又相互补充,在互动中产生文学作品特有的矛盾张力,表达出丰富的主题意义,邀请读者作出复杂的反应"。② 道连的罪行在刺杀画家并胁迫坎贝尔毁尸灭迹时达到高潮;画像对道连的威压在道连刺破画像时终止,同时停顿的还有道连的生命之旅。这极具张力的结尾确实在邀请读者作出各自不同的反应。

三、"艺幻"的谱系与"照镜者"的认知

王尔德在《道连·格雷的画像》自序中指出,"艺术这面镜子反映的是照镜者,而不是生活"。③ "在发现'隐性进程'之后,我们对

---

① 申丹:《双重叙事进程研究》,北京:北京大学出版社,2021年,第22页。
② 申丹:《双重叙事进程研究》,北京:北京大学出版社,2021年,第165页。
③ 奥斯卡·王尔德:《道连·格雷的画像》自序,《王尔德全集》第1卷,荣如德、巴金等译。北京:中国文学出版社,2000年,第4页。

于作者和读者都需要进行重构。"①王尔德在作品中设置的画像变容这一"艺幻"情节,无疑让通过貌似可靠的叙述者讲述的这一故事套上了一层不可靠叙事的叠影。虽然读者的解读有可能是错误的或不充分的,我们还是要尝试表达出在欣赏和解读《道连·格雷的画像》之后,作为读者的我们对作者的重构,以及作品引发的我们原有认知脚本的重构。

王尔德本人是深谙面具之旨趣的。如果说唯美主义文艺观是王尔德对抗社会、自我塑造的一张面具,那么,《道连·格雷的画像》就是他彰显自己艺术主张和人生观的另一张面具。"读者需要从作品中推导出两个迥然相异的作者形象。"②那么,从情节发展推导出的耽美主义宣扬者和从隐性进程推导出的道德内涵隐喻者,是不是就已经完成了我们对作者的重构呢?

"假面装束有双重效用,一方面是用来隐藏面具佩戴者的,另一方面它又引入了新的元素。"③我们既可以试着揭示面具下所隐藏的佩戴者的另一副面孔,还可以通过对更长远时空的"艺幻"谱系的追踪,发现王尔德以道连·格雷的形象,在人类自我认知和文明发展史方面所提出的"边界"问题。

(一) 对社会现实和时代思想文化的投射

道连的轻浮生活与画像的严肃逼问这一主干双向叙事进程之下,还有另外两种较为次要的、可理解为子单元的双向叙事进程,并且都和主干情节的双向进程一样,隐性进程在叙事过程中并没有呈现相同的篇幅分量,其叙事能量却丝毫不逊,以"羚羊挂角,无

---

① 申丹:《双重叙事进程研究》,北京:北京大学出版社,2021年,第31页。
② 申丹:《双重叙事进程研究》,北京:北京大学出版社,2021年,第31页。
③ 马克:《面具:人类的自我伪装与救赎》,杨洋译,广州:南方日报出版社,2011年,第20页。

迹可寻"的存在方式对情节发展起到了四两拨千斤的反向作用,反映了作者对社会现实的观察和思考,对时代思想与艺术脉搏变迁的敏感把握和审视怀疑。

其一,与小说中通篇对以道连为线索展开的英国上流社会生活场景的描述相对的,是其中断断续续、若隐若现地展开的对下层人民生活的勾勒。比如道连在那些被上流社会视为不堪的各种场所遇到的各色人物,再如以西碧儿一家为线索冰山一角般地带出的那些在蹩脚的小剧场中勉强谋生的底层演员、在贵族打猎时可能遭遇不幸的助猎夫等等;虽然只是寥寥浅浅的勾勒,但足以以点带面地让读者推衍出当时的社会现实中比比皆是的不公正,自动在先有的认知脚本中对接相关的内容(比如穷人的悲苦)。

从这个角度来说,大力提倡唯美主义的王尔德在其创作实践中,确实反映出艺术与道德的冲突与融合——"他塑造的所谓唯美艺术形象并没有失去其道德特征"。[1] 对这一子单元的双向叙事进程的梳理,使得我们仿佛站在了画像一边。

其二,道连曾在面对画像变容后的良心发现中,把亨利勋爵的言论指责为有毒,并下定决心抗拒其诱惑;而藏在叙述者身后的隐含作者,对亨利勋爵发表的对当代艺术的看法,以及对上流社会和底层大众的讽刺其实是赞同的。我们可以毫不费力地发现亨利对人生和艺术的看法与佩特在《文艺复兴》结论中提倡的瞬间主义如出一辙,那本书曾被王尔德称为"我的金书";而接替这本书对王尔德发生巨大影响的是于斯曼的《逆反》,这也在小说中通过道连迷恋的黄色书构成了几近自传式的投射。

进一步说,正如亨利把道连当作一个实验品,享受影响他人灵

---

[1] 刘茂生:《艺术与道德的冲突与融合》,北京:社会科学文献出版社,2015年,第3页。

魂的乐趣,打算看看这个可以任由他塑形的青年究竟会成为怎样的人;道连和他的画像的斗争,也可以理解为作者对唯美主义生活实践可能性的一场实验的展示。小说文本中的隐含作者对压迫和扭曲个体心灵的社会规范进行了隐蔽的抗议。

"'真实'要求更繁重的道德经验,更苛刻的自我认识,……它更关注外部世界和人在其中的位置,但却不会轻易地屈服于社会生活环境。"①从这个意义上来说,亨利对青春的赞美不仅仅是对道连的赞美和诱惑。与时间为敌的青春是一种象征符号,在世纪末的转折时期代表着"变动不居、充满活力、躁动和冒险、革命和激情"②等等,是不断地从一个形态转变成另一个形态的一种绽放状态。这是叙述者(隐含作者)通过道连的生活对当时青年一代(特别是浪荡子们)发出的欣赏和赞美。

相对应的,唯美主义提倡的艺术自律性不过就是文学上的自由主义发展到现代主义前期的一个产物;王尔德的审美伦理观不过就是现代伦理发展轨道中的一站。生命短暂,唯有艺术永恒。丰富而饱满的生命过程谁不向往呢? 对这一子单元的双向叙事进程的梳理,使得我们仿佛站在了道连一边。

情节发展和与之并列前行的隐性进程,两者互为镜像,揭示了多面的人物心理,多元的人物形象与多重主题意义。当我们分析双向叙事进程的时候,目的不仅仅是把这两者都揭示出来,更在于去把握两者整合后的认知空间。对王尔德来说尤其如此。他曾借亨利之口指出气质复杂的人"在保留自我中心的同时还添上许多

① 莱昂内尔·特里林:《诚与真》,刘佳林译。南京:江苏教育出版社,2006 年,第 12 页。
② 王炎:《小说的时间性与现代性:欧洲成长教育小说叙事的时间性研究》,北京:外语教学与研究出版社,第 77 页。

别的'我'"①。

当我们站在画像一边的时候，我们接近的是受到恩师罗斯金影响，具有社会责任和对人世间共情能力的王尔德；我们接近的是多次赞赏为英国小人物发声的勃朗宁夫人的王尔德。当我们站在道连一边的时候，我们接近的是深受佩特影响，力图通过艺术实现自我生命多样性，面对本性思考伦理，努力在维多利亚时代建立艺术独立性的王尔德。把这两方面整合起来，我们就看到了在这两方面之间徘徊的王尔德。

这正是王尔德和他的"艺幻"小说与大时代及人类思想史的交接之处。

(二) 王尔德创造的"艺幻"的独到之处及其提出的"边界"问题

1. 王尔德创造的"艺幻"的独到之处

《道连·格雷的画像》出版以后，当时的报纸杂志发表了不少对它攻击和曲解的评论。王尔德不得不写信做出一定的解释。他说"一位年轻人出卖自己的灵魂以换取永恒的青春的思想——这一思想在文学史上久已有之，但我赋予它新的形式。"②

新在何处？我们可以通过对它不全面的谱系追踪来作一些探讨。

先回溯到古代。王尔德曾在学位考和期末考中都拿到最高等级，成为当时牛津古典文学学生都羡慕的"双料第一"。毋庸置疑，王尔德熟谙古希腊文化。

---

① 奥斯卡·王尔德：《道连·格雷的画像》，《王尔德全集》第 1 卷，荣如德、巴金等译. 北京：中国文学出版社，2000 年，第 81 页。

② 奥斯卡·王尔德：《致〈每日纪事报〉主编》，《王尔德全集》第 5 卷，苏福忠等译，北京：中国文学出版社，2000 年，第 449 页。

在古希腊神话中,只有两位英雄可以进入地狱,被允许把死人带回人间。一个是力大无穷可以打败死神的赫拉克勒斯;另一个是以动人的音乐感动冥界的俄耳浦斯。远古神话中孕育着人类文化的基因。力量与艺术确实是人类历史发展进程中两个最基本的元域。从古至今,对超能力的获取一直是文学作品的主题之一。

再考察当时的时代思想文化。在世纪转折交替的门槛时代,一方面,人的个体意识、主体在伦理上的自由选择,先是得到极大的张扬,继而伴随心理学的发展又陷入自我怀疑之中;另一方面,对何为"真实"的判断也不断被改写,对存在的偶然性以及现实和历史的虚构性的认识,使得文学所能表现的"真实"在不断扩容、变形。

对应于这样的时代大变局,从维特到于连;从浪漫主义"世纪病患儿"到俄罗斯文学中的"多余人"形象,甚至可以一直联系到《复活》《局外人》和《尤利西斯》等等;这些文学作品中的青年主人公都可以理解为从传统中被抛出,欲实现自我价值而不得的探索者。他们的自我认知、自我实现历程,伴随着迷惘和破灭。道连作为唯美主义典型,在这一系列的文学史谱系中是不应该被忽略的一环。

上述作品大多在"人与社会对抗"或深入到"人与自己内心欲望对抗"的主题上展开。不同的是,道连对抗的是一幅画,"艺幻"的构思显然是具备灵异因素的。

在大略同时段的西欧文学中,《浮士德》中的浮士德借助魔鬼;雅各布斯《猴爪》、沙米索《出卖影子的人》和巴尔扎克《驴皮记》中的主人公,靠偶然得到的灵异物的帮助,获得了超能力。不论是魔鬼还是怪异的物件,基本上来说,都是从力的角度来承继了文学中对超自然力的表现。而王尔德在《道连·格雷的画像》中,却赋予一件艺术品这种神奇的超能。可以把它理解为对俄耳浦斯故事的某种承继——描摹了艺术具有的非凡性能量。相对于当时类似作品中的相关情节,这一意象确实因此具有相当的辨识度,并且也是体现唯美主义本色的。

这一"艺幻"的创新性,还在于它以所提出的"边界"问题,指向未来。

2. 勿过度——"艺幻"所提出的"边界"问题

我们都知道,俄耳浦斯因为违背了与神的约定——"在冥国的路上你不能回头",并未能把妻子带回人间,自己也郁郁而亡。追求不死引发的灾难暗示了对越界的惩罚。因此,神话不仅昭示了艺术的伟大能量,也复现了德尔斐神庙对人的告诫:勿过度。

在《浮士德》《猴爪》和《驴皮记》中,主人公与这些灵异物达成协议后,都会因为满足自己的欲望而面临失去生命的威胁。道连却不会。王尔德善于对经典反其道而行之。《驴皮记》中,主人公每达成一次欲望,驴皮就缩小,生命亦随之缩短。相反,在《道连·格雷的画像》中,是画像代替道连老去和丑陋。只要道连不去跟画像过不去,他似乎可以永葆青春和生命;然而他内心始终不能放下那幅画像。"他自己的灵魂从画布上逼视着他,责令他接受审判。"[①]

这样我们就可以理解王尔德自己对这部小说的解释:"道连·格雷过着一种仅仅是情感和愉悦的生活,试图杀死良心,同时杀死自己。"[②]他进一步明确道:道连"极其感情用事,浪漫得荒唐可笑,在其整个一生中都受到一种夸大的良知感的缠绕,这损毁了他的

---

① 奥斯卡·王尔德:《道连·格雷的画像》,《王尔德全集》第1卷,荣如德、巴金等译.北京:中国文学出版社,2000年,第129页。
② 奥斯卡·王尔德:《致〈圣詹姆斯公报〉主编》,《王尔德全集》第5卷,苏福忠等译,北京:中国文学出版社,2000年,第443页。

欢乐,提醒他青春和享乐并不是世上的一切"。① 他认为这部小说揭示的道德含义是"所有的无节制和节制,都会给自身带来惩罚"。②

因此,《道连·格雷的画像》中的"艺幻",其独到之处并不仅仅是艺术形式上的,还包含着王尔德对时代文化问题的思考,包含着他对当时现代伦理的探索。不论是道连,还是莎乐美,以及他作品中的其他人物的死亡,都向有能力在阅读作品的过程中重构认知脚本的读者提出了一个"边界"的问题:如果节制会压抑生命,那么无节制地突破和索取是否可以?

当亨利勋爵对道连宣讲说:罪恶仅仅发生在头脑里,并不是无聊的夸夸其谈,这正是彼得-安德雷·阿尔特所揭示的一种现代文学和美学走向,即发现了作为文学对象的恶——通过内省的移置,心理化的转换,把恶作为文学描述的客体对象。③ 这种新美学改变传统价值观念,把恶理解为我们内心的一部分,进而从美学的观点看待恶,把恶转化为具体善恶抽离观下的文学事件。其进步之处在于标示了审美经验与道德价值的不对应性,其局限性在于当文学把自己变成一种把恶的内心世界摆放到我们面前的媒介;在使恶获得艺术表现中的合法地位的同时,很难不对现实世界中的善恶区分造成一定的模糊。

一方面,审美现代性未必能真正抵抗社会现代性的洪流,因其自身无法剪断对物的欲求。"审美的现代性就是对混乱的渴求和

---

① 奥斯卡·王尔德:《致〈每日纪事报〉主编》,《王尔德全集》第 5 卷,苏福忠等译,北京:中国文学出版社,2000 年,第 450 页。
② 奥斯卡·王尔德:《致〈圣詹姆斯公报〉主编》,《王尔德全集》第 5 卷,苏福忠等译,北京:中国文学出版社,2000 年,第 443 页。
③ 彼得-安德雷·阿尔特:《恶的美学历程———一种浪漫主义解读》,宁瑛,王德峰,钟长盛译,中央编译出版社,2014 年,第 139 页。

冲动……它更加关注感性和欲望……是对意义的不确定性与含混多义的张扬。"①道连就是一个跨越边界和冒犯道德规范的典型。在《道连·格雷的画像》中,王尔德通过西碧儿的死揭开了唯美面具下的残酷;通过道连的自恋和对唯美之物的陶醉,提出了让读者深思的问题:倘若艺术生活化等同于无边的欲望,那么,唯美主义到底是在抵抗工业现代化进程产生的异化,还是对促成这种异化起到推波助澜的作用呢? 亨利是以关心道连的生命实现的面目来启蒙道连的心智的,实际上却将他带入物欲的陷阱。而这种损害恰恰是打着发现自我的口号,在不知不觉中发生的②,与消费社会对个体的控制有异曲同工之妙。

道连从立意要实现自我生命出发,走向"毫不犹豫地寻求自身幸福"及"偏爱那些最使他感到满足的物"③这两条准则。审美追求与商业市场的周旋,艺术家与其生存环境千丝万缕的联系,不由得让我们怀疑艺术能否担当起自康德、席勒和济慈以来直到福柯所给予的特殊地位。信仰缺席以后,艺术神圣化能解决时代提出的人类生存状态中的种种问题吗?

另一方面,审美现代性既是当时思想文化的必然产物,也是人类精神发展史的财富。浪漫主义为何要拒斥工业文明? 唯美主义为何要鄙薄大众审美? 因为唯理的、功利的、工具性的社会是对个体感性生命的挤压甚而剥夺。科学在这样一种社会现代性进程中的作用,恰恰也是双面的。科学推动人类历史的各种变革,包括思维和艺术的创新;日益"无所不能"的科学也召唤出人内心的无穷

① 周宪:《审美现代性批判》,北京:商务印书馆,2005 年,第 152 页。
② 克拉克:《欲望制造家——揭开世界广告制作的奥秘》,刘国明等译,河南人民出版社,1991 年,第 54 页。
③ 让·鲍德里亚:《消费社会》,刘成富等译,南京:南京大学出版社,2014 年,第 49—50 页。

欲望。

唯美主义或王尔德本人并不反科学。《道连·格雷的画像》中也数次提到科学。比如"生活取决于神经、纤维、慢慢构成的细胞，思想就在那里藏身，欲望就在那里酝酿。"[1]同时，王尔德以其过人的才智，在那个普遍相信科学引领进步的时代，瞥见了科学的另一副面孔。画像赋予道连的超能——超越肉体生命的局限，战胜时间甚或打破死神的枷锁；某种意义上来说，不正是人类过去寄予神力，现在和未来寄予科学的那种渴求吗？

小说中对科学的最显著的一次运用，是道连胁迫坎贝尔用他的化学知识把被杀掉的画家毁尸灭迹。相对科学的颂歌来说，这一颇具反讽意义的情节，可联系雪莱的《为诗辩护》及狄更斯的《艰难时世》等等，那些为人的情感和尊严辩护的其他作家的作品来加以理解。这种与功利主义进程反向性对话的尝试，正是唯美主义的初衷。鄙视市侩，力图以独特的艺术品位从中产阶级的功利主义中超拔出来，正是浪荡子们虽一边难免耽于美好的物，一边又能傲然自视的力量所在。这种虽知理想可能在社会现实中破灭，却仍无悔坚持的精神是可贵的，也是人类在历史中认识自我、思考未来所不可缺少的。

王尔德在唯美-恋物的边界上徘徊，既自持又自嘲的双重态度，与《道连·格雷的画像》中的双向叙事进程是一致的。王尔德在他的童话、诗歌和小说对现代伦理困境的探讨中；在对道连迷失于物的描写中，向我们提出了这样一个"边界"的问题。这样，王尔德通过在《道连·格雷的画像》中不同层次的双向叙事进程，一方面为自由至上、艺术至上和科学至上脱冕，对它们投去了审视和怀

---

① 奥斯卡·王尔德：《道连·格雷的画像》，《王尔德全集》第 1 卷，荣如德、巴金等译. 北京：中国文学出版社，2000 年，第 232 页。

疑的一瞥,探索了个人与社会的冲突、个体生命实现与良心平安之间的关系等现代伦理思想及美学表现诸问题;另一方面以"艺幻"的艺术方式,为追求真切、充分、完美的感性生命的个人主义辩护。

这就是王尔德式的谜团,是《道连·格雷的画像》通过"艺幻"展开的各种双向叙事进程整合后形成的第三个认知场域。它告诉我们"认识你自己"仍是人类未完成的任务。某种意义上来说,"勿过度",正是"认识你自己"的难题之一。我们还可以提出一个这样的问题,良心对道连的纠缠,未来的"科学人"还会有吗? 对 AI 来说,天良的监督会存在吗?

人类秉持艺术和科学之剑拓展生存文化空间的自由是无限的吗? 古希腊神话中的戈尔贡是古希腊戏剧中常用的面具形象,她混合了年轻-衰老、美丽-丑陋、男性-女性、人类的和野兽的,凡身和永生[1],这一原型是王尔德理想中的多重性质的自我,还是更接近后人类主义者所理解的"超越人类中心"的新物种呢?

乔安娜和杰拉尔德在《认知诗学实践》中提出了"文学之用"的问题。我们可能无法知晓怎样使世界变得更好,但使世界变坏的原因却是可以确定的,那就是无知,贪婪,暴力。[2] 在我们承认多重性,试图改善人类缺陷的种种探索中,当铭记王尔德通过道连和他的画像的故事向我们提出的"边界"问题。特别是在今天,把人类未来交给科学、将"人类自动让位于科学人"的主张视为先进思想的呼声喧嚣至上的时候。某些后人类主义者以免除痛苦且不死的红利向我们宣扬的新人类,到底是人类历史的进步,还是人类从远古神话时期几千年来无边欲望的一个面具呢?

---

[1] 韦尔南,维达尔-纳凯:《古希腊神话与悲剧》,张苗等译,上海:华东师范大学出版社,2016 年,第 209 页。

[2] 乔安娜·盖文思、杰拉尔德·斯蒂恩:《认知诗学实践》,刘玉红译,北京:外语教学与研究出版社,2020 年,第 149—151 页。

第三章

自我归类与文化利用

> 我发现在博学的庄子的文字中,包含着一段时间以来我所读到过的对现代生活的最尖锐的批判。——王尔德
>
> 我要约翰的头,这不是沙乐美的要求,这是我们一切人心底狂叫!
>
> ——田汉

第一节　新青年:具身性的自我归类

唯美主义,特别是王尔德的戏剧《莎乐美》,曾在中国现代文学中得到广泛的鉴赏和接受,影响既深且广。而王尔德读过《庄子》的英译本,并且精准地抓住了庄子思想的精髓。两者都是中国文学和文化与王尔德之间有实证的影响交流。

从心理自我归类论与认知的具身性来看,中国现代文学青年对唯美主义和王尔德的接受,与王尔德对庄子的欣赏,是建立在同质性的认知心理基础之上的。不论是中国现代文学青年,还是王尔德本人,都是把自己视为欲与旧传统决裂的新青年,并且在更广泛的意义上,他们都与世纪末前后新旧价值冲突中的青年作家们

有着相通的自我认同。因此,中国青年从唯美主义中发现了反抗精神;王尔德从《庄子》中发现了社会批判。不论是中国现代文学对王尔德的接受,还是王尔德对庄子的接受,都是从革新本国文化、安顿自我生命出发的文学形象与文化利用。这些青年人对自我的归类,是他们借鉴外来文学与文化的心理基础。

　　从文化实践来说,这两种影响可构成"互为语境""互相参照"的双向诠释。"双向诠释就是首先了解对方,然后从对方的角度和视野来观察和进一步了解自己,使双方对自己和对方都有了新的认识。"[①]中国新文化运动中的文学青年从追求无用的唯美主义文学中,看到对个性解放的肯定;王尔德从向往无为虚静的《庄子》中,看到对当时社会的批判。二者相互观照,既可见出社会文化对个体意识的影响;也可体现出自我归类过程中主体的能动性思考和判断。

　　19 世纪末前后,西方哲学和现代文学不再把身体和感性作为思想和理性的对立面或低等秩序。传统伦理思想和文化中对好人和坏人、好品德和坏品德的外在区分,在各种非理性哲学,特别是精神分析学对文学的渗透以后,相当程度地被置换为人性和人格本身的多种混同状态。人对自我以及自我和他人的关系的认知也随之复杂化。这些变化不仅在哲学、文学和文学批评中有所表现,在心理学上,对人如何认知自我的研究也不断深入。

　　自我归类论是关注个体在社会情境中组织其社会认知、社会情感和社会经验的机制的一种有关个体和群体关系的理论。通过与他人对比,人们会对自己产生出社会归类。这个理论有诸多假设,与我们密切相关的有:一、自我概念包括很多不同的成分,社会

---

① 乐黛云:《朝向"人类命运共同体":乐黛云文选》,贵阳:贵族人民出版社,2018 年,第200 页。

性的自我概念其功能是依特定情境而定的。二、在他人当中，人们对于自我的认知表征采取了自我归类的形式，即对于自己和某些被看做相同类别的刺激的认知组合。三、在某种水平上的自我归类的显著性与其他水平上的自我归类的显著性之间存在着一种功能上的对抗。四、增强自我与群体成员之间的一致性会形成个体自我知觉去个性化——"自我刻板化"的过程。五、当两个或更多的人根据某些共同的类别来知觉和定义他们自己时，心理群体就形成了。六、自我类别倾向于得到积极的评价，当自我和群体内的他人相互符合度较高一致时，群体成员之间的相互吸引就会相互知觉到，群体凝聚力形成，进而产生某种知觉到的利益一致性（在需求、目标和动机等方面），增加群内合作水平和群际竞争水平①。

将单个的人视为有主体性的实践个体，承认我们与他人在此世界的共存相依，是我们进行认知活动的前提之一。认为自己是哪一种人或者属于哪一种人，对于认知活动来说，开始是一个起点或前提，经过一定的认知活动后会是一个结论，还可能是一个不断变化的认知过程。中国现代文学对王尔德的接受，以及王尔德对庄子的解读，其实正是这样一种情形。这两个影响行为的发生，都是以自我归类论为起点或前提的一个不断变化的过程。

个体与他人、团体内部、团体之间社会心理互动的关键是作为主体的人的自我认知，这个自我认知既是一定社会文化的产物，它的形成和变化也会反过来对社会文化以及人的自我认知产生调控。可见，从具体社会实践层面来说，"我们可以而且确实是既作

① 特纳等著：《自我归类论》，杨宜音等译，北京：中国人民大学出版社，2010年，第46—68页。

为社会群体而行动,同时又作为独特的个人而行动"。① 自我归类的心理,会带来自我认同的变化,继而影响认知主体的一系列判断和选择。

人是理性的生物,也是感性的、社群的和对话的生物。

长期以来,人们将认知活动理解为在大脑内产生的一个或多个逻辑过程。具身认知观点则强调身体在认知中所扮演的角色,将认知作为一种生物现象,作为人的身体与大脑、人的身心与具体环境交互作用的结果。知识、认知和经验的具身性包含双重意义:身体既是活生生的、认知的机制和结构,也是其环境或语境。认知活动不是一个既定心智对既定世界的表征,而是在日常人类经验中生成的,是在大脑、身体以及身体经验中产生的,而不是像传统认为的那样是离身的。认知科学的三大主要发现:"第一,心智天生是亲身的;第二,思维多半是无意识的;第三,抽象概念大部分是隐喻性的"②,被认为重启了西方哲学的核心问题。

理解"具身"有两个要点:"第一,认知依赖于经验的种类,这些经验来自具有各种感知运动的身体;第二,这些个体的感知运动能力自身内含在一个更广泛的生物、心理和文化的情境中。"③"认知过程是从脑、身体和环境的感觉运动的相互作用的非线性的和循环的因果关系中涌现出来的。"④

显而易见,无论是中国新文化运动的文学青年,对西方文学

① 特纳等著:《自我归类论》,杨宜音等译,北京:中国人民大学出版社,2010 年,第 222 页。
② 乔治·莱考夫、马克·约翰逊:《肉身哲学:亲身心智及其向西方思想的挑战》·第一册,李葆嘉等译,北京:世界图书出版有限公司北京分公司,2017 年,第 3 页。
③ F. 瓦雷拉、E. 汤普森、E. 罗施:《具身心智:认知科学和人类经验》,李恒威等译,杭州:浙江大学出版社,2012 年,第 139 页。
④ 埃文·汤普森:《生命中的心智:生物学、现象学和心智科学》,李恒威等译,杭州:浙江大学出版社,2013 年,第 9 页。

思潮和唯美主义的了解；还是王尔德对《庄子》的了解，都不太可能是全面系统和逻辑抽象的。另一个值得注意的问题是，作家一般具有发达的敏感型心智，他们在日常生活中通过自身身体和情绪感知到的自我心理活动和社会文化情境要远远丰富于常人。艺术创作的直觉性和独创性与具身认知观点有着更加密切的关联。

对中国新文化运动中的青年作家而言，从横向层级上来说，中国青年与世纪末的世界青年、与保守派；青年与他们参与的团体、团体之间也会因自我归类取得一致或差异性。虽然他们对当时世界其他国家的文化或文学不一定有足够的了解，但具身性地感知到的传统文化对青年个体生命的压抑及由此感受的痛苦，特别是国家落后挨打的生存危机触发他们对本民族文化的反思与革新，使得他们自觉地把自己归属于一个大类：新青年。

当我们强调认知的具身性时，并不是要简单地将具身和离身做一个二元的对立，完全否定抽象静思。认知活动确实是活生生的身体在具体环境中展开的，但这其中也包含抽象思考活动——认知活动因此仍然是人类永恒的灵肉结合活动，是"亲身离身集于一身"①的。

从纵向层级上来说，不同的历史时段、青年自身的不同时期的自我归类都会有变化。随着自我归类的变化，他们对自我的判断、对外来文化和文学的接受状态也相应地发生变化。

可以以泰戈尔在中国的被接受来作为一个旁证。泰戈尔对中国现代文坛的影响与王尔德类似，也是十分广泛的。当他来到中国演讲时，现代文学青年却分成截然对立的两派。一派毫无保留

---

① 乔治·莱考夫、马克·约翰逊：《肉身哲学：亲身心智及其向西方思想的挑战》·译序，李葆嘉，北京：世界图书出版有限公司北京分公司，2017年，第77—84页。

地欢迎,一派毫不留情地表达自己的反感,甚至欲驱逐正在演讲的诗人。在泰戈尔演讲现场,具体听众选择和表现出的对泰戈尔的态度,是既受到现场氛围触发的具身认知活动,也受到自我归类的思维判断影响的。

不但国内文化界形成了两种相互对立的力量,有的文化人士自身对泰戈尔的态度前后也有很大的变化,如陈独秀。陈独秀是较早将泰戈尔介绍到中国的人,也是批判泰戈尔最不遗余力的人。"这种前后态度的变化,与陈独秀前后身份不同有关。介绍泰戈尔时,他是新文化运动的旗手,反对泰戈尔时,他已成为共产党的主要领导人,政治批判标准代替了文学批评标准。"①当时许多青年对王尔德的接受亦有类似的变化过程。

而王尔德对庄子的接受,也是以他在心理上把自己归类为对传统文艺观的挑战者,对现行伦理道德观的批判者为前提的。王尔德对英国的文艺批评现状十分不满,认为法国在这一点上要比英国先进得多。② 王尔德以革新英国落后的文艺批评现状为己任。文学与社会生活不可分。对什么是好的文学的判断,必然包含思想价值因素。这是王尔德受到英国上流社会侧目和围剿的深层原因,这也是他亲近法国文学和文化的原因。王尔德与当时的浪荡子们一样,也是把自己自我归类为新青年的。这一自我归类是他接受《庄子》思想的一个起点,也是一个在他生活中、写作中不断发展、强化的过程。

因此,中国现代文学青年对王尔德的接受,与王尔德对庄子的接受,确实是可以互识、互证,相互观照和阐释的。

---

① 孙宜学:《泰戈尔与中国》,桂林:广西师范大学出版社,2005 年,第 105—106 页。

② 王尔德:《致〈圣詹姆斯公报〉主编》,《王尔德全集》第 5 卷,苏福忠、高兴等译,北京:中国文学出版社,2000 年,第 445—446 页。

第二节 误读或悟读：中国现代文学的 《莎乐美》接受

一、译介热潮与革命新人的自我归类

19 世纪末中国现代学者和文人对外国名著的大量译介是一个相当显著的历史文化现象。究其原因，在这些知识分子心中，中国当时积贫积弱的落后状态，和改变这一切的决心，使得他们将自我归类为与保守派不同阵营的思想与文化革命的新人一类。

吴虞在《吃人与礼教》中写到："讲道德仁义的人，时机一到，他就直接间接的都会吃起人肉来了。……我们如今应该明白了！"①文中的人，大略有三种：吃人的人；被吃而不自觉的人；明白过来的人。吃人的人，所消灭的当然不止是人肉或者说肉体的人；而是通过对青年自主与感性追求的压抑，窒息了他们的生命。今天我们评价儒学，当然可以不必如此极端，因为我们是隔着时空与儒学和五四青年的思想去交汇的，中国无产阶级革命后，民主与科学引领下的社会文化早已经赋予我们自由生存的权利。而当时的青年人，却是承受着那消灭肉体与精神之压制的切肤之痛的。

这痛苦并非一己之悲喜，而是与中华文明的前途息息相关，是当时的知识分子历经近百年才找到的时代之病根。从洋务运动到戊戌变法再到辛亥革命，社会仍然积贫积弱，体制之变因没有民众思想观念之变作基础，并未能给社会带来根本性的改变，"中学为体，西学为用"的梦幻破灭。大家终于认识到，改变社会需首先从

---

① 吴虞：《吃人与礼教》，《吴虞集》，田苗苗整理，北京：中华书局，2013 年，第41—42 页。

改变人处用力。陈独秀清晰地表述过这样一段认知历程："自西洋文明输入吾国,最初促吾人之觉悟者为学术,相形见绌,举国所知矣;其次为政治,年来政象所证明已有不克守缺抱残之势。继今以往,国人所怀疑莫决者,当为伦理问题。此而不能觉悟,则前之所谓觉悟者,非彻底之觉悟,盖犹在惝恍迷离之境。吾敢断言曰:伦理的觉悟,为吾人最后觉悟之最后觉悟。"①

　　文学的现实关怀,在中国古已有之。文学对礼化所起到的作用,一直是它的重要价值之一。必须指出,明末清初,这种现实指向越来越多地体现为对社会问题的揭示和探索。《红楼梦》中封建末世的凄凉无解是我们大家所熟知的。《儒林外史》也上演了礼教溃散和斯文零落的悲歌。悲凉之雾遍被华林。然而与此同时,在《儒林外史》中,甚至出现了对社会问题解决方案的摸索和充满人性尊严的庶民形象。② 因此,中国知识分子对社会问题的深刻认识,他们为了民族文化的未来而作出的探索,是中国社会现代化的内在基础。到五四前后,社会危机深重,对中华传统文化的维系与中国社会现代化构成了不可调和的矛盾。

　　"吾人果欲于政治上采用共和立宪制,复欲于伦理上保守纲常阶级制,以收新旧调和之效,自家冲撞,此绝对不可能之事。盖共和立宪制,以独立平等自由为原则,与纲常阶级制为绝对不可相容之物,存其一必废其一。"③当礼乐教化已变成了不容逾越的礼法,在我们今天看来未必思虑周全地对孔教吃人的批判,在当时却不

① 陈独秀:《吾人最后之觉悟》,《陈独秀文集》第 1 卷,北京:人民出版社,2013 年,第140 页。
② 参考迟衡山的观点:"讲学问的只讲学问,不必问功名;讲功名的只讲功名,不必问学问。"见吴敬梓著、陈美林批点《儒林外史》,南京:江苏古籍出版社,1989 年,第 539页;及小说最后一回对四位民间奇人的描写。
③ 陈独秀:《吾人最后之觉悟》,《陈独秀文集》第 1 卷,北京:人民出版社,2013 年,第140 页。

是出于恨,恰恰是出于爱和自救。

从这个角度来看,往前上溯,自变法维新以来,甚至可以上溯到更早时候明清时期就已经发现文化问题的那些知识分子,都可以在一个最广泛的层次上归类为"中华文明自救者联盟",虽然他们之间可能也还有保守与激进之间的对立。19世纪末—20世纪初,中国各界对外国著述的广泛译介,正是发生于此。对唯美主义和王尔德的介绍正位列其中。

正因为如此,中国现代文学的《莎乐美》接受,就不只是一种文学事件。世纪末的价值冲突和社会动荡,必然使得一代青年在追求自我价值、生命自由的道路上身处疾风暴雨之中,欲平静而不得。这一普遍性的主体境遇,使得"爱与美""爱与死"的涤荡成为一代新青年自我归类的通用语符。"我仔细地看他的尸体,看他惨白的嘴唇……这时候,我的心似乎和沙乐美得到了先知约翰的头颅一样。……宇宙这时是极寂静,极美丽,极惨淡,极悲哀!"①这美丽的悲哀,正是唯美主义、王尔德和《莎乐美》得以在异域生长的土壤。

中国现代对王尔德的译介,大约从周氏兄弟合译的《域外小说集》中周作人译的王尔德童话《安乐王子》开始。1915年,《青年杂志》(《新青年》的前身)刊登了薛琪瑛翻译的王尔德的戏剧《意中人》(现译为《理想丈夫》),是《新青年》译介外国戏剧的开始。1917年,陈独秀在《文学革命论》中将王尔德与托尔斯泰、左拉、雨果等大作家并举。从那时起至20世纪三四十年代,王尔德作品中的各种体裁,小说、童话、诗歌、戏剧、文论大略都已翻译到中国来,《莎乐美》的译本先后有6个,是王尔德作品中对中国现代文学影响最

---

① 石评梅:《肠断心碎泪成冰》,见兰云月编:《民国才女美文集》,北京:北京燕山出版社,1995年,第34页。

大的。随之而起的不仅有戏剧创作中的多样化仿写,还有对唯美主义文学及王尔德生平和创作的研究。作为世纪末革命新人译介的对象,无论从其译介的广泛还是从其影响的深入,王尔德对中国现代文学来说,都是一个相当显著的接受对象。

二、唯美、耽欲与反叛:主体自我归类的差异性核心

某种意义上来说,新文学中不同的文学团体,大抵是依据作家不同的自我归类形成的,其中接受什么样的外国文学的影响几乎是决定性的因素。中国现代作家对王尔德的接受呈现相当丰富的状态,不同文学团体,不同的作家,对唯美主义和王尔德接受各不相同,甚至同一个作家对王尔德和唯美主义的接受也呈现多面性。总体来说,依不同的轨迹作出的自我归类,新青年作家与唯美主义或王尔德的交集有唯美、耽欲与反叛三个聚焦点。

关于唯美主义及王尔德在中国现代的接受,学界已有全面精细的梳理①。具体作家和社团对王尔德的译介和研究,包括他们的创作情况,这里不再一一复叙。这里重点讨论几个问题,尝试通过对诸种自我归类轨迹的复写和归纳,加深我们对这一问题的认识。

第一个问题:当时青年们不同国别的留学经历,对接受唯美主义和王尔德的态度有无影响,是否造成决定性影响?

从放送者来看,"中国'五四'时期掀起的'王尔德热',一方面

---

① 如:夏骏:《论王尔德对中国话剧发展的影响》,《戏剧艺术》1988.(01);田本相主编:《中国现代比较戏剧史》,北京:文化艺术出版社,1993;解志熙:《美的偏至——中国现代唯美-颓废主义文学思潮研究》,上海:上海文艺出版社,1997;肖同庆:《世纪末思潮与中国现代文学》,合肥:安徽教育出版社,2000;周小仪:《唯美主义与消费文化》,北京:北京大学出版社,2002 等。

来自于西方唯美主义的影响，另一方面源于日本唯美派文学的熏染。"①现代日本文坛作为传递者，本身既是西方唯美主义的接受者，对中国现代文学来说，又可以说是放送者。

一方面来说，留学日本和欧美经历的不同，对当时接受唯美主义和评价王尔德的态度是有一定影响的。日本文学自身具有"物哀"传统，从明治末期到大正初期，欧美唯美主义在日本盛行，产生了谷崎润一郎这样将感官欲望与肉体美、死亡气息公然呈现的"恶魔主义"作家。陈独秀、郭沫若、汪馥泉、田汉、白薇，和以欧阳予倩为代表的春柳社的核心成员等等留学日本的青年，基本上对唯美主义和王尔德的创作是欣赏和肯定的。

留学欧美的青年，有的如徐志摩，他受到的唯美主义影响主要来自邓南遮，而英国作家中哈代对他的影响比较大。有的比较有条件全面了解唯美主义思潮和王尔德其人的盛极而衰的过程，能够以较谨慎的态度看待王尔德的作品，甚至对其持否定的态度。如李健吾先生就对比过福楼拜的小说《希罗底》与王尔德的戏剧《莎乐美》，将莎乐美定位成歇斯底里症的、近代变态心理的性格。

另一方面，情况显然不可一概而论。总体来说，新文学青年所受到的外国文学的影响是多方面的。以自称"莎乐美"的白薇为例，她就谈过自己的阅读是相当驳杂的："俄国托尔斯泰、契霍甫、屠格涅夫、陀斯妥耶夫斯基等大家的小说，王尔德的小说、戏剧，歌德的诗和剧，海涅、拜伦、雪莱、济茨们底诗，左拉、莫巴桑、福罗贝尔等底法国小说，及日本当代作家的作品，我都无秩序、无系统地

---

① 张颖颖：《源与流——唯美主义与中国现当代文学》，《徐州师范大学学报》，1998（01）：130—133。

乱看一场。"①再比如田汉,在留学日本的时候曾对日本唯美主义作家的作品十分熟悉,但同时也对波德莱尔、爱伦·坡、魏尔伦的作品相当喜爱。同时,自身经历和个性也会影响作家对唯美主义接受的路线。田汉的爱妻离世,鲁迅的家道中落,都是在生命中打开了他们"离经叛道"的豁口;但生性敏感的田汉在日本一度沉浸在"死""泪""悲哀"这样的感伤情境中;而深为国民性之愚昧所刺痛的鲁迅,却是从"国人之自觉至,个性张,沙聚之邦,由是转为人国"②的原因来张扬个体本位主义的。可见留学经历对于新青年作家接受唯美主义及王尔德的态度来说,并不是必然的决定性的影响。

第二个问题:在这一接受过程中,不同的文学团体有不同的艺术观的选择吗?

沈雁冰关于创造社是艺术派(颓废派),而文学研究会是人生派的区分及郭沫若对此作出的申辩不再复述。毫无疑问,创造社同人在30年代以后对自己青年时期的作品和创作观多有否定,但不能否认他们当时文艺观的唯美主义倾向。

以郭沫若为例,他曾作过《生活的艺术化》的演讲,明确地表述过:"艺术的精神就是没有功利性。"特别是他在《王昭君》中设计的汉元帝将毛延寿斩首,以便通过毛延寿的头间接地一沾美人的芳泽的细节,对《莎乐美》的仿写十分明显。创造社的另外两位著名的成员郁达夫和成仿吾,也都表达过对美的文学的肯定,不过不似郭沫若这样立场鲜明。

不过,当时的中国青年并没有能力将国外各种文艺思潮条分

---

① 白薇:《我投到文学圈里的初衷》,《白薇作品选》,长沙:湖南人民出版社,1985年,第10页。

② 鲁迅:《文化偏至论》,《坟》,人民文学出版社,1973年,第43页。

缕析。国门打开以后,各种哲学思想和艺术理念纷至沓来,"西欧两世纪所经过了的文学上的种种动向,都在中国很匆促地而又很杂乱地出现过来"。① 五四青年热诚地想通过学习,革新旧传统,锻造新文学,以尽快赶上世界文学新潮流为己任。被郭沫若宣布为创造社刊物的指导方针的新浪漫主义,实质上是象征主义、唯美主义、现代主义等流派的一种混杂,他们更多的是将其视为对写实主义的提高和补充。其他社团的情况更不可一概而论。基本上来说,那时文艺青年是依照自己接触到并特别喜爱的西方作家、文艺观、作品和流派的一种共鸣,与志同道合的伙伴结成文学社团的。文艺观的一致性,是他们心理上自我归类的粘合剂;心理上的自我归类,又是这些社团得以产生的基础。社团成立后的言论和创作活动,再进一步加深这种自我归类。

第三个问题:赞赏唯美主义的中国文学青年在唯美主义和《莎乐美》中发现的叛逆性,是一种误读吗?

这个问题要从叛逆和误读的不同情况,再结合对唯美主义和王尔德的评价,才能回答。

先看叛逆的不同表现。

赞赏唯美主义的中国文学青年对唯美主义和《莎乐美》都有哪些不同的接受方向呢? 大体可以分为三类。首先,由于唯美主义与颓废主义思潮有着密切联系,中国现代年轻作家在对唯美主义的接受过程中,不免在唯美中有着"唯我""耽乐"的因素,比如向培良的《暗嫩》、白薇的《访雯》等。特别是新感觉派作家的创作,偏于感官刺激。这一类可称之为唯美主义的耽欲的接受者。不过,对官能的、肉欲的爱的描写,对中国封建文学"温柔

---

① 郑伯奇编选:《中国新文学大系·小说三集》(影印本),上海:上海文艺出版社,2003年,导言第2页。

敦厚""男女授受不亲"等角色设定而言,无疑是一种新鲜的
冲击。

其次,大多数当时的青年作家,是被唯美主义艺术形式上的精
美所吸引。《莎乐美》原本是用法文写的。曾留学法国的袁昌英对
它的艺术美给予了相当高的评价:"《莎乐美》——法文之原作的
《莎乐美》——在艺术方面讲起来,是一节完整美妙的音乐,是一块
美玉无瑕的玛瑙。它的音节的凄婉,结构的整洁,意象的奇幻,词
句的凄丽,都使我想起那一片巴黎月夜的箫声,又使我想起那只乳
白色的玛瑙小花瓶,独幕剧的工整殆未有过之者也。"[1]《莎乐美》
那精致的布局,繁复的意象群,华美的言辞,象征的境界,神秘的爱
与死的斗争以及女性形象,极大地拓宽了他们的眼界。他们纷纷
尝试,欲与之一较高下,以至于当时的戏剧中几乎可以说相当大程
度地笼罩着《莎乐美》的影子。

在这些接受了《莎乐美》影响的作品中(不仅仅是戏剧,这种影
响也渗透到其他文体中,比如矛盾塑造的一系列颇具"莎乐美气
质"的时代女性形象——《蚀》三部曲的章秋柳、孙舞阳以及《子夜》
中的徐曼丽、林佩瑶等),有的青年作家以新的眼光重塑历史故事
和历史人物,特别是女性人物。他们并不把莎乐美理解为邪恶女
性的代名词,而是把她作为大胆追求爱情和生命价值的现代女性
意识的觉醒者。在这些作家创作的历史剧中,中国古代著名的那
些红颜祸水——貂蝉、杨贵妃、西施和妲己,以及卓文君、王昭君等
历史名人,都成为追求个人自由和尊严,反抗封建旧道德,具有"莎
乐美式"的勇气和性格的人物。甚至潘金莲也以热烈奔放的独白
表达了对爱情的倾尽全力的渴慕……与这些"有姿色有聪明有志

---

[1] 袁昌英:《关于〈莎乐美〉》,《袁昌英作品选》,长沙:湖南人民出版社,1985 年,第 273
页。

气有理性"①的女主人公并存的,是戏剧中对爱欲与死亡相争相伴的喜悦与悲哀的大力呈现。甚至在白薇《琳丽》中,女主人公对男主人公琴澜进行了现代主义"瞬时性"人生观的启蒙:"有甚么永远呦! 只要有最热情最粹美的瞬间!"可见,对形式美的借鉴与文学的精神内涵也是无法分割的。

第三类青年有着鲜明的反叛精神,主动变唯美为反叛的利器。这类青年作家是力图把为人生与为艺术结合在一起,既要反映时代生活,也要超越悲喜达到美的境界。最为典型的就是田汉。他的艺术观是一方面要把人生的黑暗面暴露出来,立定为人生的根本,另一方面要为中国现代剧坛栽一朵美丽的花,使观众超越现实的苦痛陶然进入美的境界。从田汉对《莎乐美》的多次高度评价来看,王尔德的《莎乐美》是符合田汉的艺术理想的。例如,他认为《莎乐美》对当时的观众来说,含着贵重的养料;《莎乐美》中的叙利亚少年和约翰都和莎乐美一样,"目无旁视,耳无旁听,以全生命求其所爱,殉其所爱!"并号召大众:"爱自由平等的民众啊,你们也学着这种专一的大无畏的精神以追求你们所爱的罢!"②特别是"'我要约翰的头',这不是沙乐美的要求,这是我们一切人心底狂叫!"③俨然把莎乐美理解为一个叛逆青年的代表。

如果不把直接的"为人生"宗旨作为评价叛逆的必须的标准,而是允许多样化的表现形态,那么,从上述这三类情况来看,尽管落下的重心不同,对个体自由、爱欲和肉身的公开赞赏和表现,显然对于传统文学和传统道德而言,都是带有反叛意味的。那么,将

① 欧阳予倩:《〈潘金莲〉自序》,《欧阳予倩全集》第 1 卷,上海:上海文艺出版社,1990年,第 92 页。
② 田汉:《我们自己的批判》,《田汉文集》第 14 卷,北京:中国戏剧出版社,1987 年,第343 页。
③ 田汉:《两个少年时代》,《田汉散文集》,石家庄:河北教育出版社,1995 年,第 104 页。

《莎乐美》视为向世俗社会、封建礼教宣战的武器,这是不是一种误读?

"所谓误读就是按照自身的文化传统,思维方式,自己所熟悉的一切去理解另一种文化。"[①]人的理性不可能完全从历史或文化传统中割裂出来,对其他文化语境中的文学作品的理解不可能澄明无蔽,先见或前理解是任何跨文化接受的普遍前提。比较文学中的误读是两种文化接触时不可避免的产物。不同文化之间的异质性,或者说不可通约性是必然的,但这并不是阻断文化交流的理由,也不是说相互的理解是无价值的,恰恰相反,这正是交流和互通的意义所在。

阐释学和读者反应理论,给予每个读者或者说批评家同样的言说机会,似乎对一部作品的解读并无正误之分,只是不同角度的不同结论而已。然而,对一位学者来说,在各种观点的视界融合中,尝试找到他自以为的最有意思的解读,或者说试图接近(不能说能够准确再现)作者蕴含于他作品中的部分或全部意义的解读(虽然作品的意义并非全部由作者赋予),或者说力图在作品产生的文化语境中去解读作品等等努力,必然是他形成自己见解的一个必要前提。经过这个过程得出的较少轻率错误的结论,才能较大价值地汇入视域融合之中,进一步与他人形成交流。

所以误读也有不同的几种情况。有的是接受者过于缺乏相应的知识文化积累导致的轻率、随意的解读;有的是在社会集体想象中形成的刻板印象;有的是接受主体对研究对象在充分了解和思考的基础上,运用自己的思想作出的创造性误读——可称之为"悟"读。这种接受过程中的创造性叛逆,是文学传播与接受中有

---

① 乐黛云:《文化差异与文化误读》,乐黛云、勒·比雄主编:《独角兽与龙——在寻找中西文化普遍性中的误读》,北京:北京大学出版社,1995年,第110页。

价值的现象,特别是在接受者的翻译或创作活动带有革新民族文化和文学创作目的的时候。这种误读"往往在文化发展中起很好的推动作用⋯⋯常是促进双方文化发展的契机"。①

那么,中国现代文学早期,以田汉等为代表的对王尔德《莎乐美》的接受,如果说误读是必然的,是怎样的一种误读? 这就要看对唯美主义和王尔德的理解是怎样的。

如果把唯美主义文艺理论定位为对社会现实的逃避,把王尔德定位为唯美主义的代言人,认为他是自己所宣扬的唯美理论的百分百执行者;如果唯美主义就意味着对"真正的艺术家是不允许任何人们纷争的事情进入神圣的美的殿堂的"的坚守,那么,中国现代新文学青年对王尔德的接受,赋予其作品为当时代所需的个性解放、反叛传统的精神面貌,这对于唯美主义文艺理论来说,是一种偏差较大的误读,是鲜明的创造性叛逆的误读。

如果把唯美主义对艺术独立性、美之无用的强调,一方面理解为对社会现实的规避;另一方面也理解到,这种规避本身就是一种反抗,就是对现代工业社会实用主义哲学和资产阶级功利审美观的拒斥。而波德莱尔心目中璀璨夺目的浪荡子并不仅仅是唯美主义者,可以说是包含一切当时社会的精神反叛者,比如拜伦。在这个意义上理解他所说的"这些人被称作雅士、不相信派、漂亮哥儿、花花公子或浪荡子,他们同出一源,都具有同一种反对和造反的特点,都代表着人类骄傲中所包含的最优秀成分,代表着今日之人所罕有的那种反对和清除平庸的需要"②;在这个意义上理解浪漫主义、纨绔主义、颓废主义和唯美主义的融合,理解王尔德以"带着一

---

① 乐黛云:《文化差异与文化误读》,乐黛云、勒·比雄主编:《独角兽与龙——在寻找中西文化普遍性中的误读》,北京:北京大学出版社,1995年,第111页。
② 波德莱尔:《波德莱尔美学论文选》,郭宏安译,桂林:广西师范大学出版社,2002年,第438页。

个使命的浪子"①自许所赋予唯美主义者的"高傲气质和对抗姿态"②;那么,中国现代文学新青年对唯美主义和王尔德的接受,虽不能免受本民族文化意识形态的作用力,其误读中与放送者的精神肌理也是有着一致性的。

正如鲁迅先生所言:"但那时觉醒起来的智识青年的心情,是大抵热烈,然而悲凉的是,即使寻到一点光明,'径一周三',却是分明地看见了周围的无涯际的黑暗。摄取来的异域的营养又是'世纪末'的果汁:王尔德、尼采、波德莱尔、安特莱夫们所安排的。'沉自己的船'还要在绝处求生,此外的许多作品,就往往'春非我春','秋非我秋',玄发朱颜,低唱着饱经忧患的不欲明言的断肠之曲。"③

中国现代青年将王尔德视为维多利亚时期受压抑的艺术家,以"为艺术而艺术"的主张纠正时弊,挑战正统思想的文化先行者。这一点和他们的自我归类十分契合。现代社会中以个人为本位的伦理需求,以及现代文学中对文学自主性的追求,与传统社会文化构成的冲突及其造成的青年们的迷茫与苦痛——这一世纪末的悲哀,是中国现代文学青年与 18 世纪末—19 世纪初欧洲文学青年的共同主题。这个精神内核是唯美主义及王尔德被中国现代文学接受的内在基因之一。

三、三个阶段和两种态度——社会文化的规约

从 20 年代至 30 年代初期,中国现代文学对王尔德的接受过

---

① 奥斯卡·王尔德:《致 H.C·马里耶》《王尔德全集》第 5 卷,苏福忠、高兴等译,北京:中国文学出版社,2000 年,第 307 页。
② 陈瑞红:《纨绔主义与审美现代性》,《文史哲》2004年第 1 期,124—128。
③ 鲁迅:《中国新文学大系·小说二集·导言》,上海:上海文艺出版社,2003 年,第 5—6 页。

程,大抵经历了"喜爱唯美主义剧作、模仿和创作唯美主义作品以及扬弃唯美主义三个阶段"。① 毫无疑问,在不同历史阶段,现实生活环境及社会文化的规约,对王尔德的接受有着相当大的影响。

以《莎乐美》为例,王尔德的这出戏剧曾备受瞩目。在中国现代文坛,它至少有陆思安与裴配岳合译、田汉、桂裕、徐葆炎、汪宏声、胡双歌等六种中译本。其中田汉的译文流传最广,并且他还执导南国社把《莎乐美》搬上戏剧舞台。对它众多的仿写更是形形色色。解志熙将中国现代文坛对《莎乐美》的仿作划分为"唯爱的青春剧""生命与艺术的悲剧""为'叛逆的女性'申辩的翻案剧""唯美的'古事剧'"。对《莎乐美》的研究文章也数量颇丰,如茅盾的《王尔德的〈莎乐美〉》,朱湘的《谈〈莎乐美〉》,胡洛的《〈莎乐美〉研究》等等。中国现代的唯美-颓废主义文学思潮在上世纪 20 年代末—30 年代初臻于高潮,苏雪林的《鸠那罗的眼睛》发表于 1935 年,何其芳的《画梦录》发表于 1936 年。

随着阶级斗争尖锐、民族危机深重,正面回应和担当人生问题成为文学迫切的任务。"美的偏至""不再具有捍卫自由的高雅与个人独立的魅力……日渐遭到公众社会的冷落和摈弃。"② 以田汉为例,《我们自己的批判》是他正式投身左翼文艺阵营的标志。他在书中将早期的唯美主义风格戏剧创作称为"歧路",自我清算,表示要与其彻底划清界线。田汉和南国社投向左翼文艺阵营,预示着唯美主义和《莎乐美》在中国现代文坛的接受也告一段落。总体来说,对《莎乐美》的接受,对中国现代剧坛的积极影响有几方面:一、为新文学作家打开了一个纵深而广阔的视野,深化了反封建的

---

① 师菁:《〈莎乐美〉审美观念下的"五四"话剧》,《西北成人教育学院学报》,2020(05),75—79。

② 解志熙:《美的偏至——中国现代唯美-颓废主义文学思潮研究》,上海:上海文艺出版社,1997 年,第 427 页。

启蒙主题,强化了悲剧意识;二、使剧作艺术方面的心灵深度表现得到加强;三、剧本文学性的提高。①

就现代文学时期而言,造成第一、第二阶段和第三阶段之间的分野的关键性原因,显然是社会生活的巨变,这是无可置疑的。中国现代文学作家,大多数是民族解放和思想启蒙运动的先驱者。唯美主义理论对现实人生的疏离,使它难以与中国现代文学长远、真正地融和发展。

今天,中国现代文学青年在接受唯美主义及王尔德《莎乐美》的影响时曾无法准确把握的,关于审美现代性与工业现代化的对抗及唯美主义与消费社会纠缠的问题,已经被梳理明确了。那么,今天我们回顾当时的王尔德研究,有什么值得重视的启发性观点呢?

首先,沈泽民在《王尔德评传》中把王尔德理解为"个人主义者"和"没有道德"的人显然是不够恰当的;像袁昌英那样,把作品的艺术形式与思想内涵截然分开,认为《莎乐美》的内容"是颓废主义的结晶,是病态性欲的描写,全剧的空气是污浊的,不健康的……"显然更是不恰当的。引起我们注意的是当时的研究者对王尔德的特质,或者说王尔德在他的作品中提出的问题的分析。

"能将情节故事中几近病态的性爱渴求,写到夏夜天河般清澈美妙的境界,的确非天才不能为。"②那笼罩在《莎乐美》的爱欲与死亡之上的奇异与庄严究竟是怎么衍生的呢? 在介绍并研究王尔德的中国现代文学青年中,张闻天对他的理解最深。张闻天认为王尔德的个人主义并不等同于自私自利,他也并不只着力于官能

---

① 肖同庆:《世纪末思潮与中国现代文学》,合肥:安徽教育出版社,2000 年,第 135—136 页。
② 夏骏:《论王尔德对中国话剧发展的影响》,《戏剧艺术》1988(01),6—25。

享乐,而是执着于美的幻象。张闻天敏锐地指出《莎乐美》是"官能的",同时也是游离"官能"的,这"游离"的境界,在艺术形式上是通过繁复铺张的比喻和古代文字、音律歌谣编织成的[①]。《莎乐美》中的排比式比喻在情感向路上往往是彼此对立的,构成前后冲突的多重互文性网络,在极致地对美的渴求的同时也毫不留情地反讽。这种彼此撕裂的张力产生的深度正是覆盖在官能肉欲上的神秘清冷的雾霭。显然,艺术形式与作家的思想认识是不可割裂的。

徐葆炎在独幕剧《惜春赋》中,在写到男主角顾以亨对女主角柳春先进行"唯美及快乐主义"启蒙,灌输及时行乐的官能享受价值观时,问了一个这样的问题:"人是为自己活着呢,还是为别人而活的?"沈泽民《王尔德评传》虽对王尔德的人格持否定态度,但也将这个问题明确地提出来:"个人主义本是近代一切思潮所盘旋的中心……然而解放了以后的自我,应该如何对人对己尽应尽的责任,这是真正的问题而不容忽视的。"[②]对我们今天而言,如果启蒙神话带来的这个现代伦理问题——个性解放与道德责任或者说自我与他人的关系,也可以说成灵与肉的关系,不能经由人的理性或社会制度来给出答案,那我们又凭什么相信,人所发明的 AI,或者归属某些人掌控的后人类(很可能为大资本率先拥有),能够拥有更为合理的伦理规范吗?

综上所述,虽然人对自我和世界万物的认知永无纯粹本质的终极本体,也无法摆脱通过自我归类归属社会团体,受到社会文化制约的境地;但单个与团体的认知主体是实存的,其认知实践既是具身性的,也是伴随理性思辨和判断选择的。"快感的人"并不是

---

① 参见张闻天:《王尔德介绍》,《民国日报》副刊《觉悟》1920 年 4 月 3 日起连载,长文共 12 段,后 3 段为汪馥泉所作。
② 沈泽民:《王尔德评传》,《小说月报》1921 年第 12 卷第 5 期。

什么新鲜或高级状态。追求自由是现代人的本质,理性和性灵同样也是人性不可或缺的本质。从中国现代文学作家对王尔德《莎乐美》的接受来看,他们从自身的才情和历练出发,与这出戏剧中的不同因子产生了共鸣。当社会环境发生巨变,自我归类的心理又引导他们应对社会文化调控,作出新的自我调整,这时他们之前形成的对《莎乐美》的接受状态就处于被压抑或遮蔽的状态。在不同的历史时段及青年自身的不同时期,这种接受与自我归类都在变化之中;有时与世界青年同声共气,有时又具有鲜明的民族特点。

第三节　逍遥的文化策略:王尔德对《庄子》的接受

《庄子》与王尔德对它的欣赏和接受,只能局限于审美领域的考察吗?《庄子》吸引王尔德的,不仅是艺术手法和文字之美,还有它的思想根柢——逍遥于宇宙万物之中。评介、接受或者说赞美庄子,都是源于,也是为王尔德自己提倡的唯美主义的无所事事,所采用的一种文化策略。这是我们分析王尔德对《庄子》的接受的起点。

一、对两个问题的辨析

(一)《庄子》不仅仅是审美之书

《庄子》对中国古典美学思想的巨大影响是勿需置疑的。某种意义上,可以不夸张地说,中国古典美学的基础和格局是由《庄子》奠定的。比如,直觉的艺术精神、以物观物的艺术境界、虚静的艺术创作心理、对时间、死亡与自由的艺术遐思。就文学来说，有的学者认为，秦汉以来的一部中国文学史差不多大半是在庄子的影响之下发展的。[①] 不过，《庄子》产生的时候，中国还没有美学的概念和学科，庄子也更没有专门谈及美和艺术，如果说《庄子》一书具有美学意义，不是说它已经具备了美学研究的意识和能力，而是在庄子汪洋奇诡的文字中，"向人类启示了宇宙中的诗境，启示了艺术的秘密、不，存在的秘密，还启示了超越者的美"。[②]

儒道互补，是"了解包括美学史在内的整个中国思想史的根本关键"。[③] 在对中国古典美学的研究中，把《庄子》中的审美因素从哲学命题中移植到审美领域，是十分自然而且合适的。然而，相对于"庄子思想并不导向哲学认识论，更不指向社会实践，而是导向审美"[④]这样的表述，我们更倾向于把《庄子》理解为一本哲学与美学之书，或者说首先把它理解为哲学之书。

把《庄子》单一地定位为审美之书，可能会存在一些误区。首先，此"审美"的概念何来？ 如果把《庄子》中对世俗名利与死生羁绊的超越对等于审美，那是否是在以康德对美下的定义来衡量《庄子》呢？ 康德关于"审美无功利性"的观点是西方现代美学的基石，用来判断《庄子》，合适度有多少？ 会不会遮蔽《庄子》本身的质素？ 其次，纵览中国历史，一般都是在出现大的社会动荡或变革的背景下，《庄子》中的思想才会跃而居上，其影响变得鲜明可见。如果把《庄子》仅仅指向审美，那是不是对庄子思想的一种主动削弱？ 第

---

① 郭沫若：《庄子与鲁迅》，《沫若文集》第 12 卷，人民文学出版社，1959 年，第 59 页。
② 今道友信：《研究东方美学的现代的意义》，《美学译文》（二），北京：中国社会科学出版社，1982 年，第 344 页。
③ 李泽厚、刘纲纪主编：《中国美学史》第 1 卷，中国社会科学出版社，1984 年，第 279 页。
④ 刘绍瑾：《庄子与中国美学》，长沙：岳麓书社，2006 年，代绪言，第 5 页。

三,以无功利性来确认审美,本身含有将审美与其他社会活动二分的逻辑。这种区分,或者说对艺术自足独立的彰显,在美学确立时期是十分必要的,这种分割在当今却未必合理。与此相反,我们越来越倾向于审美与哲学及社会实践的不可分割,认知活动与人的肉身、认识发生的环境及在场的他者不可分割。

无功利性,恰恰需先判断何为功利;不道德的文学,恰恰是以文学中的道德为靶向的。"道家的圣人超脱了人类的虚伪,超脱了人类的判断是非之情——这可以从任何意义上来理解:美学上、道德上、情感上以及'科学上'。"①《庄子》是对人类处境的反省……思考着整体人类精神生活的出路以及个体内在世界的展示",是开放的心灵与审美的心境的结合②。"如果说有哪一部中国经典最能在精神层面沟通东西方世界,应该说非《庄子》莫属。2000 多年前,庄子就提出了相对主义的宇宙观、求'真知'的认识论以及道法自然、追求逍遥自适的生命境界。"③我们对《庄子》的解读也一定是诗思比邻、美真一体,并以此寻得《庄子》与西方现代哲学的会通,确定《庄子》对当代人类的价值与意义。

(二) 王尔德被视作唯美主义的代言人,他对《庄子》的接受,是否必定从审美视域发生和解读?

自我归类心理显然是一个认知起点,特别是认知主体接受异质文化影响的时候,王尔德对庄子的接受亦是如此。细读王尔德

---

① 汉斯·格奥尔格·梅勒:《东西之道:〈道德经〉与西方哲学》,刘增光译,北京:北京联合出版公司,2018 年,第 181 页。
② 陈鼓应:《〈庄子〉内篇的心学——开放的心灵与审美的心境》(上),《哲学研究》,2009(02),25—35+68。
③ 何明星:《〈庄子〉:从朴素生活采撷真理》,《人民日报海外版》,2022 年 04 月 28 日,第07 版。

的《一位中国哲人》全文，虽然庄子的寓言手法和恣肆无边的文采给了王尔德深刻的印象，但毫无疑问，写作这篇文章时的王尔德，是把自己归类为一个对艺术和时事有着先进看法的思想者与庄子进行对话的，是把庄子当作博学的、伟大的思想家来看待的。王尔德对《庄子》中的思想要素把握得相当精准。

这在文中有三点可以明证：其一，王尔德所言的可能令英国纳税人和他的健康家庭"发抖"的，正是庄子的思想："无为"——有用之物的无用，"无为而无不为"的教导。王尔德假想了庄子对当时英国文明和政治、经济现状可能作出的否定性批评，讽刺了当时那个"崇拜成功的腐败时代"资本的邪恶、教育的浅薄、伪善的道德等种种"文明"。可见，王尔德对《庄子》的评介，与他提倡的唯美主义主张是内在关联的。肯定庄子和他的思想，对王尔德而言，就是他借此肯定唯美主义逍遥精神的一种文化策略。

并且，作为爱尔兰出身的跻身于伦敦上流社会风向中心的王尔德，虽一向很少在文字中表明自己的爱尔兰身份或立场，在这篇不长的文章中，他却假借庄子的视角特别尖锐地将当时任职爱尔兰事务大臣的巴勒弗尔的政策称为"高压政治和勤勉的失政"①。在面对一位中国哲人的思想时，王尔德显示出对本民族身份的敏感，可见庄子思想对王尔德的触发，至少是暂时地使王尔德与自己"英国上流绅士"的身份（或身份目标）疏离出来。

其二，文中提及从柏拉图到黑格尔、达尔文一系列西方思想家，并把庄子的思想与他们的观点进行了联系和对比，并把庄子称为"达尔文之前的达尔文主义者之一"，赞扬庄子把人类的起源追溯到微生物，是看到人和自然一体的人类学家。在异质文化相互

---

① 奥斯卡·王尔德：《一位中国哲人》，《王尔德全集》第 4 卷，杨东霞等译，赵武平主编，北京：中国文学出版社，2000 年，第 278 页。此处引文都引自此文，不再一一标注。

接触时，一般来说，人们只能以自己的思维模式去认识对方，就不可避免地会产生误读。"所谓误读就是按照自身的文化传统，思维方式，自己所熟悉的一切去解读另一种文化。"①虽然这种认知路径在所难免，难能可贵的是，王尔德并没有从欧洲文化本位出发，而是反过来以庄子为出发点梳理了西方哲学史，在表露出对庄子的赞赏的同时，也体现出他博采众长的气度。

其三，王尔德还以敏锐的眼光，指出了对庄子而言可悲的是："他把卢梭式的热情洋溢的雄辩跟赫伯特·斯宾塞式的科学推理结合了起来。"王尔德对庄子的这一直观印象，虽也不免误读的成分——《庄子》中的言说理路显然不能与科学对等；但他却直觉地将庄子与卢梭联系在一起——我们都知道卢梭在他著名的《论科学与艺术》和《论人类不平等的起源和基础》也抨击了文明社会的种种弊端。更有趣的是，王尔德指出，为了说服听众（读者），庄子极尽了语言之美与寓言之广——这确实是力主静观无言的庄子对自己的一个反证。发现这一点，是王尔德带给我们的关于庄子一个饶有意味的新发现。

显然，使王尔德感到极其令人着迷和愉悦的首先是作为思想家的庄子和他的思想。当然，由于王尔德是对当时欧洲各种艺术风向和相关书籍十分关注并勤于学习的一位作家，与庄子艺术观上的契合，或者说《庄子》对王尔德创作手法的影响，也可能潜移默化地在此时形成，并在后续的创作中表现出来。

二、契合·影响·误读——王尔德接受庄子的几种形态

在讨论王尔德对庄子的接受这个问题的时候，既要归纳他从

---

① 乐黛云：《文化差异与文化误读》，见《独角兽与龙——在寻找中西文化普遍性中的误读》，乐黛云、勒·比雄主编，北京：北京大学出版社，1995 年，第 110 页。

《庄子》中受到的启发,同时也需要精细地梳理王尔德思想中本来具备的源自西方的发展脉络。鉴于王尔德在表达对庄子的推崇时显而易见的幽默口吻,和他援引庄子为矛对当时英国社会的抨击,我们尤其要防止过分夸大庄子对于王尔德思想形成和创作过程的影响。"'为艺术而艺术'是王尔德认真读完了庄子的著作,并对'无为而为'的思想有了深刻体验之后的产物!这是连王尔德自己也承认的"[①],这样的说法需要慎重对待。毕竟影响与否不是由读没读过,也不是由表扬和赞赏来确定的,而是由接受者是否在之后的创作中出现了之前没有的异质性因素来确定的,而且这些因素无法用该国以往的文学传统和作家的独创性来加以解释。但是,有时影响也是一种精神性的存在,无法靠具体有形的实证来清晰辨明,只能从文学精髓的渗透上去体会。

虽然,在王尔德之后的创作中,《庄子》的影响也是隐约可见的,可以对之做一些可能性的分析。我们更倾向于把王尔德对庄子的接受界定为一种契合,而不是王尔德对庄子思想的单方面汲取。不是因为王尔德提倡唯美主义,才发生契合;而是时代孕育了王尔德和他的思想,这种契合乃发生;与其说王尔德受到庄子的影响,不如说拿来为他所用,王尔德是把庄子思想作为逍遥的文化策略来利用,也可以说是"无为"思想的有用。"正是依循庄子对人类文明以及社会批判的思路,王尔德自己的价值判断才变得更加坚定,心目中理想的社会图景也变得愈加清晰。"[②]在这一接受过程中,自然也有东西文化异质性鲜明,以至于较难契合的层面;有王尔德把庄子思想拿来为己所用时必然产生的误读的因子。

---

① 滕守尧:《文化的边缘》,作家出版社,1997年,第192页。
② 葛桂录、刘茂生:《奥斯卡·王尔德与中国文化》,《外国文学研究》,2004(04):18—25。

　　要分析庄子对王尔德可能产生的影响，首先要确定有哪些作品，是在他读到英译《庄子》以后写作的。由于有些作品，之前在报纸杂志上已经发表，之后才出版单行本，我们选择以去牛津访学过的陈瑞红在《奥斯卡·王尔德：现代性语境中的审美追求》书后附录的王尔德年表为标准，这份年表相对于其他学者提供的而言，最为详尽。在现有的中译本中，王尔德诗歌通常是早期创作的，且创作年份不太详明，在《王尔德全集》中也未标注，就以他的其他体裁的作品作为考察对象。

　　翟理斯的全译本：《庄子：神秘家、道德家、社会改革家》是1889年出版的。《一位中国哲人》是王尔德1890年2月8日在《言者》杂志上发表的书评。之后未见他再对庄子有所提及。推测王尔德阅读到这个《庄子》译本的时间应该在1889—1890年之间。以此时间为界，对王尔德较为重要的作品作一个简单的区分。

　　1. 王尔德读《庄子》以前比较重要的作品有：1885：《面具的真理》；1887：《坎特维尔的幽灵》《亚瑟·萨维尔勋爵的罪行》《百万富翁模特儿》等；1888：《快乐王子及其他童话》（包括：《快乐王子》《夜莺与蔷薇》《自私的巨人》《忠实的朋友》《了不起的火箭》5篇）。

　　2. 1889—1890：1889年：1月：《谎言的衰朽》《笔杆子、画笔和毒药》；7月《W. H. 先生的肖像》。

　　1890年：3月《〈道连·格雷的画像〉序言》；6月20日《道连·格雷的画像》刊于《利平科特月刊》；9月：《作为艺术家的批评家》等。

　　由于无法精准判断王尔德是在1889年还是1890年读到《庄子》的译本，这几个作品是在他阅读《庄子》之前还是之后完成的，姑且存疑。《道连·格雷的画像》的创作与对《庄子》的阅读，在时间上很可能有交集。而《作为艺术家的批评家》是在读到《庄子》以后写作的可能性相对较大。

3. 王尔德读《庄子》以后比较重要的作品有：1891：《社会主义制度下人的灵魂》；《道连·格雷的画像》和《意图集》成书出版；《亚瑟·萨维尔勋爵的罪行及其他故事》；《石榴之家》（包含《少年国王》《西班牙公主的生日》《打鱼人和他的灵魂》《星孩》4 篇）；11—12 月，在巴黎用法文创作《莎乐美》。也是在这一年，王尔德结识道格拉斯。1892 年以后，他后期的喜剧陆续上演，主要的有《温德米尔夫人的扇子》（1892）、《一个无足轻重的女人》（1893）、《一个理想的丈夫》（1895）、《认真的重要》（1895）。另有，《供年轻人使用的至理名言》（1894），《自深处》1897 年初开始写作，5 月获释，《雷丁监狱之歌》在 1897 年 8 月完成，1898 年出版。

（一）王尔德与庄子思想的契合

王尔德的唯美主义艺术主张、花花公子对"无为"的欣赏；王尔德的无政府主义思想，以及他作品中"灵肉结合"的主人公形象，并非完全是受到《庄子》影响后形成的，而是自有其深厚的欧洲思想、文化渊源。

1. 唯美主义在欧洲文化和艺术史中的渊源和形成过程，无需赘述。需要强调的有两点。其一，在王尔德的时代，东方艺术在英国是比较受欢迎的，从东方艺术中汲取灵感也是时髦的做法。一定程度上说，东方艺术"为唯美主义者提供了思想资源与创作题材，促成了唯美主义的兴起和发展"①，虽然把东方文化理解为艺术乌托邦也是一种一厢情愿的误读。王尔德清晰地认识到这一点。在《谎言的衰朽》中他表述道："日本人是某些个别的艺术家蓄意地、自觉地创造出来的。……事实上，整个日本就是一个纯粹的

---

① 周小仪：《唯美主义与消费文化》，北京：北京大学出版社，2002 年，第 103 页。

虚构。"①立志以美超越现实之丑陋的唯美主义者,正是把这种被他们变形的东方拿来为自己所用的。"这些精致器物本身的完美结构就意味着艺术世界——一个以形式美统治生活的超现实领域。"②有了这种与东方艺术总体上的精神联系,《庄子》中的审美精神让王尔德激赏不已,就有其必然性,这种契合是由他自己的内在精神需求决定的。也就是说,把自己定位为一个唯美主义者这样的自我归类,是王尔德遇到《庄子》后产生契合的前提与基础。

其二,花花公子们拒斥资产阶级实用理性和功利主义价值观及审美观所提倡的无所事事,也并非出自《庄子》中的"无为"思想,在欧洲思想文化史中自有其脉络。古希腊人在宴饮中,边休闲边交流思想的习惯性行为在柏拉图的著作中有明确、生动的记载。法国的沙龙可以说是这一古代文化场景的现代复现。从康德到席勒对美的无功利性及游戏的重视,无疑也是对"无用之用"的深刻洞察。"在构成西方文化的诸多基础中,闲暇无疑是其中之一。"③王尔德是古希腊文化的爱好者。灵魂对世界的深邃直觉和默观生活对人性的养育,以及闲暇境界中的哲思对宇宙的观照,并非为东方文化所独有。王尔德欣赏庄子"把行动化解为思想,把思想化解为抽象",他阅读《庄子》时产生的应该是一种"于我心有戚戚"的快乐。

2. 马克思主义本就是在欧洲文化中生发的。王尔德对法国文化特别有兴趣,也十分了解。以法国为中心的无政府主义社会思潮和活动,以及自托马斯·莫尔至威廉·莫里斯的英国空想社

---

① 奥斯卡·王尔德:《谎言的衰朽》,《王尔德全集》第4卷,杨东霞等译,北京:中国文学出版社,第353页。

② 葛桂录、刘茂生:《奥斯卡·王尔德与中国文化》,《外国文学研究》,2004(04):18—25。

③ 约瑟夫·皮珀:《闲暇:文化的基础》,刘森尧译,北京:新星出版社,2005年,第5页。

会主义思想,是王尔德写作《社会主义制度下人的灵魂》的传统根基。虽然在这篇文章中,王尔德讨论了贫穷的问题,但只是一带而过。他所期盼的社会从物质贫瘠中的解放、对现存制度的否定、人从使他自己异化的劳动中的解脱,去从事艺术活动的自由,其实质与真正的社会主义思想相比还是缺乏实践理路的,其重点还是落实在审美教育、艺术创造之上。在他看来,他所向往的个人主义也是通过艺术实现的——"新的个人主义就是新的希腊精神",实乃王尔德的唯美主义乌托邦幻想。在这一幻想性的前景中,王尔德以艺术为一切的法则,"调和了艺术与道德、自我与他者的关系"[1],"与其说它是一种社会主义理论,不如说是对个人主义与艺术自由的呼吁"。[2]

3. 把庄子的思想理解为争取个人自由的哲学,是从一个维多利亚时期的艺术批评者的角度来展开的阅读,一定程度上也是一种误读。人的自我意志及欲望的问题,在西欧中古时代是建立在人与上帝的关系之中的。"可是我这个不堪的青年,在我进入青年时代之际已没出息,那时我也曾向你要求纯洁,我说:'请你赏赐我纯洁和节制,但不要立即赏给。'我怕你立即答应而立即消除我好色之心,因为这种病态,我宁愿留着忍受,不愿加以治疗"——奥古斯丁就经历了从纵欲到挣扎到皈依上帝的心路历程。自文艺复兴以后,基督教对人的规定性日益式微,肯定人的灵性、贬低人的肉体的传统被质疑。个人意识及后续的个人主义思想形成,灵与肉的冲突的主题,以歌德《浮士德》为经典代表,在众多文学作品中都有所表现。

① 陈龙:《论王尔德的唯美主义乌托邦思想》,《宁夏大学学报》(人文社会科学版),2019(04):70—77。

② 张隆溪:《选择性亲和力?——王尔德读庄子》,《浙江大学学报》(人文社会科学版),2012(03):74—79。

　　西方文学中的自我概念也在不断演变,从个体化的人的统一体,到认识到自我可能有很多各不相同的方面。王尔德正是在世纪末新旧交替时期,较早意识到17—18世纪理性的自我统一体的可疑,并在文学中加以表达的思想先驱之一。从这个意义上来理解王尔德在伦理史和思想史上的意义,是后来的文学家把他与尼采相提并论的原因。就《道连·格雷的画像》而言,王尔德受到佩特的影响更加突出,在小说中有鲜明的体现。对浮士德式的人物来说,新的吸引永远在前方;"给我看看未摘先烂的水果,/每天更换新的绿叶的树木!"①道连显然是浮士德形象的后继者之一。

　　浮士德也好,道连也好,都是西方文学中追求自我生命价值实现的主人公形象,与庄子理想中的圣人境界有相当的距离。阅读《庄子》,从中感受到人在宇宙大荒中的自由境界,对王尔德已经形成的思想来说,是一种契合,也可能提供给他崭新的支撑。但"庄子的自由追求逍遥于四海之外,无极之野,是超越现实既定境遇的精神感受……与西方的突出个人自主性的自由传统有根本不同"。②其中最根本的区别是"侵犯性的欲望与无欲之间的差别"。③"西方的迷狂,来自于对个体、生命的酣畅展现,不是静态的,而是剧烈颤动的审美心态,这与庄子的虚静形成鲜明的对比。……庄子的生存之道所效法的是宇宙自然的法则,是将个体生命置于宇宙大生命背景之中,在沉入虚静的过程中,与道同冥,游于'天乐'。"④被审判入狱以后,王尔德无可回避地对自己的生

① 歌德:《浮士德》,钱春绮译,上海:上海译文出版社,2013年,第73页。
② 刘笑敢:《两种逍遥与两种自由》,《华中师范大学学报》(人文社会科学版),2007(06):83—88。
③ 安乐哲:《自我的圆成:中西互镜下的古典儒学与道家》,彭国翔编译,石家庄:河北人民出版社,2006年,第379页。
④ 王凯:《逍遥游:庄子美学的现代阐释》,武汉:武汉大学出版社,2003年,第67页。

活和写作进行了审视。《自深处》1897年初开始写作,5月获释后,他又写成《雷丁监狱之歌》。前者尝试对自我作一个判断;后者写尽世态炎凉,那时的他丧失了自由写作时的自得心态,距离庄子的不喜不悲就更显出距离来。

以上从欧洲思想文化传统的角度分析了王尔德与庄子思想产生契合的几个方面。下面再看这一契合的另一方面,即阅读《庄子》以后,可能对王尔德产生的一些启发。

(二)可能存在的影响:《庄子》对王尔德的启发

从文化策略转换到文学创作,如前所言,要把王尔德受到《庄子》的影响以实证性的精准分析明确,是有一定的困难的。我们只能尝试通过他在阅读《庄子》前后作品的对照,发现其中有些过去没有的因素,既不是欧洲文化的本色,也不太可能由王尔德独创出来,更像王尔德通过阅读《庄子》后有意无意吸收到写作过程中。下面通过几个方面作概略的剖析。

1. 畸零人形象的刻画

以童话为例,在阅读《庄子》后写成的《石榴之家》(包含《少年国王》《西班牙公主的生日》《星孩》《打鱼人和他的灵魂》)四篇,有一个《快乐王子及其他童话》集中没有的共同性因素,那就是对畸零人形象的刻画。《西班牙公主的生日》中的小矮人,相貌丑陋而不自知;少年国王和星孩都曾一度落入底层人卑微的境地;《打鱼人和他的灵魂》中的渔夫,割去了自己的灵魂,都可以算作"有异乎人者也"。

与《德充符》中形容丑陋的哀骀它,或者那些因为受刑而身体残缺的人的安之若命不同的是,《石榴之家》里的前三则故事,对世俗眼光下的丑或卑贱带给人的屈辱的境地有逼真的描写,童话主人公在这样的人间世里备受磨折;第四篇里的渔夫虽然舍弃了人的灵魂,却又为欲望所驱驰。少年国王和星孩,在苦难中认识到内心美好的重要,但并没有得到他人的理解。《庄子》中"游心乎德之和"的境界在童话中并没有达到。而童话中"身"与"心"的对立状态,以及对世俗眼光的抨击,是与《庄子》相当接近的。

我们可以作一种理解,即王尔德在童话中再现了他对现实的观察和理解;而庄子在《德充符》中铺陈的是理想的境界。然而,受刑而失去脚趾或一足的人,竟比比皆是,这些畸零人超脱的功夫愈深,他们所居留的人世岂不愈不合人伦常情? 难道不是现实的不可说、不可行,倒推了向内寻求喜乐、构筑心斋的道路? 这不是与王尔德"逃到美的圣殿"中去异曲同工吗? 又焉知在庄子的不入灵府、与物为春之中,不含有对冷酷世界的讥诮呢? 这样,以物化虚空为圣的庄子,也可以说,某种程度上,也有入世的一面。《庄子》中也包含"对人类处境的反省,……发出了拯救苦难人群的呼声。在生命关怀的前提下,思考着整体人类精神生活的出路以及个人内在世界的展示"。[①] 我们再一次看到庄子思想与儒家思想相通的可能性。

2. 死亡境遇中的爱与美及生命的达成

如果说《道连·格雷的画像》中的死亡,还有着道德规训的意味;《石榴之家》中的死亡,也有着和《快乐王子及其他童话》中近似的神性慰藉,《莎乐美》中的死亡,则有了较为显著的不同。死,不再是一种结束,更像一种达成——对爱与美的拥抱,是通过死亡、在死亡中实现的。可说是庄子通达的生死观对王尔德有一定的启发。

《莎乐美》中有多处情境是由人与自然的互动组成的,特别是

---

① 陈鼓应:《〈庄子〉内篇的心学——开放的心灵与审美的心境》(上),《哲学研究》,2009 (02),25—35+68.

叙利亚青年与月亮之间的神秘勾连,令人印象深刻。虽然浪漫主义文学也长于对大自然的描写;象征主义更是建立了人与自然万物以及各个感官之间的感应;但《莎乐美》中的月亮似乎具有更大的能量,甚至有一种直接影响了叙利亚青年的情绪与行为的作用,而剧中其他人对月亮并没有建立起这么深刻的同一性。具体境遇成为叙利亚青年作为主体去认知周遭的不可或缺的因素,并对他的身心具有驱动能量。与象征主义诗人诗歌中浓烈的感情不同,一方面,王尔德在剧中暗示了叙利亚青年对莎乐美的倾慕,另一方面,又剥夺了他为此积极行动的能力(这是此剧现实性的一个表现),王尔德把他的死亡处理得既神秘又淡然。这种把个体了悟安置于无限宇宙中的怅惘与疏阔并存的艺术魅力,颇有几分庄子通达虚空的神韵。

与此对比,莎乐美不仅采取了积极的行动,连她的语言都是富有行动力的。她大段大段的表白,罗织着丰富的意象群,表面上是赞美与嫌恶交织,其嫌恶之词,又何尝不是爱而不得的反语?西方文学中的爱情故事,往往以爱而不能得其所爱为结局,常常伴随着死亡和分离。但像莎乐美如此强烈的心性,恐怕只有美狄亚可以一比。她的死亡从国王的角度,可以解读为对一个女人竟疯狂如许的不能容忍;从她自己的角度,则是双重的"赎"——在死中赎自己的罪,毕竟她把自己的爱强加在他人的生命之上;也赎回生命的价值——毕竟她从未这样爱过,毕竟先知把母亲的淫荡推及莎乐美,也是一种局限。那一吻之时,自由的爱之花朵绽开苦甜的滋味,连死亡都要失去颜色。

与庄子"死生之一条"(《养生主》)的生死观不同的是,莎乐美的死亡,不是那种在死与生中不偏不倚,欢喜地接受生的状态,也坦然地接受死的状态,并把生死作为物化过程中的平常环节的态度;而是不惜死亡也要攫取爱与美的炽热。这不仅是对于莎乐美这个人物而言,剧中先知对自己的信仰、国王对莎乐美的舞蹈、王后对先知的憎恶,都是执念般的炽热无遗。在《莎乐美》中,死亡还是相当程度上具有佩特"瞬时主义"的内核,只不过这一瞬间拥有巨大的能量。

这样,《莎乐美》中的死亡瞬间,在时间观上,就与线性时间观即物理学意义上可测量的时间深为不同。有几分接近了《庄子》中"时命"的内涵。不过,《庄子》中在一瞬间的限定势域中,一切的发生都是自然的,人也顺其自然;在《莎乐美》中,这一瞬间却是由主人公的自主选择来完成的。这一瞬间在叙事时长上是极短的,却可以以此一点收缩全篇,蕴含整个故事时间中的动能。

由于古希腊哲学中就具有辩证思想,《荷马史诗》中就有安然面对死亡的英雄,莎乐美形象及其中的死亡观,有多少是王尔德自己的创造性成就,有多少受到《庄子》的启发,还是不易确定的。虽然王尔德在之前的童话中就相当擅长铺陈排比的句式,但莎乐美大段台词的气势与相反相成的互衬效果,着实带有几分庄子的汪洋恣肆模样。

3. 文学无道德

在《一位中国哲人》中,王尔德十分到位地总结了庄子对一般意义上的道德的拆解:"庄子身上没有一点当代人对失败的怜悯。他也没有建议我们基于道德缘故,总是把奖品发给那些在赛跑中落在最后头的人。"1890 年 3 月,在《一个中国哲人》发表 1 个月后,王尔德写成了《〈道连·格雷的画像〉序言》,其中最引发关注的是他"文学无关道德"的断言:"书无道德与不道德之分,只有写得好与写得差,仅此而已。"这在当时的社会文化环境中实在可谓语出惊人。

实际上,王尔德对道德多变性的体察,或者说对抽象意义上独断的所谓"善"的否定,并不单单局限在文学或艺术之中。只不过维多利亚社会高压的道德要求,使他不能公开彰显自己的这种思想。试想,仅仅是指出"书无道德与不道德之分",就已经引来大量的攻击。在《供年轻人使用的至理名言》中,他对此有些大胆的流露。因此,"王尔德关于道德的观点,和庄子关于道德的观点在精神上是一致的。他们都不愿不加质问地接受社会的道德体系。庄子认为,在当时中国社会上盛行的儒墨道德是不道德的;而王尔德则认为,在当时英国维多利亚时代盛行的品德标准是不道德的。"①

《庄子·外篇》中有"圣人已死,则大盗不起,天下平而无故矣。圣者不死,盗者不止。虽重圣而治天下,乃重利而盗之也"的句子,质疑高位者及其政权的合理性。王尔德也借读《庄子》之机,把政府和慈善家比作时代的瘟疫,对当时各种虚伪不公之现象作出辛辣的讽刺。他们精神上的相通之处在于:"庄子面对世俗的污浊,敢于等生死、齐万物,颠倒正统的价值观念;王尔德则敢于以他的机智与佯谬,使道貌岸然的'体面人'如芒在背,出乖露丑。"②两位作家的区别在于,在把道德这个概念域本身进行拆解,不但否定现存道德,而且否定道德存在的可能性和必要性方面,王尔德没有庄子走得那么远,虽然也在他的各种体裁的作品中对此作出了试探。

4. 面具:真实假装者的幽默——游戏于社会身份与自我葆真之间

"庄子蔽于天而不知人",这是荀子对庄子著名的评价,这一评价言简意赅地指出了庄子对人与天交通的兴趣,与对社会中的人的疏离。因此冯友兰认为《庄子》主张绝对的自由,胡适却认为庄子达观的结果可能是安于现状或脱离社会。正如《天地》所言:"独与天地精神往来,而不傲倪于万物;不谴是非,以与世俗处。"

---

① 谈瀛洲:《诗意的微醺》,上海:文汇出版社,1999 年,第 250 页。
② 肖聿:《王尔德眼里的庄子》,《东方艺术》,1995(04):16—17。

那么,《庄子》对于人世间的实践中的人,真的没有任何建设性可言吗? 毕来德认为,一位艺术家,一个作家,必然也是一个做实验的人。"他不只是在其艺术手法的调试当中,而是(甚至首先是)在他的感觉、认知和再现世界的方式上做实验。……这种拆解又重造我们与自我、与他人、与事物之关系的能力,不只对个人是生命性的大事,对群体、对一个社会亦是如是。"[1]确实,庄子并非没有考虑人的问题,只是落点不在社会性的人,而在于天地间的人。他对流行的社会道德和成见的拆解,主要是通过幽默来展开的。

王尔德体会到并称赞庄子的幽默感:"他也是极其幽默的。他把他的抽象拟人化,并使他们在我们的面前演戏。"王尔德对庄子的这一解读,与他自己创作的"王尔德式的悖论"的人物相当吻合。后期的四部喜剧之中,冠冕堂皇的社会支柱们,都在剧情的发展中被揭示了不可告人的秘密,而原先被轻视的人,特别是妇女,则显示出过人的品德。而《认真的重要》却和其他 3 部剧不同,没有这样一个与道德品质相关的翻转的秘密,而是两个男主人公都具有两个名字、两种生活状态;而他们的女友并不介意他们真正的为人,只是在乎他们的名姓。这部王尔德最后创作的喜剧,在一定程度上揭示了王尔德以创作对生活所做的各种实验的一种结论性状态,或者简单地说,王尔德认同的理想状态:即"真实假装"。

与尽力符合社会规范的人们的"假装的真实"相反,认识到人生的局限不可避免的人们采用一种"真实假装"的态度来游走人间,一方面好像真诚地参与社会与情感活动;另一方面却放弃任何一种对自我的定义(包含例如儒家意义上的人际关系中的自我,或者西方现代以来本真意义上的自我),不持守所谓个体的、孤立的自我意识这种观念——"真实假装者"以幽默的吊诡和反讽拆解一

---

① 毕来德:《庄子四讲》,宋刚译,北京:中华书局,2009 年,第 129—130 页。

切,以达到各种对立的动态融合。举例来说,就是"在别人哀号的时候,发自真诚地嚎啕大哭,而不是'成为'那个哭的人——也就是说,不要从本体身份上变成哭的人。"以通过这种充满矛盾的"非假装性",保持健全的自由状态,"可以在充满虚伪,有时甚至是危险的社会环境中从容自若"。[①]

《认真的重要》中两对年轻人的状态,与这种"真实假装"的状态特别吻合;王尔德所有那些说着似是而非的俏皮话的主人公,似乎也都是这种"游心"的能手。这种"游心"首先是对现行道德常规的疏离,最终是对道德本身的合法性的拆解,对一切固定自我身份的冷眼相看。《莎乐美》中先知的真诚似乎不容怀疑,在执拗的母亲与觊觎她美色的希律王之间别无出路的莎乐美,她对先知的赞美与嘲讽是不是一种"真实假装"呢? 那死的退场是不是付给自由的代价?

"至人无己,神人无功,圣人无名。"不过,唯美主义者,特别是王尔德,对于声名和姿态却是比较在意的。王尔德自己也认识到庄子的这一点:"他对外界的东西都是顺其自然的,没有一种物质的东西可以伤害他,没有什么灵性的东西能让他感到痛苦。至人所为,不过是静观宇宙而已。他不采取任何绝对的立场。"但唯美主义浪荡子与资产阶级却是彼此感到痛苦的那种存在。王尔德的幽默更有绅士的雅致,却不像庄子那么彻底。他是一边游走,一边兴致勃勃地吸吮着生活的汁液;这么看来也可以说是一个顶级的"真实假装者"。

5. 语言的狂欢

《作为艺术家的批评家》不但肯定了印象式批评,而且把批评家的批评也理解为一种艺术创作,倡导他们在批评中运用想象力

---

① 汉斯-格奥尔格·梅勒、德安博:《游心之路:〈庄子〉与现代西方哲学》,郭鼎玮译,北京:北京联合出版公司,2019 年,第 279 页。

和美感。这不但是给批评家扩权，更是对读者反应批评的一种预断。也就是说，在王尔德这里，艺术独立自主，不仅是文学无道德的"恶的美学历程"；还包含对当时"真实"观念的怀疑——"他不用传统美学中的'想象'、'虚构'、'创造'等概念，而是用在通常的语境中带有贬义的'撒谎'一词，来表达艺术创作的特质，是要与那种'对事实的荒唐崇拜'公然对峙，为艺术构筑一个自由王国，将真实与否的问题从这个王国的自治领地中彻底地放逐出去。"[①]

进一步地说，王尔德应该说是相当先进地认识到，不仅在艺术中，而且在生活中，"真实"也是一个根据文化背景、具体情境和人会发生变化的模糊域。以人的理性，其实无法判断什么是真实。更进一步地说，真实甚至可能是想象的产物，或者说是经由语言产生的思想。王尔德确实是通向后现代思想的一个路标，这里也可能有"庄周梦蝶"的启示。在读《庄子》之前，王尔德也是十分擅长隐喻和反讽的，但那时还是在道德规训的边缘试探；在之后的几部喜剧中，（《温德米尔夫人的扇子》1892、《一个无足轻重的女人》1893、《一个理想的丈夫》1895、《认真的重要》1895），其人物形象的颠覆式设置，对是非对错的反转与勘探，则可谓登峰造极。

6. 对人类中心主义的拆解。

这一点在下一章展开分析。

[①] 陈瑞红：《奥斯卡·王尔德：现代性语境中的审美追求》，北京：中国社会科学出版社，2015 年，第 24 页。

第四章

王尔德海洋文学研究

祝福了海,以及海中的一切野东西。

——王尔德

海洋在古代就是大多数西方人民生活与文学中不可或缺的因素之一。文艺复兴以来,科学兴昌,工业革命和资本主义相互促进发展,西方各国不断向海外扩张。与海洋相关、以海上生活为描写对象的文学作品也相应增多,产生了诸多叙写大海的脍炙人口的作品。

王尔德出生在爱尔兰,童年和青少年都在这个被大海环抱的"翡翠国"度过。他的父母都热爱爱尔兰民间文化,采编过相关文集。在爱尔兰民间传说中,仙人、精灵和鬼怪,以及故事的主人公和讲故事的人们,都守着大海过活,或在海上奔波。在牛津读书时,王尔德还曾去希腊、意大利等地游学,成名后主要在伦敦居住,并赴法国、美国等国家与文人交游或演讲和旅行。大海是他往来各处的必经之地。

中国是有约 1.8 万千米大陆海岸线的海洋大国,在一般的认知脚本里,却往往觉得中国的海洋文学并不发达。关于海洋文学的研究过去也并不丰富,中国的"海洋文化""海洋文明"及"海洋文学"写作和研究得到的关注还不够。在目前我国关于海洋文学的读本或研究中,鲜有从海洋文学的角度来读解王尔德的,这与王尔德本人关涉海洋的作品的非典型性也有很大关系。因此,首先要讨论的是如何定义"海洋文学",或如何理解"海洋文学"这个概念的问题。

第一节 中国王尔德海洋文学研究概述

一、海洋文学的相关概念

到目前为止,学术界并没有一个众所公认的关于"海洋文学"的定义,我们可以通过不同学者的不同表述,来大致归纳海洋文学这一概念的基本内涵。

自 20 世纪 40 年代以来,海洋文学作品选集以及海洋文学史陆续编著,涵盖广泛,"但其中鲜见探讨海洋文学概念的相关内容"。[1] 著名文学批评家韦勒克在《文学理论》一书中并不承认"海洋小说""19 世纪海员小说"等概念的合理性;文学理论家艾布拉姆斯在其主编的《文学术语词典》也没有诸如"海洋文学"或"海洋小说"此类的词条。[2]

相比之下,从民国时代开始,中国知识分子不断提倡海洋文学的写作,不断致力于对"海洋文学"概念的界定。柳无忌在《海洋文学论》中提倡将"海洋文学"作为一种"文学运动",包括"一切以海

---

① 段波:《"海洋文学"的概念及其美学特征》,《宁波大学学报》(人文科学版),2018 (04):109—117.

② 毛明:《中国的海洋文学研究:回顾与展望》,《海南开放大学学报》,2022(01):1—7.

洋为题材的文学作品"。中国台湾地区学者朱学恕在《开拓海洋文学的新境界》一文中认为：完整的海洋包括"外在海洋"与"内在海洋"两个方面，前者即大海洋展露的万象，后者即海洋万象作用于人的全部生存和意识活动空间的更大的拓展层。① 此后，曲金良、张如安、钱张帆、倪浓水、龙夫、扬中举、段汉武、张陟、段波多名学者都相继给出了关于"海洋文学"概念的界定，力图厘清混乱状态。

例如杨中举的定义：

> 那种渗透着海洋精神，或体现着作家明显的海洋意识，或以海或海的精神为描写或歌咏对象，或描写的生活以海为明显背景，或与海联系在一起并赋予人或物以海洋气息的文学作品都可以列入海洋文学的范畴。

再如段波的定义：

> 所谓"海洋文学"，指以海洋作为叙述或故事发生的主要场景或者背景，以大海、水手、舰船、岛屿等要素作为小说的主要元素，以水手作为叙事的主要角色，以航海叙事、海洋历险、海上探险、船难等为题材或根据海上的体验写成的生动展现了大海与人类、人类与自然、人类与社会的复杂关系和审美意蕴的文学作品。

并且，他认为，海洋文学作品的基本要素包括大海、水手、船只、岛屿……因此对这几大要素之间关系的解读和阐释就构成海

---

① 朱学恕：《创刊词：开拓海洋文学的新境界》，《大海洋诗杂志》，1975(01)：1—2。

洋文学作品批评和赏析的主要任务和核心内容。①

比较这两个定义,我们可以发现,中国学界目前关于海洋文学概念的定义,概略来说,可分为广义和狭义两种。广义的概念,包括海洋精神、海洋对象、海洋背景、海洋气息等方方面面;狭义的概念,因其力图界定这种文学类型的文学性要素,也即美学特征,故而相对范围收紧,要素明确。

毛明则针对目前海洋文学标准不明的现象,认为将涉海作品都视为海洋文学是不合理的。他以"海洋文学的核心文本圈""海缘文学""(文学性)涉海书写"来尝试划分,并认为最后一类不属海洋文学范畴,而应该视为"具有参考价值的文学片断"。他建议"确定海洋文学文本范围,可以先划出一个争议最少的作品圈,以此奠定研究的作品基础"。

中国学者的这些探索和努力都是十分可贵的。如何让海洋文学实至名归是一个有难度的大问题,我们在此不打算就此问题深入讨论。只想指出一点,从读者反应批评和认知科学的角度出发,作品的价值观和审美效果,不同读者的发现或认知也是不同的,这可能会加大这个问题的难度。

二、中国王尔德海洋文学研究现状

(一)中国海洋文学研究的薄弱与兴发

毛明认为,"西方海洋文学作品众多却缺乏系统性理论研究,中国海洋文学作品相对较少却对海洋文学展开了系统的理论研

---

① 段波:《"海洋文学"的概念及其美学特征》,《宁波大学学报》(人文科学版),2018 (04):109—117。

究。中西方对待海洋文学的不同态度相映成趣"①，并分析了这种相异性的原因。

事实上，中国古代宽泛意义上的或海洋性与文学性俱佳的海洋文学作品都并不少，其实是远远多于一般认知脚本所感觉到的那种状态。《山海经》中含有丰富的涉海文学因素，譬如海洋巨兽"夔"、海上人鱼以及四海海神等形象。佛教典籍的流传带来故事与传奇，其中也不乏海洋因素。经过魏晋六朝的勃发期，隋唐时期的海洋文学已是精彩纷呈。②宋元时期，航海技术较发达，中国东南沿海地区则形成较大规模的海洋商业文化及神灵崇拜，出现了海上遇仙、海岛获宝和海上历险等叙事题材。明朝中后期私人海上贸易有所发展，东南沿海的倭寇也屡禁不止，促使了以抗倭为题材的涉海小说的诞生。

近现代和当代的海洋文学作品虽不比古代众多，但也并不算少。③冯梦龙、凌濛初的作品以及《老残游记》中都有涉海内容。林则徐、魏源等人则以"残泪尤翻大海波"的悲愤，代表了近代史中因临海领土丧失所发出的捍卫河山的呼声。在现代文学中，创造社作家与海洋关系最为密切。"他们的青春时代都是在与祖国隔海相望的岛国上孤独地度过的，弱国子民的卑下地位和青春期的苦闷时时困扰着他们，共同的爱国情和相思感使他们写出了一大批具有浪漫主义风格和富有浓郁海洋气息的作品。"④例如，郁达

---

① 毛明：《中国的海洋文学研究：回顾与展望》，《海南开放大学学报》，2022(01)：1—7.

② 可参看滕新贤：《沧海钩沉——中国古代海洋文学研究》，上海：上海三联书店，2018年；季岸先选辑：《中国古代海洋意象史辑》，青岛：中国海洋大学出版社，2010年，等。

③ 可参看丁玉柱、牛玉芬编著：《海洋文学》，广州，中山大学出版社，2012年；贾小瑞：《被遮蔽的中国现代海洋文学初探》，《鲁东大学学报》(哲学社会科学版)，2018(05)：63—70，等。

④ 丁玉柱、牛玉芬编著：《海洋文学》，广州，中山大学出版社，2012年，第67页。

夫《沉沦》的主人公就是蹈海而死。当代海洋文学的名篇有童恩正《珊瑚岛上的死光》、邓刚《迷人的海》等等。

之所以在一般认知脚本中,大家会对中国海洋文学及研究相对印象不深,是有诸多历史原因的。

首先,是基于民族地理与文化涵育之中的天然选择。地缘生活是"我国文学中少有海洋文学的重要缘由之一"①,或者说,是我国人民对本国海洋文学不甚敏感的重要原因。海,对大多数中国人民来说,比较接近于一个语言修辞符号,或遥远的传奇与传说故事,而非生活必须或生命体验的核心部分。先民们常常将海视作地域的外围。中国海洋文学自初始阶段起,一般来说,对海洋往往持有一种距离性、遥望性的审美形态。"这种'遥望'视角的产生来源于作家们根深蒂固的内陆文化思维定势。在古代文化传统中,'家园'是根植于土地的,人们思维的观照对象也是'陆地'。'中原'产生了'中华',海洋和沿海地区则是'夷地'。而海洋则是作为一种文学意象性空间而存在。"②这在古代时期本也无可厚非。但21世纪是海洋的世纪,有关海洋及其文化和文学的研究对中国未来建设的重要性日益提升,有意识地开拓和加深该领域的物质与精神活动是必然趋势。

其次,是清末明初落后挨打阴影下的心理误判。清政府始而闭关锁国,继而丧权辱国。西洋文明船坚炮利、祖国河山备受凌辱的沉痛历史,使得投身于救亡与启蒙交织的现代进程的中国知识分子,更多地关注如何根除民族文化的痼疾和解决国计民生的问题,将情感和精力倾注于中华大地,而对外来侵略者耀武扬威的海洋在情感与心理上敬而远之。

---

① 张放:《海洋文学简史:从内陆心态出发》,成都:巴蜀书社,2015 年,第 28 页。
② 倪浓水:《中国海洋文学十六讲》,北京:海洋出版社,2017 年,第 9 页。

最后,中国的海洋文学作品和相关研究资料的分散性,特别是中国古代相关信息的零散性,也对整理和研究工作造成了一定的困难。

目前,中国的海洋文学研究,主要以作品选读和文学史研究为主。关于中国海洋文学的著作有倪浓水《中国古代海洋小说选》及《中国古代海洋小说与文化》;曲金良主编《中国海洋文化史长编》;张放《海洋文学简史》以及李松岳《中国古代海洋小说史论稿》、季岸先《中国古代海洋意象史辑》、滕新贤《沧海钩沉——中国古代海洋文学研究》等。关于西方海洋文学的著作有:王松林等编《英美海洋文学作品选读》、张陟《大海如镜:英美海洋小说研究》等。中西兼顾的有丁玉柱、牛玉芬编著《海洋文学》;吴主助主编《海洋文学名作选读》、朱学恕等主编的《二十世纪海洋诗精品赏析选集》、朱自强主编《海洋文学》等。

总体来说,目前的研究主要集中在勾勒中西海洋文学史的发展,或作品选集的编撰,海洋文学深入研究的专著还不多。相关论文的数量亦不为多。在中国知网上搜索"海洋文学"这一关键词,得到以下数据:20 世纪 70 年代以来至今,相关中文文献共 109 篇,英文文献 43 篇。1990—2015 年,每年平均研究数量一直低于 4 篇;直至 2016 年,有关"海洋文学"研究才迎来了呈上升趋势的发展,并在 2020 年达至顶峰 11 篇。"截至 2022 年 3 月 10 日,中国知网上以'海洋文学'、'海洋小说'、'海洋诗歌'、'海洋书写'为关键词,检索到文献 300 余篇。其中博士,其中硕士、博士论文 30 余篇,以'海洋文化'为关键词,检索到文献一千余篇,其中硕士、博士论文 170 余篇。"①

其中,宁波大学学者段汉武《〈暴风雨〉后的沉思:海洋文学概

———————

① 毛明:《中国的海洋文学研究:回顾与展望》,《海南开放大学学报》,2022(01):1—7。

念探究》和段波《"海洋文学"的概念及其美学特征》对学术界产生了较大影响。在上述两篇论文中,两位学者梳理了英美海洋文学的出版及研究现状,对"海洋文学"这一概念进行界定,并分析了"海洋文学"的美学特征。2022 年,毛明的《中国的海洋文学研究:回顾与展望》一文首次向学界概述了中国海洋文学研究的成果和发展方向。总结了界定海洋文学概念、勾勒海洋文学史、开展海洋文学批评等中国海洋文学已取得的成绩;并概括了推进中国海洋文学研究的三个方面内容:推进海洋文学类型化研究,引入生态思想重新审视"海洋性""人文性""文学性"的关系,建立起符合海洋文学特征的批评体系。我们可以说,中国海洋文学研究正在从薄弱走向兴发。让"海洋"这一不可或缺的地理物态基础,在中国文学创作与文化生活、在中华文明建设中起到越来越多的作用;进一步探索人类与海洋及大自然相处和谐共生路径,无疑是十分重要的。我们从海洋文学的角度来研究王尔德,不仅可以开拓我国王尔德研究的新领域,也可提高对中国海洋文学及研究重要性的认识。

(二) 中国王尔德海洋文学研究的阙如

至 2024 年 2 月 5 日,在中国知网期刊库,以"王尔德"为关键词,以"唯美"为篇关摘,搜索到的相关论文为 559 篇。以"王尔德诗歌""王尔德小说""王尔德童话""王尔德戏剧"为摘要搜索,相关论文的数量分别为:8 篇、52 篇、144 篇、73 篇。以"海洋文学"为关键词,在中国知网期刊库分别同时搜索"王尔德诗歌""王尔德小说""王尔德童话""王尔德戏剧"则都没有相关的研究成果。以"海洋"为关键词,在中国知网期刊库分别同时搜索"王尔德诗歌""王尔德小说""王尔德童话""王尔德戏剧",也没有相关的成果。

以上数据说明,中国的王尔德研究,较多集中在王尔德与唯美主义的关联这个领域；作品研究相对较少；作品研究中，对王尔德童话的研究居多；戏剧和小说其次，诗歌的研究最少。目前，王尔德海洋文学的研究，基本空缺。

中国王尔德海洋文学研究的阙如，一方面与中国海洋文学研究正在发展，可开拓的领域广大有关；另一方面，也与王尔德的海洋文学书写，主要集中在诗歌这一文体之中，而他童话中的海洋书写，与典型的海洋文学有相当大的差异性有关。张陟概括海洋小说的五个方面为：1. 丰富多彩的航海情节；2. 航海者形象的生动塑造；3. 以他者为鉴的自我认同与想象；4. 航船上紧张的社会关系；5. 航海与青少年成长；并指出了书写海洋与想象国家之间的联系——国家如船的航海隐喻。[①] 这些都是经典海洋文学的常见因素。而王尔德的海洋文学写作，可理解为一种"逆写"的海洋文学。王尔德顾左右而言他，寥寥数语、羚羊挂角的艺术风格，也容易造成对他海洋书写的忽略。具体在下一节展开分析。

三、王尔德海洋文学创作概述

（一）王尔德海洋书写举要

王尔德的文字，依赵武平主编、中国文学出版社 2000 年版的《王尔德全集》为据分析，数量最多的是书信，其次是评论随笔。在文学作品中，数量最多的是诗歌，小说、戏剧和童话都不多产。同样的，王尔德的海洋书写，小说、戏剧和童话中都不为多见，在诗歌中，则像环抱英伦三岛和爱尔兰的大海一样，不停地涌现。

---

① 张陟：《大海如镜：英美海洋小说研究》，北京：海洋出版社，2022 年，第 1—8 页，第 86 页。

王尔德的小说和戏剧涉海因素不显著,有时虽然把故事的地点放在意大利或英国,但具体地理环境,比如帕多瓦、佛罗伦萨、坎特维尔等城镇并不涉海;故事情节也与海洋无关。在诗歌中则大不相同。无论是咏古怀今,还是抒情长短诗,海洋及关涉海洋的比喻比比皆是。

在《王尔德全集》第 3 卷诗歌卷中,共收录了抒情诗 88 首和 7 篇散文诗。依王尔德年表①,王尔德有记录的第一首诗创作于 1867 年 2 月,是为纪念胞妹伊索拉夭亡而作的《安魂曲》,时年王尔德 13 岁。1875 年,王尔德译自希腊文的诗歌处女作在都柏林发表。1876 年,《从春日到冬天》发表于《都柏林大学杂志》,此后他开始在杂志上发表一系列的诗歌。1881 年曾自费出版诗集。1888 年,《快乐王子及其他童话》获得成功,王尔德进入文学创作的辉煌期,1891 年《石榴之家》出版后,王尔德曾在 1892 年印行了限定版《诗集》。

他的散文诗发表于 1894 年。虽然全集中并没有标明王尔德诗歌的创作时间,从王尔德的创作经历来看,大多数抒情诗歌应是王尔德创作生涯早期的作品。在这些抒情诗中,大海或作为被描写的对象,或作为修辞的手段,频频出现,统计一下在抒情诗中占比在 50% 左右。这一数据表明,作为地理环境和民族文化及古代传说中重要因素的大海,是天然地存续于王尔德的创作基因之中的。

王尔德在诗歌中的海洋书写,以短诗为例,可以大体分为以下几类:或是以海为喻,如《自由之歌》中:"你那伟大的无政府浪潮,

---

① 见陈瑞红:《奥斯卡·王尔德:现代性语境中的审美追求》,北京:中国社会科学出版社,2015 年,附录。

恰如沧海般狂暴"①;再如《走出黑暗》中:"我即将溺死在暴风雨肆虐的海洋中……生命之酒被泼洒在海滩上",这里的海,可以理解为作为自然实物的海与思想想象中的海的复合体。或是对大海的描写,如:"蓝宝石般的海湾漾起一层层涟漪和波浪,浪花在阳光下欢唱"②。在《雪莱墓》中,"响着回声深渊的蔚蓝洞壑"、撞向岩石沉没的帆船及"峭壁被惊涛拍裂"③,既是对海上景物的描绘,也蕴含着作者对雪莱其人其诗浓烈的感受和纪念。诗歌中还有将海与国家印象结合的表述,如"那是英格兰国王跨海枉驾,他是来访问我们的国家④"。

诗集中篇幅较长的诗歌有 9 首。除了《雷丁监狱之歌》以外,其它 8 首都有涉海书写。在有的诗歌中,大海贯穿全诗。如《卡尔米德斯》,以少年的海上航行开篇,到卡尔米德斯沉没在海中;再到德律阿德少女跨越生死的爱情的发生。诗歌中的故事发生在爱琴海上,不停变换形貌的大海,也一如诗歌中主人公的激情一样澎湃地跃动,时而燃烧着死亡的火焰,时而荡漾着甜蜜的圆满。

《斯芬克斯》中,多次涉及海洋景色和海洋故事。如埃及艳后;从大海里拖网捕捉金枪鱼的普罗猿;丑陋的海马;海神的女儿涅瑞伊德……诗人还想象斯芬克斯在白沫滔滔的大海上踏浪而行,探寻海中怪兽;又以纯洁的碧蓝大海比喻阿蒙神的一对明眸;写到深海中深藏的海洋翡翠宝石……诗人将心灵枯竭、生活荒淫的背德

① 奥斯卡·王尔德:《自由之歌》,《王尔德全集》第 3 卷,杨烈等译,北京:中国文学出版社,2000 年,第 4 页。
② 奥斯卡·王尔德:《十四行诗》,《王尔德全集》第 3 卷,杨烈等译,北京:中国文学出版社,2000 年,第 43 页。
③ 奥斯卡·王尔德:《雪莱墓》,《王尔德全集》第 3 卷,杨烈等译,北京:中国文学出版社,2000 年,第 132 页。
④ 奥斯卡·王尔德:《玛格丽特谣》,《王尔德全集》第 3 卷,杨烈等译,北京:中国文学出版社,2000 年,第 127 页。

者比作身患麻风的病人,以对芸芸众生灵魂的哀哭结束全诗。海洋在这首长诗中所占的文字篇幅并不算多,却作为尼罗河区域的伴生元素,作为诗歌中林林比比的神话人物和故事的大背景,不时浮现在诗人的联想之中。远古的怪兽和爱琴海上的爱情悲剧、黑色海波与淹没在欲望中的现代人遥相呼应。作者赋予大海丰富的意蕴和内涵。

(二) 王尔德海洋诗歌的特点

1. 具备海洋文学的一般要素

王尔德诗歌中的海洋书写,大体来说,是符合一般海洋文学的特征的。既有对海洋风光的描绘,也有对航海活动或其他发生在海洋中的故事的叙写。海洋作为叙述或故事发生的主要场景或者背景,以大海、航海者、舰船等海洋书写的主要元素,展现了大海与人类、人类与自然、人类与社会的复杂关系。或以海洋为对象,或以人类与海洋息息相通的精神气息,加以抒情咏怀。

如"啊,船儿鼓着湿湿的白帆! /啊,船儿颠簸在荒凉的大海! /……啊,快乐的海鸟低声地吟唱! /啊,你这坐在浪花上的海鸟!"①再如:"啊,从大海上吹来的顺风! 你在黑暗与迷雾中引导/在滚滚巨浪中行驶的舰船"②;"轮船上穿厚衣的掌舵人,/在夜幕中只是一个黑影……黄色的浪涛,有细长线条,/像卷起的鞋带一样,浮在海浪上层。"③

---

① 奥斯卡·王尔德:《在阳台瞭望》,《王尔德全集》第3卷,杨烈等译,北京:中国文学出版社,2000年,第189页。

② 奥斯卡·王尔德:《悲歌》,《王尔德全集》第3卷,杨烈等译,北京:中国文学出版社,2000年,第215页。

③ 奥斯卡·王尔德:《印象》,《王尔德全集》第3卷,杨烈等译,北京:中国文学出版社,2000年,第224页。

2. 具有浓郁的唯美风格

大多数王尔德诗歌的语言是华丽多姿的,具有浓郁的唯美风格,有时也不乏堆砌的痕迹。这里的唯美风格与他后来形成的唯美主义艺术主张并不是对等的概念。诗歌总体上完成于王尔德的创作初期,他的唯美主义艺术思想是在赴美演讲和 1883 年巴黎归来后才渐次成熟的。在大多数诗歌中,王尔德尚处于艺术探索阶段,无疑,他曾勤奋阅读过众多英国前辈诗贤的诗歌。此时他诗歌中的唯美,常常显露出对莎士比亚的华美辞藻或济慈笔下绚烂自然等的拓印、模仿。

在众所熟知的王尔德的唯美主义艺术观中,对大自然是不亲近,不推崇的。而在王尔德诗歌中却恰恰相反。以《爱神的花园》为例。诗从盛夏六月起篇,一口气写了 20 多种动植物,颇有几分济慈《秋颂》的意味。王尔德不仅穿插使用了比喻、拟人、对比、排比、呼告等修辞手法,而且还把古希腊和北欧传说援引到诗中,整首诗既气韵酣畅,又美轮美奂。

特别值得注意的是,从王尔德的许多诗歌中都可以看出,他对大自然中的动植物不仅十分喜爱,而且观察入微。这首《爱神的花园》尤其可见一斑。举一个段落为例:"有哀悼的赫拉克勒斯撒到/叙拉斯坟墓上的花朵,楼斗菜,/当风儿把它那白鸽似的花朵吻得太粗暴时,/它们便都颤动起来,/前夜披着黄色外衣的合唱队员、小小的白屈菜,/还有淡紫色的醉浆草——就让它们单独开放吧,"①……把各色花朵的外形、色彩、习性都再现得惟妙惟肖。这种对大自然中各种动植物的喜爱和观察表现能力——对色彩和个性的敏感,其实从少年起就是王尔德心性中的一部分(从他和母

---

① 奥斯卡·王尔德:《爱神的花园》,《王尔德全集》第 3 卷,杨烈等译,北京:中国文学出版社,2000 年,第 21 页。

亲、朋友的书信对话中可得到印证），只是在后来的艺术创作中，他不再如此铺张地展开对自然景物的描写，而是在叙事进程中信手拈来，与叙事主干构成既丰富、又疏离的层次感。

　　这首诗中两次写到海洋。其一是写月神的爱情："随后，我要向你吹奏这样一个希腊故事：/辛西娅怎样爱上了少年恩狄米昂，/并且每当太阳从他海洋之床跃起，徒劳地追逐在它怀抱中消失的那些苍白的飞脚时……"[①]；对海中日升月行、浪花逐吻作了优美的描写。其二是写自己读莫里斯作品后的心境："并且由于它们虚构的悲伤和假想的痛苦/而自己哭泣，这样我就被净化/并且通过它们淳朴的欢快而再次高兴起来；/因为当我在描述的大海上航行时，/这种没有战祸的暴风雨的力量和壮观是属于我的，因为歌唱者是神圣的……"[②]，把阅读莫里斯所写北欧传说的过程称为"在描述的大海上航行"（也同时可理解为莫里斯写到主人公在大海上航行）。可见，大海中的景物和古代传说中的海上故事，王尔德都相当熟悉和喜爱。

　　3. 以思辨和才学入诗

　　不仅与后期创作的艺术追求不同，王尔德诗歌与唯美主义其他诗人相比，也有独到的特点。与斯温伯恩、道生等人的抒情诗相比，王尔德的诗歌，在抒写情怀的同时，还引经据典地融入了自己的艺术美理想和对艺术发展的期盼，可谓以思辨和才学入诗。这种杂糅使得他的诗歌虽有音韵之美，在形象与情感的集中或纯粹效果上，比如与斯温伯恩的《在夕阳和大海之间》相比，略显逊色；但充分体现了王尔德的艺术修养、艺术理想和对人类及自我生活

① 奥斯卡·王尔德：《爱神的花园》，《王尔德全集》第3卷，杨烈等译，北京：中国文学出版社，2000年，第25页。
② 奥斯卡·王尔德：《爱神的花园》，《王尔德全集》第3卷，杨烈等译，北京：中国文学出版社，2000年，第29页。

的思考。这些思辨与才学之美在诗歌中又常常借助大海或与大海有关的意象表现出来。

主要有以下几个方面：

（1）对古希腊文化蕴含的审美精神的衷心喜爱。在新声初啼的《拉韦纳》中，王尔德就追忆着曾有"数不尽的船只之林"，在拉韦纳"汹涌澎湃的波涛上航行！……蓝色的亚得里亚海曾流波如云……①"把拜伦称为战士与诗人，把拜伦对希腊与自由的热爱，比作"如同水手在风狂浪急的海面上／翘首遥望远处光芒四射的灯塔——②"

《爱神的花园》，与其说在写爱神，不如说在与美神对话。诗歌从盛夏英国的美丽自然写起，不断向"美的精神"呼告，细数从济慈到莫里斯等英国艺术家，期盼诗的火炬能在英格兰重现生气。这两首诗歌都既抒写了对古典文学的仰慕之情，又表达了对英国文坛璀璨之星的赞美，期盼古典之花能在当代英国延续和盛开。

（2）对现代社会进程之"祛魅"的失望。嘲讽那些善事鼓吹的平庸之辈"分析了虹，剥夺了月亮的最古老、最圣洁的神秘性"，直言"如果这个科学时代带着所有／它那现代奇迹的一套冲破我们的大门，／那又有什么好处！……啊！鸟儿的飞离意味着更多的东西，／坩埚的试验解决不了这问题！③"这些思想与唯美主义产生的背景——"一些富有才智的作家和艺术家，对于资本主义现实及艺术商品化现象深怀不满，对于科学和唯物论、自然主义和现实主义

---

① 奥斯卡·王尔德：《拉韦纳》，《王尔德全集》第 3 卷，杨烈等译，北京：中国文学出版社，2000 年，第 239 页。

② 奥斯卡·王尔德：《拉韦纳》，《王尔德全集》第 3 卷，杨烈等译，北京：中国文学出版社，2000 年，第 237 页。

③ 奥斯卡·王尔德：《爱神的花园》，《王尔德全集》第 3 卷，杨烈等译，北京：中国文学出版社，2000 年，第 31—34 页。

文学的勃兴也极为憎厌"①是一致的。

（3）对在坚守古典理想及纯净灵魂与投身个性解放、充分实现生命价值的矛盾间徘徊的表现。诗集中抒情诗第一首《唉！》是这种内心挣扎的典型表现；抒情诗最后一首，《咏愁，咏愁，但请让善长久》是诗人对灵魂真诚求索的坎坷之路的歌咏。不过，这两首诗都未涉及海洋。王尔德海洋诗歌中表现这一主题的，最为典型的是《新生》一诗。

> 我曾在不会变成酒的海边站立，
> 直到浪花溅湿了头发和脸面；
> 正在逝去的白昼那长长的红火焰
> 在西方燃烧；海风闷闷地吹笛；
> 吵吵嚷嚷的海鸥逃向陆地：
> 我叫："唉！我生命中痛苦充满，
> 谁能从这些漂流不停的荒田
> 收取累累果实和金色谷粒！"
> 我的网豁口大张，破洞万千，
> 作为最后一次撒网，我兀自
> 把它们抛入大海，将结局等待。
> 可是瞧！意外的辉煌！我眼前
> 升起了白色肢体的银色光彩，
> 欢乐中我忘记了备受磨难的往昔。

这首诗以圣经典故起笔，以沉闷的海风、飞逃的海鸥、漂流不停的大海和豁口大张的破网形容人生的绝望、奇迹的不可能出现；

---

① 赵澧、徐京安主编：《唯美主义》，北京：中国人民大学出版社，1998年，第3—4页。

又以奇迹般的满载收获的结局给予欢乐的希望,全诗以大海的种种意象构成戏剧性的转折。在其他短诗中,多次出现以与海洋相关的意象对现代生活带来的幻灭感的描绘。如:"在这个匆忙不安的现代世界上,/你和我已经尽情领受了欢乐,/而现在我们的船已经白帆齐张,/我们船舱的载货也已经用光。"①"用绝望的尖刀刺扎我的青春,/穿上这可鄙时代的彩袍,……这些东西对于我/还不如浮在海面上的泡沫,……"②"我们失去了方向舵,在风暴中四处漂流,/青春的风暴一旦过去,/死神这默默的领航员最终走来领航……"③有时又把古代的潘神比喻成"这一头大海中的凶猛海狮",因"英格兰的歌儿缺少风骨",呼唤"这现代世界迫切需要你! /将自由高亢的号角吹起……"④显示出作者矛盾趑趄的精神困境。

在几首长诗中,也反复触及了这一问题,并借助大海的意象表达了这种现代愁思。

《伊蒂斯的低吟》篇首即把泰晤士河岸边的垂柳比作海浪奔腾,以宁静的英国生活情景与远处痛苦忧愁的海洋构成对比。《卡尔米德斯》的第一部分写希腊少年大胆地突破禁忌的爱情;第二部分写他受到神的惩罚、为此殒命;第三部分写地狱中爱的救赎。《潘蒂娅》把生命的激情比作欢乐的大海,高歌与宇宙整体交融的生命律动的节拍。生活,"是凄楚饥渴的苦海/在我们身后追逐"⑤这种现

---

① 奥斯卡·王尔德:《我的声音》,《王尔德全集》第 3 卷,杨烈等译,北京:中国文学出版社,2000 年,第 158 页。

② 奥斯卡·王尔德:《生之厌倦》,《王尔德全集》第 3 卷,杨烈等译,北京:中国文学出版社,2000 年,第 159 页。

③ 奥斯卡·王尔德:《爱情之花》,《王尔德全集》第 3 卷,杨烈等译,北京:中国文学出版社,2000 年,第 187 页。

④ 奥斯卡·王尔德:《潘》,《王尔德全集》第 3 卷,杨烈等译,北京:中国文学出版社,2000 年,第 207 页。

⑤ 奥斯卡·王尔德:《沮丧》,《王尔德全集》第 3 卷,杨烈等译,北京:中国文学出版社,2000 年,第 230 页。

代人精神的无所寄托,在《人性》一诗中渲染得淋漓尽致。现代的人是可怜的人,"没有资格来把我们的伟大遗产继承!"①海在该诗中,是自然的意象,更是人文的意象。隆冬季节、冻结的河、开裂的沼泽地与汹涌的大海,共同构成失去宁静和谐与自由纯良的现代人生存境遇的总体隐喻。"亵渎我们脑袋的,是我们自己的手掌……大海有平静,月亮有休息;然而我们自己/是自然界的主子,又是我们自己的死敌。"②

（4）对英国海外扩张战争的批判性思考。难能可贵的是,在《万福,女王》一诗中,王尔德并没有为英国殖民者在海外的掠夺战争唱赞歌。一方面,王尔德在诗中表达了爱国之情,感慨女王身处"充满险峰恶浪的北方之海",把英国海军比喻成"骁勇顽强的海狮";另一方面,他又在诗中深切呼告:"啊,死寂的战壕! 啊,汹涌的海洋! /求你们,放过你们手上的牺牲品!"诗人追问道:"难道为了寸土就不惜牺牲儿女?"当"英格兰优秀的青年成了牺牲品,/已被浪和狂风和异域的海岸剥夺……","即便我们用金丝网将整个寰球/网在一起,除了在我们内心深处/能找到那无穷无尽的隐隐伤忧,/我们究竟还能从中得到什么好处?"③这种见他人所未见的独到的思考能力,又具有多面性之间的矛盾共存性,是贯穿于王尔德的思想和创作中的。

诗人王尔德还始终保有内心的真挚和对人间美好的领悟与珍爱。《杜伊勒利公园》就是一首因此深具打动力的诗。寒风凄冷凛

---

① 奥斯卡·王尔德:《人性》,《王尔德全集》第 3 卷,杨烈等译,北京:中国文学出版社,2000 年,第 178 页。

② 奥斯卡·王尔德:《人性》,《王尔德全集》第 3 卷,杨烈等译,北京:中国文学出版社,2000 年,第 182—183 页。

③ 奥斯卡·王尔德:《万福,女王》,《王尔德全集》第 3 卷,杨烈等译,北京:中国文学出版社,2000 年,第 5—10 页。

冽,一群孩子绕着诗人所坐的公园长椅嬉戏。诗人对他们所做的游戏一一领会,看他们"悄悄地溜过广场,/让纸做的舰队扬帆出航,……"诗人是如此喜爱这些孩子,把他们比作"一颗颗细小的金子在舞蹈",并假想自己是一棵树,不但不介意孩子们在身上攀登,还愿意为了他们在严冬绽放花蕾。

正是王尔德海洋诗歌中这些可贵的情感,他的唯美理想和丰富的思想力,启发我们对王尔德童话中的海洋书写作出更加深入的解读。

第二节　海洋的伦理价值与生态隐喻

依学界目前对海洋文学概念和特点的界定,王尔德的海洋文学书写,主要集中在诗歌这一文体之中。而他童话中的海洋书写,与典型的海洋文学有相当大的差异性。我们尝试突破既定的海洋文学概念认知脚本的束缚,以《打鱼人和他的灵魂》这篇童话为中心,对王尔德赋予大海的丰富内涵作深入的探析,也借此对中国王尔德研究和海洋文学研究作出一定的拓展。

在王尔德的童话中,正面写到大海的,只有《打鱼人和他的灵魂》一篇。其他仅有几处隐约的勾连。如《夜莺与蔷薇》中,白色蔷薇花"像海里浪花那样白……";黄色蔷薇花"就像坐在琥珀宝座上的美人鱼的头发那样黄……"两处比喻都关涉着大海,以清澈的浪花和娇艳的美人鱼头发映衬小夜莺纯美的心。《快乐王子》《少年国王》两篇中,快乐王子的眼睛是用印度出产的蓝宝石做成;装饰少年国王的节杖的珍珠是奴隶在深海潜水找到的。《西班牙公主的生日》中也提及了一句衣服上装饰的上等珍珠以及王宫喷泉池里石头雕的大海神。

　　这里就必须提及王尔德创作的语言特色。王尔德作品的语言,不仅以唯美著称,也以其多义性(悖论)著称。他童话的篇目虽然不多,每篇童话的内涵却都隽永丰厚。以反讽、对比、言此及彼等手法,在故事主干上扦插着彼此呼应又方向迥异的不同层次,有时看似轻描淡写、漫不经心的一句话,却隐含着和叙述主体极密切相关又歧义丛生的价值内涵。

　　考察一下他的两部童话集出版的时间,其实是与他重要的其他作品在同一个时段:《面具的真理》(1885),《快乐王子及其他童话》(1888),《谎言的衰朽》(1889),《道连·格雷的画像》(1890),《作为艺术家的批评家》(1890;1891 年),《石榴之家》出版后,王尔德开始创作《莎乐美》。1892 年,限定版《诗集》印行。这一段密集交错的创作年谱,有助于我们理解王尔德为何声明他的童话“不是为孩子写的,而是为从 18 岁到 80 岁的孩子气的人们写的。”也就是说,这些童话并不仅仅是以孩子为读者的。

　　因此,《打鱼人和他的灵魂》这篇童话有着深邃的思想内涵。虽然它并没有正面描写人在大海上与自然的抗争以凸显人的精神;也没有通过航海实现了青少年的成长仪式;更没有颂扬英国海上霸权和殖民版图的航海叙事;甚至对海洋的描写也不甚了了,却可以通过与作者本人的其他作品,以及与欧洲文学传统中的相关作品的对照,解读出其中海洋的伦理价值与生态隐喻。这篇童话可称之为“反常态的海洋文学”,即海洋生活叙事或描写的篇幅很少,而以海洋作为人类生活的镜像,反观出人类的伦理境况和生态隐忧。具体从以下三方面展开分析。

一、对唯美的耽溺与反讽

　　这一点我们主要通过对文本的细读来分析。从《打鱼人和他的灵魂》的情节来看,可以概括为一句话:追求美的人被美杀死。这也表达出作者对唯美既耽溺又反讽的复杂态度。

年轻的打鱼人每天晚上出海打鱼,收成时好时坏,直到有一晚,他网住了一只在酣睡的小小的人鱼。她实在太美了。

> 她的头发像是一簇簇打湿了的金羊毛,而每一根细发都像放在玻璃杯中的细金线,她的身体像白的象牙,她的尾巴是银和珍珠的颜色。银和珍珠颜色的便是她的尾巴,碧绿的海草缠在它上面;她的耳朵像贝壳,她的嘴唇像珊瑚。冰凉的波浪打着她冰凉的胸膛,海盐在她眼皮上闪光。"

打鱼人一把抱住她。在她惊醒后,他求的是:"只要我唤你,你就来唱歌给我听,因为鱼喜欢听人鱼的歌声,那么我的网就会装满了。

以后每天晚上,打鱼人召唤人鱼,人鱼便从水中升起,给他唱歌。她唱人鱼的生活,海里的各种生物,"又唱到会讲故事的海中妖女,她们讲得那么好,叫过往的客商不得不用蜡塞住两耳,为的是怕听见她们的故事,会跳进海里淹死……又唱到那些美人鱼,她们躺在白泡沫中,向水手们伸出胳膊来……"于是打鱼人的船上载满了鱼——它们都是从水深处浮上来听人鱼歌声的。日复一日,人鱼的声音是那么美好,打鱼人"听的连他的网和他的本领都忘记了,他也不去管他的行业了。"①

这短短的开篇,已经呈现了王尔德童话行文的两个特点:其一:文意相左而并行不悖;其二,对传统经典的化用和改写。打鱼

---

① 奥斯卡·王尔德:《打鱼人和他的灵魂》,《王尔德全集》第 1 卷,荣如德、巴金等译,北京:中国文学出版社,2000 年,第 423 页。

人看见美得惊人的小人鱼,想的却是自己的生计,直到他被她的声音彻底迷住。在古希腊神话传说中,海中妖女塞壬,有时会幻化成人鱼的形状,在有的传说中,她还是冥界的引路人。在这里,王尔德把塞壬迷惑人的特长——唱歌,随手一变为讲故事,看似漫不经心,却以此把童话中拥有魔力歌声的人鱼,与"恶"切割开。让打鱼人耽溺在对美的追求之中。

听闻要送走自己的灵魂,才能与小人鱼相爱,年轻的打鱼人对自己发出了"去灵魂宣言":"我的灵魂对我有什么用处呢?我不能够看见它。我不可以触摸它。我又不认识它。我一定要把它送走,那么我就会得到很大的快乐了。"①这是浮士德难题以来,文学反映近现代人灵肉冲突视域中最直接的一问,最痛快的选择。

为了与小人鱼,与她美好的歌声,与她歌声中描摹的一切神奇景象永不分离,打鱼人踏上了他的去灵魂之旅,其中的种种不易和坚定努力,足见他对美的耽溺有多么沉醉。

他向神父询问怎样才能送走灵魂,得到一顿教训;向商人出售他的灵魂,得到一顿嘲笑。他去寻找同伴提过的红头发女巫,王尔德在这里用一大段排比铺陈,反复强调女巫的条件:满足心愿可以,但得有个代价。当打鱼人说出要送走灵魂时,女巫这个人们口中的坏人也脸色发白,浑身发抖,提醒年轻人"那是一桩可怕的事情啊"。

年轻的打鱼人愿意交付他的全部身家作代价,女巫却只是笑吟吟地提出条件:一块儿跳个舞。但是同时她提及她所伺候的主人,提及月圆之时、安息日、黑狗和猫头鹰、山羊蹄子,这些符号无一不在读者的认知脚本里指向魔鬼。这一悬念在下文中以打鱼人

---

① 奥斯卡·王尔德:《打鱼人和他的灵魂》,《王尔德全集》第1卷,荣如德、巴金等译,北京:中国文学出版社,2000年,第424页。

不明所以地"在胸上划了一个十字,并且唤了圣名",惊走了魔王、惊散了女巫们而打破。心中的执念使打鱼人对这一切浑然无视,并抓住了打算飞走的红头发女巫,逼迫她给出答案。

"三"是童话情节的结构性数字,童话里的主人公,往往是兄弟姐妹中的第三个,作为中心人物,在第三次尝试时完成童话的中心任务。经过神父、商人、女巫,打鱼人决然地割掉了他苦苦哀求的灵魂,并且拒绝给它自己的心。一年过完了,他的灵魂回到海边,试图用"智慧"唤回主人;第二年过完了,他的灵魂回到海边,试图用"财富"唤回主人,都败给了"爱"。打鱼人总是不为所动,笑着沉到海底去,沉醉到美的怀抱和喜悦中。第三年他向他的主人描绘了一双跳舞少女的小白鸽似的双足,并谎称她跳舞的城市离海边只有一天的路程。

在第三次尝试的时候,灵魂找对了方法——能诱惑他的主人的,只有美。"小人鱼没有脚,不能够跳舞。于是一个大的欲望把他抓住了。"吸引打鱼人的,是那他不曾见过、不曾拥有的美。美动摇了对美的信仰,覆灭了追求美的人。王尔德在童话中描摹了打鱼人对美不顾一切的追求,似乎肯定并赞美了他这种放下身家性命的唯美品性和行动,却又毫不留情地对此加以讽刺。既耽溺,也嘲讽;一边大张旗鼓地耽溺和颂扬,一边不动声色地讽刺。

二、"去灵魂之旅"的癫狂与忧思

王尔德在这里显露了他高超的翻转故事的能力。多次翻转中,不仅故事的情节跌宕起伏,不同的价值观也彼此冲撞、共生,向读者提出了许多问题。可以从王尔德本人的思想与艺术观,以及欧洲思想文学传统两方面,来解读王尔德在《打鱼人和他的灵魂》

中,赋予"去灵魂之旅"的癫狂与忧思并存之矛盾。

　　首先,打鱼人的第一个反应,是实用的、事关生计的,尽管他后来为美所迷惑,放弃了本来拥有的一切。他放弃灵魂,理由也是灵魂是无用的。这一形象所构成的自我反讽,一方面无疑是对资产阶级庸众实用主义的批判,另一方面,是否可以理解为,青年打鱼人也是一个成长中的形象? 他如此坚定地选择了对小人鱼的爱,忽视了聆听自己灵魂的声音,作为一个不无偏狭的唯美主义者,不免使我们联想到王尔德笔下另外两个重要的人物形象:道连·格雷和莎乐美。这三个艺术形象,其实都围绕着一个问题:在追求爱与美之时,是否可以置道德于不顾?

　　如前所述,王尔德的童话与他的这两部重要作品以及随笔、诗歌发表的时段是基本交错的。也就是说,在童话创作时期,王尔德本人的价值观和艺术观已经基本形成。从王尔德的为人来说,在王尔德一生中的任何阶段,他从来没有彻底地摒弃道德和真诚。从艺术观来说,他在逐渐成长为一个有自己观点的唯美主义者的同时,从来也没有停止对生活的观察和对艺术新动向的汲取。他总是一边斗志昂扬地突破边界,一边怀疑自己有罪;换个说法,他总是以夸张的自欺自诩和纵情享乐,来假装说服自己相信花园黑暗的一面不存在,而又知道自己正戴着面具。这种自我省察表现在作品中,就呈现出一种表面大张旗鼓地主张唯美,却又隐约而严肃地对此加以审视的矛盾状态。这种矛盾状态必然反映在他的艺术表现之中。"王尔德在盘弄唯美主义的恶之花时又对它投去深表怀疑的一瞥,他的双重立场赋予作品一种内在的张力。"①

　　某种程度上来说,道连·格雷和莎乐美这两个形象,都有着王

----

① 陆建德:《中文版序》,《王尔德全集》第 1 卷,荣如德、巴金等译,北京:中国文学出版社,2000 年,第 14 页。

尔德自己的影子——他们对美的执着追求,竟至于堕入欲望的深渊而毁灭了初衷与生命,都仿佛是王尔德对自我的体察和预言。打鱼人亦如是。"我所触及的,当然是自己灵魂最深处的本质。我曾多方与它为敌,没想到它却像朋友一样等着我。当人同灵魂相交时,就变得像小孩一样单纯,正如基督所要的那样。可悲的是,能在死前'拥有自己灵魂'的人,又有几个?"①这段话不仅是王尔德以纪实的方式几乎重讲了一遍打鱼人和他的灵魂的故事;而且以马修·阿诺德之间,揭示了王尔德作为唯美主义和浪荡子的一员,对自己在思想与艺术上勇敢探索的肯定。沉溺于感官享乐的深渊自不可取;而其以审美救赎反对工具理性,以对个体生命价值的真诚探索揭露虚假道德的伪善,在人类伦理思想史与艺术进程中的进步意义亦不可抹杀。

其次,爱与善是否必然一致? 那听闻要送走灵魂而害怕得发抖的,是人们口中的坏人——女巫,而打鱼人反倒因为用不着灵魂了就毫不犹豫地丢弃了它。发现被灵魂欺骗以后,打鱼人坚定地回到了海边,不停地呼唤、不停地在海中到处寻找小人鱼。灵魂再次诱惑了他两年,再次归于失败。他的心被爱缠得那么紧,灵魂都找不到进去的地方。第三年的时候,打鱼人想到灵魂因为没有心,在世上漂流颠簸之苦,对他的灵魂说:"可是我倒愿意我能够给你帮忙",善念甫动,悲剧立成。海水送出了小人鱼的尸体,打鱼人的心"因为充满了爱而碎裂的时候,灵魂就找到一个入口进去了",海水覆盖了他们。"神是奇怪的。他们不但借助我们的恶来惩罚我们,也利用我们内心的美好、善良、慈悲、关爱,来毁灭我们。"②童

---

① 奥斯卡·王尔德:《致阿尔弗雷德·道格拉斯勋爵》,《王尔德全集》第 6 卷,常绍民、沈弘等译,北京:中国文学出版社,2000 年,第 138—139 页。
② 奥斯卡·王尔德:《致阿尔弗雷德·道格拉斯勋爵》,《王尔德全集》第 6 卷,常绍民、沈弘等译,北京:中国文学出版社,2000 年,第 82 页。

话的内在价值坐标在美与恶、爱与善之间的冲撞游移,深刻地揭示
出现代人在拥有自己灵魂与不违反道德秩序之间的两难,或者说
确立新的伦理标准的必要性与困难性。

　　第三,比美强大的,是美,还是人的欲望? 打鱼人实乃为自身
的欲望所惑,跟随灵魂走上了离爱人越来越远的歧路。当他幡然
悔悟的时候,却无计可施,因为"一个人一辈子只可以把他的灵魂
送走一次"。十分奇异的是,灵魂在这篇童话中,似乎并不是善的
引领。与其说它是神性的象征,不如说它正如化身为美人鱼的海
妖塞壬一般,充当了冥界的引路人。《打鱼人和他的灵魂》中的灵
魂,究竟该作何解? 通过追溯"人鱼"这个在欧洲思想与文学史上
渊源颇深的母题级别的形象,结合作家本人的经验,可以尝试在文
本网络之中,厘定"灵魂"在这篇童话中的丰富内涵。

　　"人鱼"在欧洲文学传统中有悠长的历史脉络和作家谱系可追
溯。如丹麦歌谣《埃格纳特和人鱼》、德国水妖女罗蕾莱传说,在凯
尔特神话中也有人鱼故事。自神话传说起,各国艺术都有关于人
鱼的各类艺术品创作。在各种文学文本中,毫无疑问,与《打鱼人
和他的灵魂》互文性最显著的,是安徒生(1805—1875)《海的
女儿》。

　　安徒生本人就深受古代传说和民间歌谣的影响。在《海的女
儿》发表前,安徒生曾尝试将《埃格纳特和人鱼》改编成诗歌和短
剧。他曾明确表示过自己受到的影响:"即便还是孩童,那时的我
就对于《埃格纳特》情有独钟。一边是陆地一边是海洋,两个世界
并存的传说深深地吸引着我……这首诗歌已经刻在了我的脑海
中。"①王尔德出生的爱尔兰,也是海洋传说丰富的国度。他的父
母都是民间文学的热爱者,整理出版过相关书籍。"奥斯卡"就是

---

① 安徒生:《安徒生自传》,杨灿译,江苏凤凰文艺出版社,2016 年,第 119—120 页。

爱尔兰神话故事中著名英雄芬恩孙子的名字①。爱尔兰神话故事想来也是王尔德童年记忆的一部分。

我国学界对安徒生和王尔德童话的比较,特别对《海的女儿》与《打鱼人和他的灵魂》的互文关系,已有一定的研究成果。按发表时间顺序排列,比较有创见的主要有:孙颖亮:《作为对安徒生反讽的王尔德童话》(《温州师范学院学报》哲学社会科学版,2003.03),认为王尔德童话是对安徒生童话和谐友爱精神的反讽,表现了没有爱心和情感的冷漠的成人世界;孔凡飞:《爱,是使灵魂飞往天国的翅膀——〈海的女儿〉与〈打鱼人和他的灵魂〉比较》(《昆明师范高等专科学校学报》,2004.03),指出两篇童话都体现了"爱情、灵魂、肉体、天国"之间的关系,但艺术处理不同;王卓《王尔德童话与安徒生童话的对比研究》(《湖北第二师范学院学报》,2009.09)利用语料库对二者的童话做了语言学视角的对比;蒋乡慧:《安徒生与王尔德童话拯救模式的比较研究》(《长沙大学学报》,2015.04)从施救者与被救者、被救者困境与拯救目标及拯救结果三方面,分析了二者存在的差异;和《王尔德与安徒生童话比较国内外研究综述》(《吉林省教育学院学报》,2015.12),以基督教思想为向度,初步综述了两个作者童话的比较研究成果;王兴伟:《〈渔夫和他的灵魂〉的互文性解读》(《兰州教育学院学报》,2017.06),认为这篇王尔德童话与格林兄弟童话《渔夫和他的妻子》以及安徒生童话《海的女儿》都存在互文性关系。

在以上对安徒生与王尔德童话所作的对比研究成果中,有一个一致的观点,就是与安徒生童话的纯净情感、美好结局及对人类灵魂的赞颂迥异,王尔德童话可谓是对前者的反讽和颠覆。特别

---

① 詹姆斯·斯蒂芬斯:《爱尔兰凯尔特神话故事》,余一鹤等译,北京:北京联合出版公司,2017年,第134页。

是以与安徒生《海的女儿》的互文解读来说,《打鱼人和他的灵魂》对前者构成了鲜明的解构、颠覆,或者说逆写。

从人物形象及作品精神境界来看,这一解构的层次是多样且复杂的。《海的女儿》中的王子降格为打鱼人;人鱼翻转为人的爱慕对象;女巫比人更看重人的灵魂;想要得到灵魂或者抛弃灵魂都需借助女巫的帮助,但这一核心情节也是最具颠覆性的——渔夫"铁了心肠要摆脱他的灵魂,一如《海的女儿》中,小美人鱼铁了心要得到一个人类的灵魂一样。"①

无疑,最中心的逆转在于对人类灵魂的态度。正是在这一点上,王尔德童话整体上与安徒生童话精神气质的差异,构成了普遍性的反讽。在《海的女儿》中,灵魂意味着纯洁、高贵,赋予人不朽的神性;在《打鱼人和他的灵魂》中,灵魂变得多余、被废弃、被污染、堕落、邪恶并成为邪恶诱导者。

在《打鱼人和他的灵魂》中,表面看起来,灵魂确实成为爱的对立物。爱如此强大地占据着打鱼人的心,以致他的灵魂找不到地方可以进去。无疑,王尔德在这里体现了他独特的创造性,将失去灵魂的人与失去心的灵魂并置,实际上也就是完成了(肉体的)人与(无心的)灵魂的置换。如果我们说,王尔德童话中表达了"对人性的批判和失望,对基督教传统的质疑",那么这种批判和质疑是需要仔细厘清的,然后才能对王尔德童话的思想质素作出较为深入的认知。

正如有的研究者指出的,安徒生童话要拯救的是个体的"那个人",拯救结果往往具有"神圣而美好的特质";而"而王尔德笔下的被救者则是匿名的一个社会或特指的一类人,在拯救目标层面王

---

① 王兴伟:《〈渔夫和他的灵魂〉的互文性解读》,《兰州教育学院学报》,2017(06):18—21。

尔德更关注社会性的功利、财产福祉以及日常道德问题,拯救结果更倾向为悲剧"。① 这种差异性内核,显露了王尔德对人性、社会的看法和观点,"并且展示出这一观点如何与基督教传统对人的看法相反或相背离⋯⋯"②那么,背离的具体内容是什么? 或者换个问法:王尔德以什么新思想质疑了基督教传统的什么固有观点,他欲表现或相对肯定的是什么?

　　那就是通过将失去灵魂的人与失去心的灵魂并置,也就是(肉体的)人与(无心的)灵魂的对等置换,将灵魂从高高在上的、与肉体对立的抽象纯洁或神性高贵中解放出来,也就是将传统基督教以灵魂制约肉体的束缚打破。这正是文艺复兴以来,以重张古希腊的人本精神而发展起来的对个体意识、个体价值的肯定——现代西方文化和文明发展进步的基础。我们从这一点出发,理解王尔德对维多利亚时期虚伪道德的批判,与哈代是一致的;对灵肉合一的肯定,与尼采是一致的。如果灵魂意味着对俗世生活和个人欲求的否定,那么,与此相反,王尔德正是通过打鱼人、道连·格雷和莎乐美等主人公形象,表现了西方现代生活进程中"去灵魂之旅"的合理性价值所在。

　　王尔德的思想魅力在于,不做善恶是非的单项选择题,或者说通过他的作品告诉我们,善与恶是在具体情境中有着不同标准,甚至会相互转换的。在这一点上,他又与梅特林克《青鸟》和陀思妥耶夫斯基《罪与罚》的意蕴是一致的。打鱼人苦苦呼唤和寻找了小人鱼三年,在愧疚中,愿意以死亡为代价,向他的爱人忏悔,实现永远的陪伴。可见

---

① 蒋乡慧:《安徒生与王尔德童话拯救模式的比较研究》,《长沙大学学报》,2015(04):117—119。
② 蒋乡慧:《王尔德与安徒生童话比较国内外研究综述》,《吉林省教育学院学报》,2015(12):121—122。

并非"彻底地否定了人与人之间最真挚的情感"①。因为他的动摇，导致了爱情与生命的覆灭，可见爱情也并不"始终是美好的"②。主人公的死亡告诉我们，爱并非纯粹的精神，而欲望必然既推动我们也摧折我们。与爱相连的，不仅是幸福，也会有死亡；而死亡并不能抵消爱的幸福。无论是爱情，还是灵魂，本来就不是完整的或完美的。

这就是普通而真实的人性，也是文艺复兴以后，经现实主义至现代主义文学所反映的真实的社会生活和人类心灵。这种对人性多样性的认知，王尔德并非首创。就英国文学来说，至少可以上溯到莎士比亚戏剧、亨利·菲尔丁(1701—1754)《汤姆·琼斯》、萨克雷(1811—1863)《名利场》等作家作品。但是王尔德置身其中的唯美主义和颓废主义文学思潮和作家作品，把对个性追求、个体生命价值与欲望的实现，借助唯美的面具，作为文学艺术的表现对象，赋予了最大化的，甚至可以说极端到偏执的合理性。比如道生的《我一直按自己的方式对你忠诚，西纳拉！》和于斯曼的《逆流》，依传统伦理道德来判断，完全可以称得上是离经叛道、癫狂至极。

王尔德的过人之处在于，一方面，他以自己塑造的文学形象，敏锐地揭示了当时西方"去灵魂之旅"的社会现象和精神趋势；另一方面，在对此作唯美描绘的同时，又对随着这一历史洪流泛起的自私、冷漠、奸诈有同样敏锐的感知和质疑。这就是王尔德独特而迷人的"间性"。这种对"去灵魂之旅"的极致描写和忧虑之思的共存互生，预示了现代主义及以后文学之"真实"的新面貌：直面人性

---

① 孙颖亮：《作为对安徒生反讽的王尔德童话》，《温州师范学院学报》哲学社会科学版，2003(03)：13—16。

② 孔凡飞：《爱，是使灵魂飞往天国的翅膀——〈海的女儿〉与〈打鱼人和他的灵魂〉比较》，《昆明师范高等专科学校学报》，2004(03)：27—30。

的复杂和不完美,寻觅人在种种努力挣扎、两难境地之中的善意和尊严。

艺术美对善恶的超越——或者说恶的美学历程,与西方社会的自由主义和个人主义历史进程精神上的内在一致性,使得超越善恶的艺术,终不能无视人类生活现实中善恶边界的模糊。对人性弱点持宽容理解,了解人性包含着黑暗,并不能等于对恶的肯定,欲望无限制扩张的恶,必然会带来对爱与美的毁灭性打击。因此,王尔德作品中基督教传统与唯美追求之间的张力,可以理解为一个全人类在现代社会无法不面临的问题:在实现个体生命价值与坠入自私堕落之间如何把握边界这一伦理困境。

王尔德的拯救叙事,正是他感知伦理的现代变迁,探索新的伦理内涵的一种艺术表现。打鱼人怀抱小人鱼的尸体被黑暗的大海吞没,提示我们,王尔德作品的死亡叙事,确实包含着道德隐喻,其中的死亡类型,不仅有"献身性死亡、新生性死亡和偶然性死亡"[1],还有"赎罪性死亡"。那打鱼人所不能舍弃的、为灵魂所渴求的"心",该作何解? 正是灵与肉相通之域。而大海,曾孕育了打鱼人与小人鱼的爱情,在三年又三年的时间里,见证了他们的相爱,又以黑色的浪涛覆盖他们的大海,乃是齐生死的宇宙律令。在罪与罚之间,演绎着伦理难题无解的苦涩,透视出人生本相的不尽美好,歌咏着相信爱的力量和美的力量的人们,在不可避免的人性缺陷中真诚求索的尊严。"火不能烧毁它,水不能淹没它"[2]。

---

[1] 刘茂生、郑少敏:《王尔德作品的死亡叙事与道德隐喻》,《江西社会科学》,2015(01):217—221.

[2] 奥斯卡·王尔德:《打鱼人和他的灵魂》,《王尔德全集》第 1 卷,荣如德、巴金等译,北京:中国文学出版社,2000 年,第 455 页。

三、人的"扩容"与惊鸿一瞥"野东西"

反转是王尔德童话的标配,尤其在结尾时往往与整个前文构成结构性反讽,推进全篇繁复的思想层次和艺术意蕴。两本童话集共 9 篇童话皆如此。例如,快乐王子失去华丽外表后,被庸众唾弃,上帝派天使把他和小燕子接到天堂里。夜莺用歌声和心血所养育的蔷薇,被无情丢弃和践踏。西班牙公主的父亲对亡妻深情无比,他的孩子却希望自己的玩伴没有心。星孩经过苦难懂得了爱,却不久于人世,继承他的是一个很坏的国王。《自私的巨人》《忠实的朋友》《了不起的火箭》《少年国王》的结尾都有程度不同的反转。而《打鱼人和他的灵魂》更出其右,在故事主干结束后,还加了一个类似于尾声的部分。这真是一个令人费解的结尾。其中文意一转再转,层层推进又彼此相左,对读者提出了高难度挑战。

这个尾声大抵有这样几个叙事层次:其一,神父带领众多跟随者去给海祝福,因为海骚动得厉害。其二,神父在海边发现了淹死的打鱼人,还怀抱着小人鱼的尸体,他愤怒于他们对上帝的背弃,拒绝给海祝福,并诅咒人鱼族和与人鱼族有来往关系的人,吩咐把打鱼人和小人鱼埋在工地荒凉的角落里。其三,第三年过去后,神父去教堂,他计划给教众们讲解上帝的愤怒。但是祭坛上有一种他从未见过的奇怪的花儿,美得使他心乱;香得使他莫名快乐。他意外地讲起"爱"的上帝,他自己都不知道为什么。神父讲完了以后,听众哭了,神父自己眼中也充满了泪水。其四,神父询问坛上放的是什么花儿,从哪儿来的。执事们回答他:"我们说不出它们是什么花,不过它们是从漂洗工地的角上采来的。"神父浑身发颤,回到自己的住所,开始祷告。其五,第二天早晨,神父仍然带着一众人群,祝福了海,以及海中一切野东西。和陆上的精灵。人们充满了快乐和惊奇。其六,可是从此工地的角上再也长不出任何一种鲜花来,人鱼们也不再像平日那样到这个海湾里来。

在前五个层次,基本都在写神父精神境界的自我反转,去祝福海——拒绝祝福;讲上帝的愤怒——讲上帝的爱;诅咒打鱼人和小人鱼以及人鱼族——祝福海上和陆地的一切生灵。这些都好理解。起先,神父秉持传统基督教观点,认为灵魂是人的最高贵的一部分,它是上帝赐给人类的,因此认为没有灵魂的就是该诅咒的。这与故事主干部分的态度是一致的。然后,我们注意到,在王尔德童话中,多次用上帝的视角和行为来对尘世间沉沦的道德做出干涉,与冷漠、庸俗的世俗观点形成鲜明对照,这里显然也是化用了"枯杖开花"的基督教故事。(在《少年国王》里他也化用了这个故事,可见喜爱之深)。这也不难理解——神父的心灵不再只有冷酷的教义,而有了柔软的爱。比较难以理解的是,第六个叙事层次,对第五个层次所达到的叙事结果再次做了翻转。该如何理解这个层次呢? 我们尝试以另一个母题级别的文学主题来做钥匙:影子与人的关系。

影子与人的关系,在古今中外的艺术创作中也是一个被多次表达的主题,尤其是在儿童文学作品中,比如克雷洛夫寓言《影子和人》。在当代世界文学里也有痕迹可循。如:马克·李维(1961—)的小说《偷影子的人》;中国著名儿童文学作家金波的短篇童话自选集《影子人》。其中,特别值得一提的是,安徒生的《影子》、沙米索(1781—1838)《出卖影子的人》;而《庄子·齐物论》里,有一段影子与"影子的影子"的对话。

在《打鱼人和他的灵魂》中,令人费解的不仅有"心"的所指,还有童话主干情节结束后的那个尾声。如何解读尾声最后一个层次对尾声前文的解构和翻转? 还是要把这篇童话放在文学文本的网络中来梳理它的意义。

　　我们先分别来看安徒生的《影子》和沙米索（1781—1838）《出卖影子的人》。一般我们会意识到《打鱼人和他的灵魂》与《海的女儿》的互文关系，而较少关注安徒生的另一篇童话作品《影子》。影子的主人公是个学者，他开玩笑地让自己的影子去拜访一个神秘的邻居，没想到影子不但离开主人独立生存了，最后还玩弄诡计，让世人误以为学者才是它的影子。最终影子把学者谋害，取而代之了。如果说《海的女儿》洋溢着对爱与美的追索和肯定，《影子》则揭示了人世间的真假难辨、善恶混淆。这无疑与王尔德作品的伦理背景具有相当大的一致性。值得注意的是，在这篇童话中提到，在寒带的国度里每个人都知道一个没有影子的人的故事，可见这个故事的知晓程度之高。德国作家沙米索的小说《出卖影子的人》，主人公为了钱袋把影子出卖给一个黑衣人，虽然极为富有，却由于没有影子被人们怀疑和孤立，因为人们相信："正经的人走在太阳底下，都是有影子的。"①他为此失去了正常的生活，也痛失了爱情。这时，灰衣人再次引诱他出卖他的灵魂换回他的影子。经过多次挣扎，他把钱袋抛进深渊，后来成为一个采集植物的地理研究者。

　　对照这两部作品，显然，影子与人的灵魂或人格的关联这一设定，在这几个文本里是具有互文性的。考虑到前两位作家的生平年代，王尔德学习前人的可能性更大。如果说，《影子》这篇童话，说明安徒生也在他的童话里表达了对人世间黑暗的批判和无奈，这种现实伦理情境的变化应该是 19 世纪中后期艺术家所共同面对的大环境；这部作品并没有涉及人以外的族类，甚至都没有涉及多少大自然。而《出卖影子的人》的主人公，显然是与魔鬼在打交道。在王尔德《打鱼人和他的灵魂》中，打鱼人是自己主动选择送

---

① 沙米索：《出卖影子的人》，白永译，北京：人民文学出版社，1987 年，第 52 页。

走他的灵魂的。这个情节对传统伦理的冲击性显然更为强烈。现在我们暂停从伦理道德的角度来思考"影子与人的灵魂"这一主题，而从人与其他族类的关系来探索这个问题。

安徒生《海的女儿》通过小人鱼付出高昂代价获得人的外形，又通过自我牺牲终于得到人的灵魂的情节设置，无疑是把人作为高等的生物，置于人鱼族之上和地球的中心的。这与传统基督教观点保持着高度的一致。沙米索《出卖影子的人》，设计了在影子之上还有灵魂的情节，这里灵魂应该也对应着人与上帝的联通，人的灵性根柢。因为守住了这个最后防线，主人公虽然没有影子，却能以在大地上东西南北地奔走和研究（近似于在炼狱中修行），投身于大自然之中得到了解脱。大自然是人研究的对象，是作为客观物质使人类获得价值的途径。而王尔德《打鱼人和他的灵魂》与此相反，大海中奇异的事物和美丽的小人鱼，小人鱼美好的歌声，对打鱼人来说，价值高于他的全部身家和灵魂。他正是以主动割掉灵魂的方式，来使自己能够进入海域，与人鱼族生活在一起的。

联系尾声的第五个叙事层次，这一选择不仅是对人鱼族、对海中的各种野东西，也是对陆地和森林中各种精灵的承认和平等相待。因此，打鱼人的选择和神父的祝福，就对接生态视角，构成了生态隐喻。打鱼人舍弃灵魂的行为，可谓与后人类主义的"超越人类中心"思想异曲同工。某种程度上来说，打鱼人割掉影子（灵魂），也可以理解为类同于道连·格雷阁楼上的那幅画的作用，都是使人突破了肉体的局限，获得了在异时空生存的能力。这是一种人的"扩容"，通过扩容，实现与异界、他种族的融合共生。打鱼人与道连·格雷的不同在于，前者是出自对海中生活的好奇、对小人鱼的爱，选择了"去灵魂"的道路；而后者是出于对时间和青春流逝的抗拒，想抓住每个瞬间、满足每种欲望。打鱼人仅仅是因为想看一看人间少女的舞蹈的脚,就再不能回头;道连却作恶多端,显示出童话较之小说,在道德价值上的纯净要求。

那么,尾声部分的第六个层次,神父祝福以后,人们充满了快乐和惊奇,那埋葬一对爱人的工地一角却重新变成不毛之地,人鱼族这样的野东西也不复现身于这个海湾,究竟该作何解呢?

可以联系爱尔兰民间故事、《暴风雨》和《格列佛游记》等经典来作一定的探索。凯尔特传说的总体框架就是人类世界与异界的并存和彼此穿越,人们对故事主人公在不同物种间的各种变形有足够的理解。比如,凯瑞尔之子图安,原本是个人,却先后变成了鹿、野猪、鹰和鱼,被王后吃掉后生下来,成了她和国王凯瑞尔的儿子。[1] 库尔之子芬恩,就离开过人类的世界,在异界游荡,经历了诸多奇事。[2] 爱尔兰至高王德蒙特回忆他的老祖母,先后生下一头羔羊、一条鲑鱼,最后才生下他的父亲。[3] 这种人类与其他物种共存并在的观念必然给王尔德留下过深刻的印象。

王尔德对莎士比亚的学习和模仿是显而易见的。这种承继显然不仅仅是对多义性语言运用的得心应手,也关涉着对人性和世界的认知。《暴风雨》中,公爵普洛斯彼罗能够通过法术成为精灵爱丽儿的主人,并控制土著凯列班。但到戏剧结尾,公爵在乘船回到那不勒斯之前,给了爱丽儿自由,并放弃了自己的魔法——因用魔法驱策自然的代价是他自己也禁锢在孤岛不得回乡。灵魂带着打鱼人游历人间所见的种种恶德败行,与格列佛在"慧骃"国看到

---

[1] 詹姆斯·斯蒂芬斯:《爱尔兰凯尔特神话故事:大师插图本》,余一鹤等译,北京:北京联合出版公司,2017年,第13—23页。

[2] 詹姆斯·斯蒂芬斯:《爱尔兰凯尔特神话故事:大师插图本》,余一鹤等译,北京:北京联合出版公司,2017年,第147页。

[3] 詹姆斯·斯蒂芬斯:《爱尔兰凯尔特神话故事:大师插图本》,余一鹤等译,北京:北京联合出版公司,2017年,第127页。

"耶胡"的丑陋、恶毒、可鄙、骄傲何其一致。所以,在这一点上,王尔德对《海的女儿》作出了真正的逆写——认识到人类是有局限、不完美的;人性中有暗黑之地,不必骄傲地视自己为万物中的高贵者,不可无尽贪婪,而要对大自然保持敬畏之心。

这就是王尔德《打鱼人和他的灵魂》尾声第六个层次蕴含的思想价值。神父出于一时感动,对在上帝的世界中所有的东西的祝福,就像《约伯记》中约伯的两个朋友指责他时一样的自以为是。如果不能放下人类的骄傲,改变固有的认知,他的祝福只能使人充满快乐和惊奇,并不能与生活在大海这个异界空间或陆地上的其他族类之间产生真正的共鸣。正如《庄子·齐物论》中的景,反问罔两所言:"吾有待而然者邪?吾所待又有待而然者邪?吾待蛇蚹蜩翼邪?恶识所以然?恶识所以不然?"[①]人类不能完全认识自然中的一切,更没有资格施以诅咒或祝福,因为他并不是大地的主人,而只是世间万物的一员。

《打鱼人和他的灵魂》与《格列佛游记》不仅仅在思想上有承继,在艺术表现手法上亦有神似之处。王尔德擅长言此及彼,意浓笔淡。在尾声中,他以神父和一般人的视角,重新认知了打鱼人和小人鱼的爱情;正如他在尾声第六层次,以寥寥数语对神父的自我修正进行了反讽和解构。同样的,王尔德童话中,开篇不久的时候,打鱼人是深深被小人鱼歌声中对海洋生活的描绘吸引的。但他真的到海中生活后,作品并没有对海底世界展开描绘,而是反过来,展开了一幅陆上人间百态图。被灵魂带领的打鱼人,仿佛是以从未在陆地生活过的人鱼等野东西们的眼光一般,见识和判断了人类和他们的生活。"从海洋看陆地",正是以大海为镜,反观"人

---

① 庄子:《齐物论》,见郭象注、成玄英疏:《庄子注疏》,北京:中华书局,2011 年,第 59—60 页。

类可能的缺陷与弊端"①。

《打鱼人和他的灵魂》,不仅逆写了《海的女儿》;而且也是一篇逆写的海洋文学作品。既与《鲁宾逊漂流记》等崇尚航海扩张、以战胜海上艰险磨砺后的成功者彰显人的力量的主流海洋文学不同;也与以航海写青少年在海上求生、倍受考验,通过"分离阶段、边缘阶段、聚合阶段"②完成成长仪式的情节路径完全相反。王尔德笔下的打鱼人,拒绝回归,拒绝成为人类社会的合格成员被重新接纳,而是更加坚定决绝地选择与小人鱼相守,不惜以生命为代价。

打鱼人的问题在于,过高地估计了自己抗拒诱惑的定力。打鱼人割弃灵魂,获得与人鱼族共生的能力,与后现代"超越人类中心主义"的思想有着奇妙的相通之处。打鱼人通过舍弃人的一部分——灵魂(本质的或脆弱的),仿佛也消除了人类肉体的局限,与通过与机器结合,形成赛博格③来克服人类弱点的后人类理想亦不乏相通之处。从生态学和后人类学的路径出发,甚至可以把打鱼人的行为理解为一种对人类生命体的扩容,与他类建立共同体的尝试。他扩容人类的努力和失败,也是一种提醒:我们毕竟有着一颗人类的心,这颗心有爱和牺牲的高贵,也有被欲望左右的摇摆和迷失,人类与其他物种互联、共栖的理想未必真的能够实现。这深刻的思想观点,对于我国未来文化建设事业来说,是有可借鉴之处的。

---

① 张陟:《从海洋看陆地:斯威夫特与〈格列佛游记〉》,《宁波大学学报》(人文科学版),2011(01):58—62。
② 张陟:《大海如镜:英美海洋小说研究》,北京:海洋出版社,2022年,第8页。
③ 即人与机械的混合体。参考唐娜·哈拉维:《类人猿、赛博格和女人——自然的重塑》,陈静、吴义诚主译,郑州:河南大学出版社,2012年,第205页:"赛博格是一种控制生物体,一种机器和生物体的混合;第213页:是有关边界的逾越、有力的融合和危险的可能性……等等。

　　王尔德的海洋书写可视为反常态的、另类的海洋文学。对王尔德独具特色的海洋文学展开研究，既可拓宽王尔德研究视域，也可弥补中国海洋文学研究的这一空缺，丰富关于海洋文学概念的认知脚本。在《打鱼人和他的灵魂》中，大海关涉着对人类传统伦理的颠覆，也揭示了唯美乌托邦的幻灭。王尔德以打鱼人对人的灵魂的背弃，颠覆经典，构想未来。他对人的"扩容"的预言与"去灵魂之旅"的忧思，以及对惊鸿一瞥"野东西"的顾念，使得作品中的海洋作为人类生活的镜像，具有了伦理价值与生态隐喻。

　　王尔德的生态观，可能也受到《庄子》一定的影响。由于王尔德十分擅长戴着面具写作，他的有些深刻思想在他的作品中仅仅是以惊鸿一瞥的状态出现，细思则大有深意。"野东西"虽然只是在这篇童话尾声的最后一层次，看似漫不经心地一笔带过，却与唯美主义对工业理性扼杀想象力的不满态度相一致，也提示我们，王尔德所表现的对自然的排斥，并非排斥自然，而是排斥失去了神秘和自由的现代社会庸俗、粗鄙的自然。打鱼人与小人鱼爱而不得的悲剧，既是对西方文学经典继承中的颠覆，也对西方文明无边界扩张带给人类的可能性的后果做出了暗示。"一部革命性的小说，从语言到普遍的文化态度和价值系统，都是研究众多文化元素变革的宝库。"[①]启示我们，发掘海洋文学中蕴含的伦理和生态价值，重视东方文化与中国古代经典中人与自然的和谐相处之道，并把这一宝贵思想财富融入当今世界文化未来的积极走向中去。

---

① 费尔南多·波亚托斯等编著：《文学人类学：迈向人、符号和文学的跨学科新路径》，徐新建等译，北京：中国社会科学出版社，2021年，第84页。

第五章

"缺省"的戏剧与"全子主体性"

有多少忧伤,就有多少个哈姆莱特。

——王尔德

下下高高,道路坳折,四野风来,左右乱楚。

——《西厢记》

"缺省"(Absence)"指交际双方在交际过程中对双方共有的文化背景知识的省略。根据语用的经济原则,在交际中,除非有特殊的目的,否则生活在同一社会文化环境中的成员在运用概念时,一般不会将话题图式中所有的信息全部输出,对于交际双方不言而喻的内容,往往加以省略。"①这些省略的东西,虽然没有说出来,双方却都是可以在脑海中复原,填补,并理解的。

联系读者反应理论来看,任何一部文学作品都不可能是完全充足的,而是必然伴随着某种缺省。从这一点来看,缺省和对缺省的认知与填充决定着作品的形式和读者的解读。广义地来说,所有文学文本(包括戏剧)都是"缺省"的文本;狭义地说,中国古典文化和审美习惯影响下的戏曲,相对于西方戏剧来说,则更可以称之

---

① 尹建民主编:《比较文学术语汇释》,北京:北京师范大学出版社,2011年,第260页。

为"缺省"的戏剧。这种"缺省",在剧场观看时,召唤着对"唱念做打"诸般功夫和脸谱等程式化元素的了解和欣赏。阅读剧本时,则主要是由曲词提供了丰富的智力与审美空间,不同读者会在曲词中发现不同的"缺省",并根据自己的理解来填补这些空间,完成阅读过程。

根据认知科学的具身认知观点来看,任何认知活动,都是认知主体在特定环境中具身地发生和完成的。去阅读或批评一部文学作品的时候,现代读者一方面尽力把握诸多的历时性研究成果,另一方面也要尝试追溯原文化语境下的缺省内容,加之以个人的认知洞见,才能相对比较全面地接近和解读出经典作品无限的丰富性和复杂性。我们发现,王尔德《认真的重要》的艺术手法与《西厢记》十分类同,也是一部"缺省"的戏剧。

从这一点出发,可以推断,西方后现代思想家对人的主体性的解构,既有其真知灼见的一面,也有其偏狭极端的一面。当我们拆解本体论意义上的主体、形而上意义上的真理和历史概念的同时,不可否认这些观念也是人的存在和认知不可缺少的脚手架。据此,我们提出以受认知科学"全子"概念启发而生成的"全子主体性"概念,对应和表述当代以"整体-部分"的方式存在的、不断涌动和演变的主体性状况。

第一节:"缺省"的戏剧:《西厢记》与《认真的重要》的交互映照

戏剧艺术既离不开戏剧剧本,也离不开舞台演出。特别是中国古代戏曲,由于它程式化的特点,就"缺省"及其复原来说,演员的舞台表演功夫对观众所欣赏到的戏剧表演效果来说有至关重要的影响。演出实践与戏剧剧本的关系密不可分,但我们这里主要是从读者的角度,讨论戏剧的剧本(虽然有时也不免相互联系),因此,总体来说,戏曲程式化方面留给观众的"缺省"不在我们考察的视域之内。

这两部剧作的艺术成就都已得到公认。对《西厢记》的肯定和赞扬举不胜举。如"北曲故当以《西厢》压卷"①"王实甫之词,如花间美人。铺叙委婉,深得骚人之趣,极有佳句……"②"《西厢记》是超过时空的艺术品,有永恒而且普遍的生命。"③《认真的重要》是王尔德"最重要的剧本"。④ 被认为是词汇剧在"英语中唯一的纯样本"⑤。

我们尝试以读《西厢记》的方法去读《认真的重要》,再从《认真的重要》回返到《西厢记》,发现二者的交互映照之处,还有以下几个原因:

首先,《认真的重要》与王尔德的其他戏剧不同,几乎没有明显的情节和冲突,基本由对话和对话连缀而成。我们对戏剧内涵的寻觅,必须透过由这些语言所达成的隐喻去窥见它的内里。这出戏是王尔德戏剧中最具有"缺省"风格的。虽然不能确定王尔德这出戏剧的艺术风格是在读《庄子》之前抑或之后形成的,但他从细微处下笔、甚至从"无"中写"有"的高超艺术表现能力,及其含蓄摇

---

① 王世贞:《曲藻》,见《中国古典戏曲论著集成》(四),北京:中国戏剧出版社,1959 年,第 29 页。

② 朱权:《太和正音谱》,见《中国古典戏曲论著集成》(三),北京:中国戏剧出版社,1959 年,第 17 页。

③ 郭沫若:《〈西厢记〉艺术上的批判与作者的性格》,《郭沫若全集》15 卷,人民文学出版社,1990 年,第 322 页。

④ 维维安·贺兰:《王尔德》,李芬芳译,上海:百家出版社,2001 年,第 95 页。

⑤ Declan Kiberd, *Oscar Wilde: the resurgence of lying* //彼得·拉比:剑桥文学指南:奥斯卡·王尔德,上海:上海外语教育出版社,2001:291。

曳的文风,确实是有东方艺术的神韵在其中。

而金圣叹在评点《西厢记》时,也确实相当明确地把这出戏剧与《庄子》《史记》《国风》等经典相提并论。"若有时必欲目注此处,则必手写彼处。……更不复写出目所注处,使人自于文外瞥然亲见。《西厢记》纯是此一方法,《左传》《史记》亦纯是此一方法。"①这种艺术风格,西方文论称之为"隐喻""反讽""互文"等等,而中国古人称之为"春秋笔法"。二者确有相通之处。

同时,在西方戏剧发展过程中,对何为"戏剧性"的理解也在不断变化。行动、对话、情节冲突这些在西方曾被视为戏剧性的核心因素,也会在戏剧改革中遭逢淡化或舍弃。甚至把紧张、悬念、突转视为戏剧的低级层次,戏剧中对人生百味的体验和领悟视为戏剧的高级层次。② 那么,《认真的重要》就不仅是王尔德的艺术创新,而且他也和同时代的其他戏剧改革者一起,启发和预示了西方现代戏剧的走向。而且,更重要是,可以以王尔德这部戏剧的现代性,来反观《西厢记》曲词的艺术效果和思想内涵。

《西厢记》与其他剧作相比,体量巨大,曲词优美,可以通过对剧中曲词的分析,较为深入地探讨"曲"与戏曲艺术魅力的关系。这对中国古典戏曲艺术性高低的评价至关重要。

其次,在肯定与赞誉的同时,这两部剧又都曾受到过毫不留情的否定。显然,在剧作演出及稍后的时代,不同读者的阅读差异性——也就是他们对"缺省"认知的不同和填补的不同,在这两部戏剧剧作的评价之中是相当显著的。

第三,作为今天的读者,生活实践中相对独立的认知主体,我

① 王实甫著,金圣叹批评,陆林校点:《西厢记》,南京:凤凰出版社,2010 年,第 8 页。
② 张兰阁:《戏剧范型——20 世纪戏剧诗学》,北京:北京大学出版社,2009 年,第 83 页。

们认为,就这两部剧历时性的研究成果看来,无论是对《西厢记》的道德指摘或艺术褒扬;无论是对《认真的重要》空无一物的批评或对王尔德"说谎艺术"的赞赏,都未能全面复现其有所"缺省"之处。这正给我们的进一步研究预留了空间。

一、以《西厢记》艺术手法阅读《认真的重要》之"认真"

《西厢记》的艺术手法,古今研究者众多,其中金圣叹的评点最为著名。有学者将之称为"词学体系之集大成"。[①] 有趣的是,我们发现,金圣叹所概括的《西厢记》的艺术手法,其中有很多种都可以平移过去解读《认真的重要》。但是,仔细品味后却又有所不同。

(一) 金圣叹所评《西厢记》之艺术手法举要

在金圣叹看来,《西厢记》的艺术手法高超奇妙,有很多值得后来写作者学习的地方。下面选取比较具有全局性的技法简要介绍一下:

1. 月度回廊

是一种闲闲起笔,一层层渐渐接近所要表达的重点的手法。比如明月清光,"必自廊檐下度廊柱,又下度曲栏,然后渐渐度过间阶,然后度至琐窗,而后照美人。"[②]

2. 移堂就树

是一种文章"移就之法",[③]即前文已悄悄埋下伏笔,后文以意外的方式与前文相接应,文意豁然贯通。

---

① 陈竹:《中国古代剧作学史》,武汉:武汉出版社,1998年,第490页。
② 王实甫著,金圣叹批评,陆林校点:《西厢记》,南京:凤凰出版社,2010年,第71页。
③ 王实甫著,金圣叹批评,陆林校点:《西厢记》,南京:凤凰出版社,2010年,第71页。

3. 烘云托月

"欲画月也,月不可画,因而画云……意不在于云者,意固在于月也。"①也即衬托手法。如写张生高才苦学、豪迈淳厚,都是为了衬托莺莺容貌与性情的万里挑一。

4. 写花却写蝴蝶

"蝴蝶实非花,而花必得蝴蝶而逾妙……红娘本非张生、莺莺,而张生、莺莺必得红娘而逾妙。"②即通过对关键性的其他人物的塑造,来推进对主人公形象的刻画。

5. 目注彼处,手写此处

"文章最妙,是目注此处,却不便写,却去远远处发来,迤逦写到将至时,便且住,却重去远远处更端再发来,再施迤又写到将至时,便又且住。如是更端数番,皆去远远处发来,迤逦写到将至时,即便住,更不复写出目所注处,使人自于文外瞥然亲见。"③也就是反复暗示一个要表述的内容,却始终不明写,读者通过对反复暗示的体察,已可以不通过作者实在写出的文字理会到作者要表达的意思,即所谓文外之意。

6. 狮子滚球

"文章最妙,是先觑定阿堵一处,已却于阿堵一处之四面,将笔来左盘右旋,右盘左旋,再不放脱,却不擒住。分明如狮子滚球相似,本只是一个球,却教狮子放出通身解数,一时满棚人看狮子,眼都看花了,狮子却是并没交涉。人眼自射狮子,狮子眼自射球。盖滚者是狮子,而狮子之所以如此滚,如彼滚,实都为球也。"④

"阿堵一处"即文章中心,围绕它左右盘旋,摇之曳之,多方渲

① 王实甫著,金圣叹批评,陆林校点:《西厢记》,南京:凤凰出版社,2010 年,第 36 页。
② 王实甫著,金圣叹批评,陆林校点:《西厢记》,南京:凤凰出版社,2010 年,第 212 页。
③ 王实甫著,金圣叹批评,陆林校点:《西厢记》,南京:凤凰出版社,2010 年,第 8 页。
④ 王实甫著,金圣叹批评,陆林校点:《西厢记》,南京:凤凰出版社,2010 年,第 8 页。

染却不正面实写。这个中心还可能有两个焦点,读者所关注的,和戏剧中人物所关注的,有时是一个,有时却不是。

(二) 以上述艺术手法阅读《认真的重要》

月度回廊。闲闲起笔,看似漫不经心,似乎全无章法,甚至与主题无关,但其实没有一句多余的话,这是王尔德最为拿手的艺术手法之一。《认真的重要》第一幕,就从爱尔杰龙边弹琴边跟仆人莱恩闲聊,吃黄瓜三明治开始。爱尔杰龙自称"全身心投入感情是我的拿手好戏",又跟莱恩讨论婚姻问题。这些看起来近乎废话的聊天,在下文中还会不时出现,其实都是作者精心设计的。由于这出戏没有重大的戏剧冲突,这些无心之谈,对读者理解主人公性格都是有帮助的。

写花却写蝴蝶。这出戏中没有像红娘那么重要的其他人物,但两个男主人公都有一个仆人,加上赛茜丽的家庭教师普丽丝姆小姐和格温多琳的母亲,都对主人公的人品有映射作用。比如,爱尔杰龙自己吃光了仆人已经做好的黄瓜三明治,这原是他说好了给姑妈准备的。姑妈问起的时候,他反倒问仆人"天哪!莱恩!黄瓜三明治怎么没有了?我专门让你准备下的。"而莱恩立即(郑重地)回答说:"市场上今天早上没有卖黄瓜的,老爷。我跑了两趟市场。"真是说谎不用打草稿。读者自会通过莱恩去揣度爱尔杰龙的人品如何。

这是小事。然,已奠定了人物在读者心中的基调。到下文冒充身份,用假名字,成年人要求牧师重新洗礼等行为出现,情节既出奇有趣,而读者读来却能与前文贯通,便是"移堂就树",这也是王尔德极为擅长的。

再比如说,杰克告诉爱尔杰龙,他在乡下假称自己有一个名叫"哦拿实的·沃信"的弟弟,此时,爱尔杰龙、杰克和读者都知道这个弟弟其实是不存在的。杰克接着告诉爱尔杰龙,要尽快结果了这个弟弟,因为他发现赛茜丽对他有一点点兴趣了。在他们交谈的时候,读者发现,爱尔杰龙对赛茜丽颇有兴趣。这样,第二幕中,爱尔杰龙托名为"哦拿实的·沃信",假称自己是杰克的弟弟,出现在赛茜丽面前,读者既意外,文意又巧妙地与第一幕衔接起来,也是"移堂就树"的手法。第一幕中,布雷克耐尔太太盘问杰克身世的时候,他回答自己是在手提包里被发现的,这个伏笔到第三幕揭开,对情节的完成起到重要作用,也是"移堂就树"。

衬托手法,在《认真的重要》中,几乎比比皆是。两个男主人公、两个女主人公、男女主人公之间、主仆之间,都构成交叉繁复的对照或对比衬托,不再一一举例。

爱尔杰龙的姨妈布雷克耐尔太太,功利、自私而又自诩甚高,王尔德从未在戏剧中由哪一个人物明确指出这一点,只是通过她自己的言语,远远近近地多次暗示出她的为人,使读者于文字之外,心领神会。比如她本已打算离开,临走前盘问赛茜丽有没有财产,当得知她有每年有大约十三万磅的公债,就重新坐下,说:"十三万英镑呀! 还是公债! 我这样端详过她后,我觉得她是一个好漂亮好漂亮的姑娘。"①这便是"目注彼处,手写此处"。妙的是,热恋着格温多琳,正打算求婚的杰克,还问过爱尔杰龙:"一百五十年后,你说格温多琳不会成了她妈那德行吧?"情浓之时,忽现虚无本相。真是手写此处,目注彼处,端看读者如何领会。

《认真的重要》全戏的中心,无疑就是"认真"。

两个男主人公,爱尔杰龙"样子一点也不严肃"②,常常信口开

---

① 奥斯卡·王尔德:《认真的重要》,《王尔德全集》第 2 卷,马爱农等译,北京:中国文学出版社,2000 年,第 68 页。

② 奥斯卡·王尔德:《认真的重要》,《王尔德全集》第 2 卷,马爱农等译,北京:中国文学出版社,2000 年,第 14 页。

河,比如:"浪漫的本质就是朝三暮四。要是我有朝一日结婚了,那么我一定变着法儿把这一事实忘掉";①"一个人如果想在生活中寻找快活,那他就必须对某项事情认真对待。"②并且杜撰出一个叫"病不理"的随时会生病的朋友。相对来说,杰克好像比较符合社会认可的诚实标准。他的尊容好像就是"哦拿实的",他的名片印的也是"哦拿实的·沃信"。③ 他常常不能认同爱尔杰龙的奇谈怪论,比如"结婚的男人要是不了解'病不理',那日子可就难熬罗";"婚姻生活是三人来得欢,二人眼瞪干"等等,斥之为"一派胡言"。④ 不过他在城里的名字是随自己意起的,并且还杜撰了一个随时会惹是生非的弟弟。其实,朋友也好,弟弟也罢,都是这两位青年为了从自己必须"正经"生活的地方的繁文缛节中抽身方便,而想出的办法而已。所以爱尔杰龙说杰克是他认识的最高级的"病不理"分子。

两个女主人公都出身于上流社会。赛茜丽性格活泼,会爱慕只存在于监护人口中的"坏"弟弟;还会把从没有发生过的事认真记在日记里,比如与"哦拿实的·沃信"订婚,再取消。格温多琳在母亲的严格监护下长大,她觉得他们生活在"一个充满理想的时代",而她自己的理想就是"爱上一个名字叫哦拿实的人"。⑤

读者一直跟随着男女主人公——他们就像那个不停舞动的狮

① 奥斯卡·王尔德:《认真的重要》,《王尔德全集》第 2 卷,马爱农等译,北京:中国文学出版社,2000 年,第 10 页。
② 奥斯卡·王尔德:《认真的重要》,《王尔德全集》第 2 卷,马爱农等译,北京:中国文学出版社,2000 年,第 59 页。
③ 奥斯卡·王尔德:《认真的重要》,《王尔德全集》第 2 卷,马爱农等译,北京:中国文学出版社,2000 年,第 12 页。
④ 奥斯卡·王尔德:《认真的重要》,《王尔德全集》第 2 卷,马爱农等译,北京:中国文学出版社,2000 年,第 16 页。
⑤ 奥斯卡·王尔德:《认真的重要》,《王尔德全集》第 2 卷,马爱农等译,北京:中国文学出版社,2000 年,第 20 页。

子一般花样迭出；结果却发现他们追逐的中心——只是一个"认真"的名字而已。"我长了这么大现在第一次认识到，做人不玩虚套只拿实的是再重要不过了。"全剧终时杰克的这句宣言，不免令人心生疑窦。

这就是《认真的重要》与《西厢记》不同的地方。在《西厢记》中，各种艺术手法都是为了塑造主人公的美好、坚定，包括红娘的形象也是动人和出彩的；而在《认真的重要》中，各种艺术手法引发的是怀疑和反讽，次要人物的形象也从侧面对主人公的品德提供不利的证据。

与《西厢记》十分类似的是，《认真的重要》上演后，对这出戏的评价也是趋于两端的。

萧伯纳坦言《认真的重要》娱乐了他，但没有在娱乐他的同时触动他，"我去剧院是为了被感动才笑，而不是被逗乐、被催着笑……那吉尔伯特式的笑闹终究无法让我们相信这是探讨人性的作品。"①多年后，萧伯纳还再次谈及此剧，"尽管写得很聪明，却是他第一部真正的'无心'之作。"②哈罗德·布鲁姆则认为此剧"堪称是莎士比亚之后最欢乐的英语喜剧，而萧伯纳的批评竟然迂腐至此，实在不可思议"。③另有评论家认为该剧是词汇剧在"英语中唯一的纯样本"。④

诚然，《认真的重要》体现了王尔德的唯美主义艺术主张——大自然是单调乏味的，而艺术以新的形式重新创造生活。并在戏

---

① George Bernard Shaw. *On The Importance of Being Earnest*//Oscar Wilde. *The importance of being Earnest: authoritative text, backgrounds, criticism*; edited by Michael Patrick Gillespie. New York: W. W. Norton, 2006:100.

② 哈罗德·布鲁姆：《剧作家与戏剧》，刘志刚译，南京：译林出版社，2016年，第230页。

③ 哈罗德·布鲁姆：《剧作家与戏剧》，刘志刚译，南京：译林出版社，2016年，第229页。

④ Declan Kiberd. *Oscar Wilde: the resurgence of lying* //彼得·拉比. 剑桥文学指南：奥斯卡·王尔德. 上海：上海外语教育出版社，2001:291。

剧语言的运用上达到了登峰造极的化境——"双关、双声、对仗、用典、夸张、反讽、翻案,和频频出现的矛盾语法(或称反常合道),令人应接不暇。"①但是否就是一部"无心"的词汇剧,是否就像萧伯纳所指责的那样,王尔德在写作此剧时是懒惰、冷漠、充满了恨的?②

此前已指出,王尔德虽是英国唯美主义的代言人,但他的思想并不是只拘泥于唯美主义主张之中。一方面他坚定地提倡艺术独立性和艺术虚构对生活的超越;另一方面,他也把自己对社会的批判隐藏在唯美主义的面具之下。他从童话写作时开始确定的多义摇曳的语言风格,发展到这出戏中,更是凸显了其独特发达的隐喻网络——反转套着反转,悖论扭着悖论。其形成是与爱尔兰口述文学传统、与他以才智同英国上流社会斗争的快乐、与他积累的戏剧写作经验;甚至与《庄子》恣肆跳脱文风的影响等诸多因素都有关系的。

我们可以看到,虽然萧伯纳等评论家与王尔德是在同一文化语境之中,但如果对王尔德其人其文没有充分的了解,仅从自己的单一视角出发,要么从形式主义出发把王尔德仅仅认为是一个唯美主义者;要么从现实主义出发认为他堕落无情;都因其未能体会到王尔德戏剧中的缺省之处,而不免有失偏颇。这就难免王尔德对萧伯纳表示了失望。③

事实上,王尔德一方面很认真地构建了词汇剧的面具,另一方面把对社会现象的观察与批判,对人性的透视和悲悯,藏在这表面

---

① 奥斯卡·王尔德:《王尔德喜剧:对话·悬念·节奏》,余光中译,江苏凤凰文艺出版社,2017年,总序第5页。
② 哈罗德·布鲁姆:《剧作家与戏剧》,刘志刚译,南京:译林出版社,2016年,第230页。
③ 哈罗德·布鲁姆:《剧作家与戏剧》,刘志刚译,南京:译林出版社,2016年,第230页。

的花团锦簇之下。① 他正是通过对各种语言技巧的使用,打造了戏剧的亚结构,只是发现它需要读者的细心。"'意义'在王尔德的戏剧中乃由这些断裂、风格转换、挑战性的错位来决定,它们这样一来就引导机敏的观众触摸到潜层的文本。"②王尔德这种不借助激烈冲突的剧情,而是模拟日常生活,靠读者(观众)的细致用心来体会戏剧意蕴的新手法,非常接近中国戏曲那种"缺省"的艺术风格。他与梅特林克、契诃夫等戏剧家一起引领了现代戏剧的变革。此后,抒情剧,静态剧、社会问题剧直到荒诞剧,都可以在某种程度上称为"缺省"的戏剧,其中的台词也都与中国戏曲中的曲词有功用相通之处。

剧中的两对年轻人,一方面不失轻浮,另一方面也在懵懵懂懂之中,渴望做一个认真的人。至于他们到底有没有这样的希望呢?这出戏的副题是:一部写给正经人的无聊喜剧——喜欢在间性的钢丝上跳舞的王尔德,把这个问题交给了读者。只要我们打开心灵,寻找通向剧中丰富的"缺省"的道路,就会找到自己的答案。

二、从《认真的重要》反观《西厢记》之"曲"的功能

在《认真的重要》中,大量悖论性的语言产生了微妙的多义性,使语言具有弦外之音和多样性内涵,在语言周围形成张力丰厚的能量场。有时人物的对话看似游离于故事情节,比如格温多琳和

---

① 《认真的重要》对社会现实的反映,有许多学者都已指出。如:李元:《浪荡子的狂欢——简论〈认真的重要〉中奥斯卡·王尔德对传统的颠覆与重构》,《四川外语学院学报》2007:(01);刘思元:《从"食欲"到"餐桌礼仪"——论〈认真的重要〉中的喜剧性》,《外国文学》2013(03);等等。

② [英]Richard Allen Cave, *Wilde's plays: some lines of influence*,[英]彼得·拉比编:《剑桥文学指南:奥斯卡·王尔德》,上海外语教育出版社,2001版,第224页。

赛茜丽"面包和糕点"之争。"在这种情况中语言的叙事遭到了颠覆，更遑论模仿功能。"①有时行动与语言是错位的，比如两位男主人公"吃松饼"的动作，对应的戏剧语言是，赛茜丽对格温多琳说："他们一直在吃松饼。这看起来像是有悔恨的意思。"②把本不相干的戏剧动作与语言陌生化地并置在一起，隐喻着所谓"认真"的荒谬。这种"不对应戏剧行动"的语言，提醒我们反过来重新阅读《西厢记》，特别是对其中"曲"的功能做出新的探索。

王国维把从叙事到代言的转变作为真正戏剧产生的标志，认为"元杂剧于科白中叙事，而曲文全为代言"。③ 但何为代言，他并未进行具体阐释。我们理解为由演员扮演不同的戏剧角色，而不像之前只是滑稽表演或演绎一段故事。

在南戏中，已经一共有 7 类角色，采用曲、科、白相间的多种艺术手段表现剧情和矛盾。不同艺术手段在戏剧剧本和舞台演出中都有不同的作用。"如果说元杂剧中的曲文主要为抒情而设，是为了揭示人物内心活动，抒发情感，那么说白的主要作用则是叙事和插科打诨。"④因其与诗词的密切相关，曲主要的功能通常被认为是抒情。

选择曲作为我们研究的对象，一是因为曲在一个戏曲剧本中所占的篇幅是相当大的，在剧本阅读和剧场演出中都是重要的一部分；二是因为，与西方的戏剧相比，曲是中国戏曲最为具有特色的一个部分。《西厢记》更是体量巨幅，曲词繁复。对《西厢记》中

---

① 张介明、高建宏:《王尔德戏剧的现代阐释——论王尔德戏剧的继承和创新》,《盐城师范学院学报》(人文社会科学版),2008(01):80—86。
② 奥斯卡·王尔德:《认真的重要》,《王尔德全集》第 2 卷,马爱农等译,北京:中国文学出版社,2000 年,第 63 页。
③ 王国维:《宋元戏曲史》,北京:团结出版社,2005 年,第 83 页。
④ 么书议:《中国戏曲》,北京:北京出版社,2017 年,第 133 页。

曲的功能的探索,也会对古典戏曲的相关问题的研究有所助益。

(一) 曲在《西厢记》中的多层次功能

在《西厢记》中,曲的功能并不仅仅局限于抒情,而是起到较多不同层次的作用。下面举例分析《西厢记》中曲的多层次内涵和功能。

1. 以曲叙事、写景和抒情

一首曲之中,单纯或纯粹的叙事或写景是较少的,往往在叙事的同时,就有写景,写景的同时,也在抒情。尤其是写景和抒情,常常密不可分,融会成意境。

如第一本第一折,老夫人唱的[赏花时]一曲:"夫主京师禄命终,子母孤孀途路穷。旅榇在梵王宫。盼不到博陵旧冢,血泪洒杜鹃红。"[①]前两句交代故事,是叙事。后一句叙事中就有情景。接着,莺莺在红娘陪同下来到前庭,也唱了一曲:"可正是人值残春蒲郡东,门掩重关萧寺中。花落水流红,闲愁万种,无语怨东风。"于叙事和写景中也自有伤春之情蕴含其中。

写景和抒情高度融合而成的意境,正是元曲戏剧文学深为后世所赞叹之处。

2. 以曲塑造人物形象

《西厢记》有诸多显著的艺术价值。比如塑造了具有鲜明性格的主要人物形象。首先,"剧中的张生确立了中国古代小说戏曲爱情故事中痴情的多情多感多愁多病的书生形象"。[②] 其次,"聪明、伶俐、热心、正直的丫鬟红娘,成为一种重要的人物类型,影响着后

---

① 王实甫著,金圣叹批评,陆林校点:《西厢记》,南京:凤凰出版社,2010,第36页。
② 李简:《元明戏曲》,北京:北京大学出版社,2003年,第57页。

来的创作与生活"。① 而莺莺更被金圣叹认为是整个戏曲的中心
人物。除去科白,曲在这出戏中是塑造人物的重要手段。

以张生为例。张生在第一本第一折初次上场后接连唱了[点
绛唇]等十数曲。通过"游艺中原""棘围呵守暖,铁砚呵磨穿……
受了雪窗萤火十馀年"等句子,向观众交代了张生的过往和志向。
但苦读而尚未能应试成功这些信息,并不足以刻画张生的人品。
所以金圣叹指出,在紧接着的[油葫芦]和[天下乐]二曲中,借张生
眼中所见黄河景观的壮阔,让读者体会到张生高远的人品。正是
因为张生不能自己言说自己的人品,在这一折中也不可能有通过
科白表现他人品的语境,乃通过曲中的景色描写实现这一目的。
读者如果对戏曲这种含蓄表达的方式不了解,那么其中"缺省"的
内容,就不能以这种不言而喻的路径,从作者到达读者。

3. 以曲表现人物心理或烘托氛围

如第一本第四折,张生为了看莺莺参加追荐崔相国的道场,起
始两句为"梵王宫殿月轮高,碧琉璃瑞烟笼罩",是以张生的口吻写
他目中所见,但月轮高挂,做法事的主持与和尚一个都没有来,张
生却早早赶去了,这也是在写他急不可待的心理。后面写众僧都
来了,[驻马听]唱"法鼓金铙,二月春雷响殿角;钟声佛号,半天风
雨洒松梢。"也是以齐全和热闹的氛围,衬托因莺莺未到,张生无比
焦灼的心情。曲中对爱情心理的反复、细腻的表达,既是推进情节
之必须,也引发读者的情感共鸣,更让读者体会到张生对莺莺产生
的爱情之深厚,非一般的偷香窃玉可比,对塑造人物性格也至关
重要。

再如,《哭宴》一折中,莺莺在[脱布衫]一曲中唱:"下西风、黄
叶纷飞,染寒烟、衰草凄迷,酒席上斜签着坐的。"是写莺莺看到的

----

① 李简:《元明戏曲》,北京:北京大学出版社,2003 年,第 60 页。

当时景色,当时众人坐席的状貌,也是通过写景选用的词汇和色彩,烘托笼罩别离之人的悲凉气氛。

(二) 通过对"文化缺省"的复原,判断曲对戏剧效果的作用

以上一般性地分析了《西厢记》中曲的多层次内涵和功能。需要注意的是,对不同读者来说,对剧中曲所包含的"缺省",其阅读中复原的过程也有差异性。

1. 研究者对"曲"功能的不同评价

不同的读者(研究者),对《西厢记》评价不同。

以共时性的读者来说,比如:"文者见之谓之文,淫者见之谓之淫耳"。再比如,曲中有诸多化用前人诗词的典故,没有这种知识储备的一般观众,可能只是比较多地感受到曲之美和曲对剧本中人物情感的渲染;而对这些经典诗词作品了然于胸的读者,就会主动调动相关的联想来复原对前一类读者来说并不存在的"缺省",对剧本的意境体会就更复杂深刻。

以历时性的不同读者来说,由于《西厢记》对后续中国戏曲、小说及诗词文赋的深远影响,它本身就成为一个文化符号。例如读到《红楼梦》中宝黛共读《西厢》的情境,我们就会自然而然地联系《西厢记》的思想内容,来复原这个情境中"缺省"的内容,助益我们对《红楼梦》中这一情节的理解。再如,十里长亭送别时,莺莺所唱的[端正好]:"碧云天,黄花地,西风紧,北雁南飞。晓来谁染霜林醉,总是离人泪。"金圣叹的点评为:"绝妙好辞。右第一节。恰借范文正公'穷塞主'语作起。纯写景,未写情。"金圣叹认为,莺莺接下来在[滚绣球]中所唱的"恨成就得迟,怨分去得疾。……""此'迟''疾'、二句方写情。"① 而我们今天却会认为这第一句明写自

① 王实甫著,金圣叹批评,陆林校点:《西厢记》,南京:凤凰出版社,2010,第 175—176 页。

然景物,暗中却寄寓着深秋别离不舍之情,恰恰是因为《西厢记》中的这一句已经成为经典性的符号,化为后续古典文学中我们用以复原其"缺省"内容的文化符码。"纱窗也没有红娘报""多愁多病身""倾国倾城貌""多情早被无情恼"等句子也都有类似的符号化进程。

可见,曲的内涵和功能不仅是多层次的,而且由于时间长河的冲刷,其"缺省"所对应的"交际双方在交际过程中对双方共有的文化背景知识的省略"也是一个变化生成的过程。

对曲的讨论,在中西戏剧比较领域,已有不少成果。例如,在《比较戏剧学——中西戏剧话语模式研究》中,对内系统(剧中人物之间)与外系统(演员与观众之间)的区分是特别富有启发性的创见。确实,"曲辞是按照一定曲律写、唱的剧诗,叙事、抒情、写景,几乎全是陈述性言语"。[1] 但是,与西方展示性戏剧的"对话"相对,把包含大篇幅曲写作和演唱的中国戏曲定位为"叙述"风格,认为"诗歌功能附属于外交流系统中的叙述性话语"[2],"曲是叙述性的,……这就决定了戏曲话语的叙述特色"[3],也确实忽略了话语的抒情性。如果说中国戏剧是"曲本位"的,那么,"抒情话语才是中国戏剧的最重要部分"。[4]

上述两位学者,都依据对戏曲中曲的"文化缺省"的复原,提出了自己的创见。事实上,一般来说,曲在戏曲中承担的作用是相当丰富的。叙述、抒情、写景、心理描写、塑造人物形象、烘托氛围等

---

① 周宁:《比较戏剧学——中西戏剧话语模式研究》,上海:上海社会科学院出版社出版,1993年,第80页。
② 周宁:《比较戏剧学——中西戏剧话语模式研究》,上海:上海社会科学院出版社出版,1993年,第12页。
③ 周宁:《比较戏剧学——中西戏剧话语模式研究》,上海:上海社会科学院出版社出版,1993年,第80页。
④ 何辉斌:《戏剧性戏剧与抒情性戏剧》,北京:中国社会科学出版社,2004年,第17页。

等不一而足。而读者(观众)能读(体会)到的,究竟是情景还是事件、人物或是思想,在他们心中唤起的是逼真现实的再现幻觉,还是艺术梦境的美轮美奂,就是由戏曲促发不同观众意识到的戏曲中不同的"缺省"所决定的。

　　2. 曲对戏曲艺术效果的达成助生作用

　　进一步的问题是:中国戏曲缺少对话,有大量的曲词,是否影响戏剧的艺术效果呢?

　　上述两位学者,都从自己的研究路径出发,对中国戏曲艺术效果提出了含蓄的批评。周宁先生不无遗憾地指出:"月下联吟,却有墙里墙外之隔,不仅戏曲体制限制了对话,具体动作的场景也阻碍对话……"①何辉斌先生认为,中国戏曲采用抒情的话语模式。不是将抒情性纳入到戏剧话语之中,而是不管什么样的人物都唱得出很抒情的曲子;越是在关键时刻,越是喜欢抒情。"常常置抒情性于戏剧性之上。……从代人立言的角度来说,抒情性越强的文本离人物的真实话语的距离就越远。"②

　　《认真的重要》给了我们新的启发。事实上,就西方戏剧本身而言,对何为戏剧性的理解也是在不断发展变化的。"自亚里士多德以来,戏剧理论家将戏剧中出现叙事特征看作一种耻辱。" 到19世纪,易卜生、斯特林堡,特别是布莱希特,又将戏剧转向叙事性;而梅特林克提出的静态剧,用情境的范畴来替代情节的范畴。正如戏剧性的内涵是不断变化的,不同历史文化语境中的读者,对艺术效果的体会,对艺术形式的选择,必然也是有所差异的。中国古代社会,是礼仪和情义的社会——肝胆相照、一言九鼎。通常并

---

① 周宁:《比较戏剧学——中西戏剧话语模式研究》,上海:上海社会科学院出版社出版,1993年,第27页。

② 何辉斌:《戏剧性戏剧与抒情性戏剧》,北京:中国社会科学出版社2004年,第22—23页。

不通过长篇大论或激烈的行动来交流思想和感情。

在中国古典戏曲中,曲不仅仅在于抒情;也不仅仅等同于作者的声音。人物说得少,不等于读者体会得少。曲助力戏曲所形成的,恰恰是当时的作者所追求,为当时的观众所欣赏的那种含蓄蕴藉的艺术魅力,因此,中国的戏曲相比西方的戏剧,更是一种"缺省"的戏剧。那么,对现在的读者来说,文化模式已经有一定的变异,相对来说更需要读者去复原其中缺省的戏剧情境和语境。综合以上论述,我们感觉,对戏剧效果的判断,如果有意识摆脱五四以来受西方影响的戏剧阅读经验,尝试跨过时间之流,去还原古典戏曲文化或情境的"缺省",也许能够找到体味戏曲魅力的新路径。

曲的篇幅多,对话成分少,不仅仅是由于"议而不辩"的士人传统。有时是因为在当时社会的礼法制度秩序,男女授受不亲,大家闺秀本来就没有与外人(特别是青年男性)说话的合法性;有时是由于戏剧中的情境所迫。正如金圣叹所言:"一则在太君前,不可得语也;二则僧众实繁,不可得语也;三则贼势方张,不可得语也。"①值得注意的是,在第四本第四折《惊梦》中,以梦境的方式,出现了几个回合张生与莺莺的对话。即使是夫妻,这样情真意切的对话也是在梦中出现,方无伤大雅。因此,主人公之间不对话,而是以曲的方式交代人物身世、传达情感和心理活动,观众不但不会觉得是对戏剧效果的阻碍,反而是相当认同这种表达方式的。

另外,以一首连着一首的曲词,来淡化情节中可能违礼的部分具有的伦理冲击力,并通过曲的延宕,恰恰加强了读者或观众那些无处说、也不会说的情感被作者言说出来时的喜悦和痛楚。这样的宣泄和净化也是为读者或观众所喜爱的。正是就这一点而言,在中国古典戏曲中,曲对艺术效果的作用,就与布莱希特在他的史

① 王实甫著,金圣叹批评,陆林校点:《西厢记》,南京:凤凰出版社,2010年,第71页。

诗剧中欲打破第四堵墙所达成的演员与观众的隔绝是一致的。这可能就是中国戏曲对布莱希特的启发作用吧。

进一步地说,曲作为演员对观众说话的载体,是一边唱一边让读者自己体会其中含蓄("缺省")的部分,而不是把作者规定好的对话、性格、情节发展强加于读者。"由于观众自身条件的不同,他们欣赏戏曲的切入点是不一样的。"[①]在剧场,是"听戏""看角";读剧本时,则"作者用一致之思,读者各以其情而自得"。[②] 与诗是作者的声音不同,曲实乃人物、作者、读者三方面之间的对话,而且这对话是可以无限往复的。其中对读者的尊重,留给读者的空白,不亚于后现代的读者反应理论。这就是曲在它的时代,不但艺术效果是好的,而且深受读者和观众喜爱的原因。复原这一点,有助于对中国古典戏曲中"曲"的功用,及戏曲的艺术成就作出合理的判断。

三、生存境况的隐喻:《认真的重要》与《西厢记》的交互映照

何为戏剧性? 不论是西方还是中国,对戏剧性内涵的理解,显然是随着戏剧史的发展在不断变化的。戏剧性显然也不仅仅与艺术性相关。因为戏剧的变革,往往是率先吹响了时代文化思想变革的号角。"所谓先锋派,就是自由。"[③]

可以称之为经典的作品,总是"同时具有相对不变的'经典性'与变动不居的'经典化'两方面"。[④] 好的作品必然在变动不居的

---

① 施旭升:《中国戏曲审美文化论》,北京:北京广播学院出版社,2002 年,第 123 页。
② 王夫之:《诗绎》,见《姜斋诗话笺注》,上海:上海古籍出版社,2012 年,第 5 页。
③ 周靖波主编:《西方剧论选》(下),北京:北京广播学院出版社,2003 年,第 615 页。
④ 傅守祥等著:《外国文学经典生成与传播研究》·第一卷:总论卷,北京:北京大学出版社,2019 年,第 25 页。

审美形式之中,蕴含着对人的生存境况的隐喻。"他们一直在吃松饼,那仿佛是一种忏悔。"赎罪的概念遭到了嘲讽,重生的主题也遭到了戏仿。承继着歌德伴随浮士德精神所提出的浮士德难题,对西方文化在失去基督教超越之维约束后的传统崩坍而言,王尔德《认真的重要》不失为一种预言和寓言。他对时代伦理变迁的敏锐感知,对人的自我实现与伦理边界冲突问题的大胆表现,预示着个人主义一路绝尘,终于从尼采的超人走到了艾略特《荒原》上的空心人,人们成为《局外人》,唯余《等待戈多》的前景,这不需赘言。

这里想深入分析一下《西厢记》中所描写的宇宙洪荒中的人的境况。

为最后一出"愿有情人终成眷属"的美好愿望所遮蔽,《西厢记》第四本第四折《惊梦》中的哲理意味,没有得到足够的关注。《惊梦》写张生与莺莺分别后,在路上梦见莺莺前来探望他。情节并不繁茂,但由曲词构建的整出戏的意境,却似真似幻,迷离悲怆。给大团圆结尾覆盖上一层寓言般的面纱。

我们不妨联系剧中的"墙"来解这场梦。首先,墙是剧情中实在存在的墙。其次也可以理解为封建礼教的象征。"张生跳墙,实际上是跳越封建礼教的藩篱,甘冒封建礼教之大不韪。"①

另外,还可以理解为男女主人公心理之墙。一旦突破了性禁忌,曾被男性追求的女性,似乎就有失去主动性的危险,不得不为前途未明的未来感到担忧。显然,《西厢记》主干情节中老夫人与年轻一代的矛盾冲突之下,两性问题也暗含其中。"性别的博弈之重要性以及人性内涵,其实要远远超过两代人的博弈。"②

而最妙的就是张生这一梦。不但是在人与人之间,就每个人

① 蒋星煜:《〈西厢记〉研究与欣赏》,上海:上海人民出版社,2009年,第228页。
② 傅谨:《中国戏剧史》,北京:北京大学出版社,2014年,第54页。

个体来说,在现实与理想之间,在求相聚与勤分离之间,如飘蓬无法自处的人生境况,那仿佛无形的墙一般的命运,正是这出喜剧底子里的悲剧色彩。"日常生活中存在一种悲剧因素,它远比伟大冒险中的悲剧更真实、更强烈,与我们真实的自我更相似。"①而于生活中的某一刻,如同灵感降临,忽然觑见这生存的本质以后,我们还会回到日常生活的轨道上来,热热闹闹地追求自己想要的生活。

金圣叹曾用"生"和"扫"概括《西厢记》的总体精神:"今夫一切世间太虚空中,本无有事,而忽然有之。如方春本无有叶与花,而忽然有叶与花,曰生。既而一切世间妄想颠倒有若干事,而忽然还无。如残春花落,即扫花;穷秋叶落,即扫叶,曰扫。……盖《惊艳》已前,无有《西厢》,无有《西厢》,则是太虚空也;若《哭宴》已后,亦复无有《西厢》,无有《西厢》则仍太虚空也。此其最大之章法也……"②

可见,正如王尔德已经看到了人生欲认真而不能的荒谬虚空;金圣叹也已然看到了《西厢记》并不仅仅是喜剧,也不仅仅是反映爱情,或者女性的问题,而是迫近了个人的存在状况和价值有无的命题。由"生"至"扫",而其间有苦有笑,有爱恨嗔怒,有喜悦悲伤,这种状态就是《庄子》所认识和表达的人生状态:真实假装。"所谓'真实假装',就是在别人哀号的时候,发自真诚地嚎啕大哭,而不是'成为'那个哭的人——也就是说,不要从本体身份上变成哭的人。"③从这个意义上来说,不正经就是认真;曲就是墙。那似有若无的墙,似真似幻的梦,那曲词所通往的无限广阔、悲欣交集的世

① 梅特林克:《日常生活的悲剧性》,见何辉斌、彭发胜编著:《艺术学经典文献导读书系·戏剧卷》,北京:北京师范大学出版社,2010年,第126页。
② 王实甫著,金圣叹批评,陆林校点:《西厢记》,南京:凤凰出版社,2010,第143页。
③ 汉斯·格奥尔格·梅勒、德安博:《游心之路:〈庄子〉与现代西方哲学》,郭鼎玮译,北京:北京联合出版公司,2019年,第186页。

代的河流——既是主人公的,也是读者自己的。一如那不可回头,又无限循环的生命和物象。

第二节 "全子主体性"与认知主体的有无

　　不论是《认真的重要》作为王尔德最为成就独特的戏剧作品,还是金圣叹对《西厢记》极具才情的点评;不论是中国新青年对唯美主义和王尔德的欣赏和接受,还是爱尔兰新青年王尔德对《庄子》的欣赏和接受,都呈现出一种共同的双重性:一方面是认知主体身处社会文化环境制约中的不自由,另一方面是认知主体充分发挥了自由意志、自我归类后的判断和选择。而这两方面又是在共存中不断变化的。"在现代人看来真正优秀的叙述作品,主体都出现分化,叙述语主体的各个部分(隐指作者、叙述者、人物等)都不愿服从一个统一的价值体系。可以说,主体不和谐是优秀叙述艺术的普遍规律。"[①]这就启发我们思考后现代以来关于主体性的问题。

　　我国学界关于主体性问题的讨论大抵经过三个过程,分别是20 世纪 80 年代以朱光潜、李泽厚、刘再复为代表的人文主义主体概念;20 世纪 90 年代以阿尔都塞、福柯、克里斯蒂娃和拉康的"符号界"为代表的后结构主义"空缺主体"概念;米勒/齐泽克模式的"感性主体论"[②]。这三种主体性显然并不是一个不断向上进步的程式,那么,是不是一个后者取代前者的必然过程呢? 还需指出的

---

① 赵毅衡《反讽时代:形式论与文化批评》,上海:复旦大学出版社,2011 年,第 142 页。
② 周小仪、张冰主编:《外国文论研究》,《新中国 60 年外国文学研究》第 4 卷,北京:北京大学出版社,2015 年,第 72 页。

是,这三个过程,基本都是援西释中,特别是后两个过程,几乎缺失了对东方哲学文化的包含。

在后结构主义揭穿了形而上的抽象主体并不存在这一秘密之后,人的作为主体的认知自由、认知意志、认知能力都坠入一种被怀疑、被证伪的状态。这种状态不仅对于以儒家文化为根基的中国文化来说,可能带来冲击和翻转的心理不适感;对于西方古典哲学和理性价值观更是一种根本的颠覆。如果无法反驳这种釜底抽薪式的主体性认知革命的学理内涵,一个连自我认知都成为问题,成为镜像投射的人或人类,还有快乐和自我可言吗?

即使是"感性主体论",给人或人生的最高价值阈限也不过是快感——活着并且消费,在消费中活着——有无精神愉悦不可证,因为"心"和"意"都是不自主的,唯余手口耳目——食色欲也。这与中国及世界的实际生活状况,与实际的社会文化及人的精神活动的状况都是不相符的。实际上,拉康或福柯等思想者也是作为认知主体用文字写出了他们的思想,并为读者阅读并理解和思索的。

"愚人船很可能是朝圣船。那些具有强烈象征意义的疯人乘客是去寻找自己的理性。"①后现代思想家指出人的不自由,或者说指证自由主体、自由意志是一种假象,本意在于去伪求真、在于释放被压抑的人性——特别是反常独特的边缘人,结果却走上否定理性和人类未来的道路——"人将被抹去,如同大海边沙滩上的一张脸。"②福柯关于人将被抹去的预言,对人类的大多数而言并非什么福音,也凸显了后现代思想长于解构而缺乏建设性价值的

① 米歇尔·福柯:《疯癫与文明:理性时代的疯癫史》,刘北成、杨远婴译,北京:三联书店,1999年,第7页。
② 米歇尔·福柯:《词与物:人文科学的考古学》,莫伟民译,上海:上海三联书店,2016年,第392页。

问题所在。

对比王尔德的那段关于美的名言:"只有美是时间无法伤害的,各种哲学像沙子一样垮掉了,各种宗教教条接二连三地像秋天的树叶般凋零,唯独美的东西是四季皆宜的乐趣,永恒的财富。"①虽然唯美主义也产生于传统式微的文化背景中,但王尔德对美和艺术的张扬,其根基仍是人本的。与中国古代反求诸己、格物致知的思想一样,对超越现实和提升生命质量是有信心和追求的。

具身认知观点的提出,充分说明后现代主体论的片面性。在强调人对自我和世界的认知被社会文化建构的同时,也不能忽略人作为认知主体的主动性和反向作用。那么,有没有第四种主体论的可能,或者说关于主体性有更具实践性的一种表述? 受认知科学新观念启发,我们尝试提出"全子主体性"——以"整体-部分"的方式存在并处于不断涌现和演化中的主体性,来指称当下文化阶段的主体性状态。

一、快乐比悲伤更深沉——提出第四种主体性概念的必要性

王尔德与尼采思想的相似性,多次被表述过。相对于在思想史上被忽视的王尔德,尼采可谓西方思想史通向后现代的一个转折点。尼采的超人哲学,是人的主体性的高峰,也是陨落的开始。"超人的允诺首先意味着人之死。"②而毫无疑问,尼采的本意是追求一种更为本真和强大的主体精神面貌。我们对提出第四种主体

---

① 奥斯卡·王尔德:《英国的文艺复兴》,《王尔德全集》第 4 卷,杨东霞等译,赵武平主编,北京:中国文学出版社,2000 年,第 25 页。

② 米歇尔·福柯:《词与物——人文科学的考古学》,莫伟民译,上海:上海三联书店,2016 年,第 347 页。

概念必要性的论述，就从尼采开始。

尼采在《人呵，倾听！》①中反复强调，快乐比忧伤更深。该如何理解这个"更深"？原诗如下：

> 人呵，倾听！
> 倾听深邃午夜的声音：
> "我睡了，我睡了——，
> 我从深邃的梦里苏醒：——
> 世界是深沉的，
> 比白天想象的深沉。
> 它的痛苦是深沉的——
> 而快乐比忧伤更深：
> 痛苦说：走开！
> 但一切快乐都要求永恒——，
> ——要求深邃的、深邃的永恒！"

尼采反对规避人生悲剧本相的浅薄的乐观主义，也鄙视面对悲剧束手就擒的悲观论者，而是提倡在认识到生活狰狞面目的前提下，保持强者的心态，通过艺术转化生存的悲剧底色。这就是他在这首诗中所说的深沉的快乐，深邃的永恒。这一对世界和乐观之深沉性的理解，与罗曼·罗兰所言"世界上只有一种英雄主义：便是注视世界的真面目——并且爱世界"②有高度的一致性。然而，特里林认为，从《堂吉诃德》和《汤姆·琼斯》起，小说就在跟英

---

① 尼采：《尼采诗集》，周国平译，北京：作家出版社，2012年，第46页。
② 罗曼·罗兰：《巨人三传》，傅雷译，合肥：安徽文艺出版社，1989年，第152页。

雄模式做斗争,"英雄就是看上去像英雄的人……英雄是一个演员"①,喜剧是对英雄的反动,英雄只存在于悲剧之中,现代主义文学的美在于对真实生活的关心、对其中具体平凡的人的关心。

从 19 世纪末到 20 世纪初,西方文化中人的英雄气概在文学中逐渐凋零,与此一致的是,作为认知的人的统一性和主动性的动摇和下降——在这场主体性的黄昏或者说落幕之中,拉康(1901—1981)、福柯(1926—1984)、德里达(1930—2004)、鲍德里亚(1929—2007)是特别有影响力的几位思想家。他们分别从主体与镜像、主体与社会机制(或规训权力)、文字(语音)与意义在场的动态延异以及消费社会拟像对人的无形控制等角度,否定了个体的独立内在性,认为人的灵魂甚至人的概念都是一种被创作物,不存在固定的主体的认识和形而上的真理及其历史。

拉康认为,"以为在主体中有个什么回应了现实的机制的东西"②,这样一种自我的理论是一个幻觉。自我并不居于感知-知觉体系的中心,也不是由现实原则组成的。孩子通过镜像确立"与他的身体、与其他人,甚至与周围物件的关系……在与他人的认同过程的辩证关系中,我才客观化;以后,语言才给我重建起在普遍性中的主体功能"③,主体是在一种外在性中获得的。

福柯说明了"长期以来规则是如何成为人们所思维、所经历、所说的东西(以及如何思维、经历和说)的认识论动力"。④"人更依附于观看、言说、行动和思考的方式,而不是所见、所思、所说或所做的东西。"⑤在一定的文化中,人被塑造成各种主体,权力的功

① 莱昂内尔·特里林:《诚与真》,刘佳林译,江苏教育出版社,2006 年,第 84 页。
② 拉康:《拉康选集》,褚孝泉译,上海:上海三联书店,2001 年,第 61 页。
③ 拉康:《拉康选集》,褚孝泉译,上海:上海三联书店,2001 年,第 90 页。
④ 汪民安等编:《福柯的面孔》,北京:文化艺术出版社,2001 年,第 11 页。
⑤ 米歇尔·福柯:《福柯文选 I》,汪民安编,北京:北京大学出版社,2015 年,236 页。

能替代了真理的指引。"自我不仅仅是一个既定之物,还是一个作为主体在与自我的关系中被建构起来的东西。"①在日益系统化的社会里,"我是一个他者"②。

德里达以异延、播撒、踪迹、补充等独创性概念,推倒言说真理的在场主体的权威。鲍德里亚认为,拟像已经取代了真实的世界。当"一个符号参照另一个符号、一件物品参照另一件物品、一个消费者参照另一个消费者",事件、历史和文化就会沦为伪事件、伪历史、伪文化;它们"不是产自一种变化的、矛盾的、真实经历的事件、文化、思想,而是产自编码规则要素及媒体技术操作的赝象。"③平面、共时性的多元化,使立体的、历时性的多元化变得不可理解,适合娱乐世界(比如游戏)中的审美道德标准与现实世界的伦理准则大相径庭。

我们想问的问题是,后现代思想家在他们广为传播的学说中,对作为人文和社会科学基础的人类学意义上的主体身份的消解,是否该对我们正身处其中的消费社会的失真担负一定的责任呢?爱德华·赛义德把福柯称为"学者与暴动者的矛盾混合",这些知识界的"恐怖分子",在向世界指出了权力规约的真相后,为什么没有把我们带向他们所向往的审美性自由存在状态,而反而使我们沦为物、沦为拟像的奴隶,几乎丧失了黑格尔寄望于分裂意识之后的个体的进步与发展呢?

当真实的自我、真实的人类,以及疯癫与正常的区分都被定义为古典主义的幻相,固定的与真实的都作为本质主义的被颠覆了;在人类互动的过程中,人格统一、人际信任、自我建构、价值观等心

---

① 米歇尔·福柯:《福柯文选 III》,汪民安编,北京:北京大学出版社,2015 年,190 页。

② 德勒兹:《哲学的客体:德勒兹读本》,陈永国、尹晶主编,北京:北京大学出版社,2010年,第 249 页。

③ 鲍德里亚:《消费社会》,刘成富、全志钢译,南京:南京大学出版社,2000 年,第 135 页。

理特质又在何处觅得立足之地呢？那是不是从人的主体性的角度来说，提前为消费社会用现实物的符号来取代现实本身创造了条件呢？当人放弃对主体性的言说，是不是只能受到物的包围，欲望着他者的欲望？

因此有必要回到我们之前的问题上去，从人文主义主体概念到后结构主义"空缺主体"概念再到"感性主体论"，对人类关于主体性的认知来说，是不是一个后者取代前者的必然过程，或者说一个不可逆的线性进程呢？这个问题表明，当拉康、福柯、德里达等后现代思想家试图分解先验的、抽象的、本质主义的概念及理式的时候，需要我们在理解他们的思想的时候，格外谨慎。如果我们把他们的观点理解为新的真理，那就使得这些后现代思想家的思想变为他们所批判的那种固定不变的僵死的中心。他们的思想，都是人类历史进程中关于主体性这一问题的一种学理性的探讨，未见得与现实存在的实践中的人和历史一一对应，如果人及其实践的历史还现实存在的话。

当福柯说他自己与萨特那一代学者已经完全不同的时候，他自己就是这样一个人类历史中的实践主体，而我们也是作为同样的人理解他这句话的含义的；因此，"福柯说的是，概念的人是虚无的，不是指你我是虚无的"。[①] 拉康的镜像理论虽然极具说服力，但正是由这个独一无二的拉康本人而不是什么别的人思考并提出的；哈贝马斯提出的交往关系并不是乌托邦，而是人类，真实社会的人类中必须也必然的行为。在这个意义上，我们理解德里达所说的"把解构定义为一种肯定性的思考"[②]，思想的疯狂暴动正是

---

① 汪民安等编：《福柯的面孔》，北京：文化艺术出版社，2001年，第120页。
② 德里达：《一种疯狂守护着思想——德里达访谈录》，何佩群译，包亚明校，上海：上海人民出版社，1997年，第140页。

为了守护思想,而不是否定人思想的可能性。并不是要把"意义、理想性、对象性、真理、直观、知觉、表达、主体、伦理"等清除为零,而是要打破以本原、中心、绝对真理的在场为出发点的哲学或认知理式的规定,在差异和相互交织中去体验无限多意义的可能性。

某种程度上来说,人类历史就是在这种共同体的建立和交流中,通过法律或契约(也是随着生产力发展不断改变的),实现了社会的治理和文化的累积。人生代代无穷已,词不逮意,道不可道——洋葱没有内核,又如何? 本真世界和本源真理永不可见,并不妨碍人积极地生活或思考。这么说来,镜像、规约、延宕,在人类历史中古已有之,端看人如何面对。如果将无根基性视为对生命的否定和价值的缺失,就会生发疏离、失去信心、堕入虚无主义,无根基性本是为了消解本质主义,对无根基性作以上这样的理解,却好像刚好相反地呈现出一种没有本质就没有价值的思路。那么,不但是哲学,伦理和政治也会陷入困境。

二、中国古典思想对"全子主体性"概念的启发与促生

我们还要特别强调,中国古代精神财富对促成"全子主体性"概念生成的宝贵作用。中国古典文化中的人文精神与宇宙意识,不仅仅是中国的古典遗产,更是世界文化中的宝贵财富。

虽然人神同形同性的特点,使得古希腊神话中的神具有人的七情六欲,这是它人本主义的所在;但外形与性格的不能区分,也使希腊神话中的人处于被命运左右、被对人类不具善意的神作弄的境况。在古希腊神话中,英雄是由血统决定的,半人半神才是英雄。英雄与人都逃不脱神谕的掌控。只有在对命运的抗争中表现出人的意志和力量。

与古希腊神话较早摆脱兽形阶段不同,中国上古神话,"具有

相当鲜明的人兽同体特征。"①例如《山海经》中的西王母"其状如人，豹尾虎齿而善啸，蓬发戴胜"，伏羲、女娲，都是腰以上为人形，以下为蛇或鳄龙体等等。但是，中国神话很快就有了"帝"的概念和秩序的意识，在皇帝与炎帝的战争中，各种具有异能的奇兽已经处于人的控制之下，为人所用。胡适在《白话文学史》中曾认为，古代的中华民族是朴实的民族，需要时时与大自然斗争；确实，在大禹治水、女娲补天、后羿射日等神话传说中，这些大神的共性是爱人的，消除自然灾害为人类谋福利的。

"在中国文化史上，由孔子而确实发现了普遍的人间，亦即是打破了一切人与人的不合理的封域，而承认只要是人，便是同类的，便是平等的理念。"②孔子以"未知生，焉知死"的明确态度，将人思考和努力的领域作出界定，无疑对促进中国文化的人文精神的成熟发挥了决定性的引领作用。子不语怪力乱神，某种程度上来说，可以与康德对人类精神领域的划分相类比。划分出人类可以行走于其间的实践领域，通过"礼"将人与人的关系作为文化的核心基础，使得中国传统文化摆脱了对神的依附，走上依靠人的力量，建立清明政治秩序和自我精神修炼的道路。对"克己复礼"和"仁""义"的推崇，无疑对作为集体的民族整体文化续存是十分有益的。

18 世纪法国启蒙思想家对中国所作的文学想象与文化利用，也可以从反面来说，经由启蒙思想借鉴生发的中国理性人本文化，自此融入了西方思想史，对脱离基督教彼岸幻想的西方文化精神起到了一定的助益作用。可以推断，唯美主义及颓废主义浪荡子们的无所事事，不仅不是消极宿命观，而恰恰是经由启蒙运动、浪

---

① 谢选骏：《神话与民族精神——几个文化圈的比较》，济南：山东文艺出版社，1986年，第 98 页。
② 徐复观：《中国人性论史》，上海：华东师范大学出版社，2005 年，第 41 页。

漫主义以后,对追求更为合理的人的生活的一种别样的表现方式。可以参照白璧德对卢梭的理解——"他拒绝调整自己的幻想以适应自己所厌恶的现实……他实际上是无法适应者中一个最优秀的典型,这些不适应者都是具有独创性的天才,他们的想象从来没有受过内在的或外在的限制"①,来理解这些浪荡子和他们的代表人物之一王尔德。因此,儒家精神的现代性问题,不仅是中国的问题也是世界的问题②。

在中国历史上,道家、墨家、法家、佛教的思想虽有各自的影响,但并未成为中国文化的主流。但是,原儒以"人人有贵于己者"与"己欲立而立人,已欲达而达人",在"为己"与"为人"两方面并重的伦理价值观,在后代儒家尤其是宋明理学的发展中被改变了,越来越倾向于以群体认同压抑个体生命需求。在近现代中西文明冲突中,儒家文化因漠视个体生命的存在而陷入困境,这是五四新文化革命发生,和中国现代文学家接受西方文学影响的内因。

在今天,《庄子》在精神层面对东西方世界的沟通越来越多地被认识到,甚至有的学者从时空相对的角度将它与现代物理学联系起来阐释,指出庄子以艺术眼光发现的道与物理学原理"具体的时间量度与光的传播运动和速度密切相关,当然也与事物、事件发生的位置及与观察者的距离相关"③是相通的。《庄子》中的时空

---

① 欧文·白璧德:《卢梭与浪漫主义》,孙宜学译,石家庄:河北教育出版社,2003年,第45页。

② 参见:哈佛燕京学社:《儒家与自由主义》,北京:北京三联书店,2001;唐文明:《与命与仁:原始儒家伦理精神与现代性问题》,保定:河北大学出版社,2002;欧文·白璧德:《卢梭与浪漫主义》,孙宜学译,石家庄:河北教育出版社,2003;哈弗燕京学社:《儒家传统与启蒙心态》,南京:江苏教育出版社,2005;哈弗燕京学社:《波士顿的儒家》,南京:江苏教育出版社,2009;杜维明:《儒家传统与文明对话》,彭国翔编译,北京:人民出版社,2010等。

③ 胡晓薇:《道与艺——〈庄子〉的哲学、美学思想与文学艺术》,成都:巴蜀书社,2015年,第24—25页。

观和宇宙意识值得更多的关注和重视。

必须指出的是,作为哲学和思想史上的《庄子》,与孔子所代表的儒家并非截然对立。当我们对比《庄子》与儒家学说的差异时,会比较多地强调儒家对社会现实的投入,以及礼乐育人思想对道德规范的树立;这容易引导我们得出《庄子》是翱翔于自由之书,而儒家是规约于礼教之束缚的结论。这种理解并不客观全面。

例如,《大学》的精神核心——"明明德"和"新民",肯定了"人类道德理智天性中的共性,又证实了个人天性成长过程的重要"①,以及教育对个人和社会的重要性,对于实践中的人和社会来说,这确实是通往自由之路。《论语》中与"仁"相提并论的主题词,还有"恕",其中蕴含着相当丰富的人道伦理内涵。如果说"化"是在自我与他者之间的游走,"恕"又何尝不是?庄子更多关注的是个体自我的心灵自由,而孔子的自我修养更经常地与他者密不可分。

孔子在《论语》中,一方面,通过"士而怀居,不足以为士矣"激励学子树立社会和历史责任感;另一方面,通过"求之有道,得之有命"——通过"邦有道则仕,邦无道则隐"、通过进退、穷达、行藏等概念将真实世界与未知宇宙时空并存。"对主体自由与外在天命的双重确认,构成了儒家价值观的基本特点。"②

在著名的《子路、曾皙、冉有、公西华侍坐》一文中,孔子对"暮春者,春服既成,冠者五六人,童子六七人,浴乎沂,风乎舞雩,咏而归"的境界的由衷叹赏,其中人在自然万物中的自洽,给人留下了

① 狄百瑞:《〈大学〉作为自由传统》,《儒家与自由主义》,哈佛燕京学社,三联书店主编,北京:三联书店,2001 年,第 186 页。
② 张岱年、方克立主编:《中国文化概论》,北京:北京师范大学出版社,2004 年,第 310 页。

精神自由的空间。与《庄子》的无为思想也并非不相通。这种富于自由闲适的人生体验和美感，在儒家思想中并非仅此一例。[①] 故论及"天人合一"，并非庄子所独有，天地、四时和气等思想因子，在《易》经中更占据核心的地位。而《庄子》一书中，孔子作为书中的人物不断出现，有时被作为讥讽的对象，有时又摇身变为道家思想的演说者，有时作为点评者。"庄子和孔子是相对平等的学者与学者之间的关系，二人间的冲突则是由思想家与思想家间的分歧所引起的。"[②]

孔子从未把自己定义为一个知晓不变真理的指导者。论语《子罕篇》清晰地再现了孔子对自己局限性的坦承："吾有知乎哉？无知也。有鄙夫问于我，空空如也。我叩其两端而竭焉。"《庄子》中孔子形象的复杂性，形象地表明，"在先秦诸子之间，存在着一种学术思想在尖锐对峙中悄然走向兼容与合流的倾向"。[③] 通常来说，提及"道"，我们会自动与老庄思想作迅即的对接，需要补充的是，"道"在论语中也是一个多次出现的核心词汇，在孔子的思想中，对"道"的表述也具有至关重要的地位。

因此，这种过程感受性正是中国古代思想与西方的逻各斯中心哲学传统迥异之处。这样，吸收诸家之长，汉代大儒董仲舒才会形成他自己"天人合一"的思想体系。儒家与道家的道，其共同性在于，都是描述性的，处于过程流变性与永恒性之间——更多地内在于人性人心之中，较少具形于宇宙社会之中，或者说是在这两者之间的联系中去把握的。两者的区别在于，儒家的道是入世的、实用的、以人为出发点的；而"在道家的思想中，人不是万物的尺度。

---

① 比如，《礼记·学记》中有："不兴其艺，不能乐学。故君子之于学也，藏焉，修焉，息焉，游焉"，也强调自由快乐状态是学习的美好境界。
② 高庆荣：《〈庄子〉中"孔子"形象研究》，贵阳：贵州大学出版社，2021年，第122页。
③ 黄朴民：《天人合——董仲舒与汉代儒学思想》，湖南：岳麓书社，1999年，第1页。

人类是宇宙运行的一个因素或环节"。①

《庄子·齐物论》中关于彼我、是非的这一段论述正是这一思想的典型体现：

> 物无非彼，物无非是。自彼则不见，自知则知之。故曰：彼出于是，是亦因彼。彼是方生之说也。虽然，方生方死，方死方生；方可方不可，方不可方可；因是因非，因非因是。是以圣人不由而照之于天，亦因是也。是亦彼也，彼亦是也。彼亦一是非，此亦一是非，果且有彼是乎哉？果且无彼是乎哉？彼是莫得其偶，谓之道枢。枢始得其环中，以应无穷。是亦一无穷，非亦一无穷也……②

在《庄子》中，体察到区分的取消，并且自然而然地顺应物化的状态就是至人或圣人的"德"的状态。这种变化推及的极端就是客体的世界的混沌或消解。哲思以及思考的人模糊了，欣赏这一无中之有的圣人及其想象中的世界，对于儒家对人类世界的专注来说是个反拨；这反拨是否必然通向，或者说只通向审美的路径呢？

因此，《庄子》并非与《论语》截然对立，虽然孔子在《庄子》中有时被设立为讥讽的对象。庄子只是将人与宇宙万物共存的状态推到一种极致。通过对各种假象的盘查和揭穿，将各种流行的"真理"，作出了类似现象学的"悬置"。揭穿和悬置，并非为了证明主体的存在是一种谬误，而是一种直面各种预设限定的局限性并突破它，通过变容获得与宇宙共存的更为强大的主体的状态。因此

---

① 汉斯·格奥尔格·梅勒：《东西之道：〈道德经〉与西方哲学》，刘增光译，北京：北京联合出版公司，2018 年，第 75 页。

② 庄子：《齐物论》，见郭象注、成玄英疏：《庄子注疏》，北京：中华书局，2011 年，第 35—36 页。

对"有用"的否定,对"空"的接纳,是识解了"无"之后的"有",并不妨碍真实地生存,反而使生存更为有趣、有力,对主体而言不是损耗,而是增强。

这与王尔德唯美主义思想中对无用的推崇是契合的,也是王尔德接受和欣赏《庄子》的前提。王尔德提倡的无所事事并非无病呻吟,而是对工业社会大众化审美对艺术独创性冲击的一种回应,是与他与生活博弈、坚守自己艺术人生的理想不但不对立排斥,恰恰是共生并存的。所不同的是,二者达到生命本真状态的路径有异:庄子是要弃绝欲望,以消除痛苦,通过"虚无恬淡,乃合天德"达致贵己保真、万物群生的境界;唯美主义是要满足欲望,扩张到每一个瞬间,以实现个体生命的饱和度。

庄子感到一切都无时无刻不在变,主张"忘形""不位乎其形",但这种变不是消极的、摧毁的,反过来,"道者万物之所由也","凡得之者,外不资于道,内不由于己,掘然自得而独化也",正因为认识和接纳了这种瞬息之变,人能在内心独立于外物之羁绊,以虚静得逍遥。因此,对所谓庄子的"排仁义",可以作另一种解读:"他在掊击仁义之上,实显现其仁心于另一形态之中,以与孔孟的真精神相接,这才使其有'充实而不可以已'的感觉。这是我们古代以仁心为基底的伟大自由主义者的另一思想形态。"①

《庄子》中的这种"间性"——游走共存境界,不仅与王尔德的心理状态十分接近,而且可以以一种古典的高贵,与西方后现代消解人的主体性的思想形成对照。在这一对照中,也不能缺少必须与《庄子》作为中国文化语境中互文对象的儒家思想。在中国古代思想中,面对无序的世界本相,人所持有的从容与洒脱,无疑可以给后现代、后人类主义抹去人类的未来愿景提供另一种思路的可

---

① 徐复观:《中国人性论史》,上海:华东师范大学出版社,2005 年,第 252 页。

能。就是在认识到人类中心主义的悖谬的同时,在保护少数、边缘的生命与精神的同时,未必只有反人本主义、极端个人主义一条道路。在个体自由与集体延续、主体意志的被规约与认知实践的具身努力之间;在伦理上的自爱和他爱之间,我们可以通过建立新的主体性观念的尝试,重归主体的活力状态与人类的青春盛年。

因此,不妨换一种思路,在本质上来说无根基的主体性(被建构的自我)和活生生的个体生命的主体性之间,并不是非此即彼,前一个必得将后一个销户的关系,而是一种共存关系。这就是尼采说的深沉的快乐和深邃的永恒。可以对波德莱尔那关于现代性的著名表述提一个问题:对人类而言,哪一半是永恒,哪一半是瞬息即逝? 一方面,时间是永恒的,个体生命瞬息即逝;另一方面,虽然各种抽象的思想观点作为人类认知某一阶段的成果在不断地被时间改变和带走,人必须以逻辑思考结合感性直觉作为认知活动的脚手架,这一点却不会改变,除非采用另一种进化方式的 AI 已将人类取代。自我概念可以理解为个体对自我的认知表征,且与群体形成、社会凝聚力等有关;虽然可能是动态的,虽然具体的认知活动必然是具身性的。主体或者说自我,是一种面对"无"的"有",不是无"有",而是包含着"空无"的"有",有"无"。

三、全子主体性观念及其文化价值

人类在互文性的文本网络和社会制度规约及与他人的关系中认识自己和世界,并不断修正这种认识,指导或调整自己的行为,本来就是一种常态。因此,有必要设想或寻找一种新的主体性表述,那就是受到认知科学"全子"观念启发而命名的"全子主体性"。

1967 年,凯斯特勒在《机器中的幽灵》一书中构造了"全子"(holon)这个术语。认为事物总是以"整体-部分"的方式存在,即一个事物既是一个由部分构成的自身完整的整体,同时又是一个更大的自身完整的整体的部分。在此基础上,威尔伯在《性、生态、精神性》一书中概括出"二十条全子原则",其中与我们的论题密切相关的5条引用如下:

1. 实在不是由整体组成,也不存在单纯的部分,实在的存在方式是全子,即"整体-部分",或"整体兼部分"。

3. 涌现。全子在自超越能力的活动中,会涌现出新层次的全子。

5. 超越但包含。每一个新涌现的全子都超越但包含它的前身全子,但呈现出它自身新的、明确的模式和整体性。

10. 共演化。整体-部分是共演化的。

11. 微观在其深度的各个层面上都与宏观进行着相互交换。①

"我与世界"这一思维实体与广延实体的二元区分,既是机械的、二元论的、需要超越的,也是我们认识自我和世界的一个心理前提。也就是说,作为实践主体的人和他的认知环境——包括自然、人类历史文化成果,其他认知主体、认知装置等诸因素,可以理解为这样一个部分-整体的全子。人类积累下来的历史文化成果,可以比拟为一个云盘,作为个体的实践者的单个的人,和这个云盘通过学术、思想、情感等不同线路构成共同体。人类的认知活动的生成,就是单个的认知主体和这样一个环境云盘不断涌现、超越、相互交换的一个动态认知系统。举例而言,对王尔德的读者来说,王尔德的生活和创作是这个云盘中的一部分,读者也是这个云盘中的一部分,读者读王尔德所得到的收获,也会成为这个云盘中的一部分,和其他认知主体相互交流,促成新认知结果的产生。

---

① E.哈钦斯:《荒野中的认知》,于小涵、严密译,杭州:浙江大学出版社,2010年,第295—296页。

　　与逻各斯中心主义相异的是，全子观念下的认知系统，不设想先验本原，也没有终极结论；全子观念下的认知主体，既会受到全子云盘中各种因素的控制和影响，也可以反过来把自己的思想加入云盘之中。例如，我们理解并反思拉康等思想家的观点，得出自己的看法并传达给其他认知主体这个过程。这就接近于德勒兹所说的"块茎"："……没有任何物体是纯粹当下的，所有当下都缠绕着一团虚拟影像的云雾。这团云雾自或远或近的共存回圈中涌现，……所谓虚拟，是由于其散射与吸收、创生与毁灭发生于比可思考的最短连续时间更短的时距内，而且这段极短促时距将虚拟保持在一种不确定或无法判决的原则之中。所有当下都缠绕着不断更新的虚拟性回圈，每个回圈都散射出另一回圈，且所有回圈都围绕与反映着当下。"[①]每个认知主体与他的认知对象、与其他认知主体、与整个人类的认知成果，可以以母子集合、交叉集合、同心圆、几点一线、无交集等各种形态构成全子，并随时可以交换、演化、涌现新全子。

　　我们的全子主体性概念，在认同认知的具身性的同时，并不否认抽象思维的作用，也不把作为实践主体的人认为是一种虚无。个体的人从全子云盘中通过理性思维汲取其他认知主体的认知成果。虽然我们无法摆脱某种盲区、混淆和延宕，但并不等同于无法拥有各种知识基础，并通过认知去进一步建设它。那种要么有一个绝对的根基或基础，要么一切都分崩离析的观点，恰恰是亲身心智和全子主体要去突破的二元对立僵局。个体心智的差异性和认知活动的不同结果，也是由亲身和离身两个方向的全子（很可能是在意识和无意识的不断变化中）共同形成的。以文学阅读和批评

---

① 吉尔·德勒兹：《德勒兹论福柯》，杨凯麟译，南京：江苏教育出版社，2006年，第171页。

为例,在读者反应批评理论盛行后的今天,被交给读者的随意阐释的自由并不意味着所有的阐释都在全子云盘中具有同样的认知影响力,那些经过时空交互与文学作品本身肌理有着内在一致的看法(可以理解为这种批评与作品本身构成了一个全子),对其他的认知主体显然具有更大的吸引力。

因此,"全子主体性"超越并包含之前三种主体性的内涵,并且具有认知主体、主体与他人、主体与社会文化三个交汇关联域。这样,文化就不仅意味着社会从整体出发对个体的规训和选择,同时也意味着人从每一个个体出发,个体主体认识对整体的加入;语言的延异与自我观照的镜像就不是一种证伪,恰恰是一种生成;那永远无法企及的本真不是一种否定,而是一种被主体认识到的必然,其对价值和意义的抵消一边发生一边在被反思和克服;个人意志和思想既是在许多不同线路构成的大全子中被不断生成着,也是具有主观意志和认知实践能力的生成者。

具身性的认知和全子观念下的主体性,使得作为实践主体的个人作为存在着的真实在场,有可能是在理性思辨、肉体快感和艺术想象多种状态中的快闪游移和组合重构。其中任何一方面都可能作为个体通过自我归类归属社会团体的心理通道。因此,部分-整体的全子必然是多重构建并不断变化的。在认识到人类理智与语言表达局限性的同时,在接纳"超越人类中心"的合理性的同时,需警惕对人类理性与未来的全盘放弃。"全子主体性"观念不会割裂历史与多元化的当下,不会因假失真,而是在认识到绝对的真的不在场的前提下,把握真实的自我和现实,自我归类并参与人类社会的实际事务。人的文学和人的伦理,在"全子主体性"中方得以保全。比如,对王尔德的各种研究成果,也正是经由"全子主体性",汇入不断聚合、涌现的大全子中去。

"全子主体性"观念,是在认知科学启示下,以中国古典文化的精神财富与王尔德思想的优秀因子相互观照得以生成的。《庄子》中鲲鹏逍遥,庄周梦蝶,"天地与我并生,而万物与我为一",不仅仅是美学观、时空观,也是一种价值观。中国古代文人通过儒释道三种哲学的融合变通,既能建立以集体为重的公共关系,也能在人与自然万物同宇宙共四时的时空观中获得自我的心理空间,不能不说《庄子》起到了重大的作用。

生态批评在某种程度上是对"人类中心主义思维模式的解构和挑战。但是它的终极目标并非仅仅在于解构,而是在解构的过程中建构一种新的文学环境伦理学"①。同理,如果说后现代对作为主体的人的概念的解构为后人类主义的"超越人类中心主义"做出了思想铺垫;那么,为了"防范技术过度……为了人类自身幸福和族类保全而做的必要工作"②之一,就是反思这种解构的局限性并重塑主体概念,重拾人类对人类社会未来发展的主动性作用的信心。

"我千百次地举起灯笼,/寻觅,在那正午时分……"③不论是《论语》对实践主体"克己复礼"的要求,还是《庄子》对俗世藩篱的消解;21世纪的人类,如果真的能从东方文明精神中学会对无边欲望的克制,并认真面对王尔德通过对欧洲思想传统的反叛性传承,在他的作品中所提出的"边界"问题,或许能回归主体的"正午时光"。以"全子主体性"观念抵御"主体性的黄昏"④的悲观,重新

---

① 王宁:《文学的环境伦理学:生态批评的意义》,《外国文学研究》2005(01):第18—20页。
② 王峰:《后人类生态主义:生态主义的新变》,《河南大学学报》(社会科学版),2020(03):第39—45页。
③ 米歇尔·福柯:《疯癫与文明:理性时代的疯癫史》,刘北成、杨远婴译,北京:三联书店,1999年,第33页。
④ 弗莱德·R.多尔迈:《主体性的黄昏》,万俊人等译,上海:上海人民出版社,1992年,第22—28页。

恢复人作为认知和实践主体的活力，重新找到人类共同体的通往未来之路——这是我们提出"全子主体性"概念的价值所在。从这一角度展开对王尔德及其创作的解读，确实既能在世界文化精神中点燃中国古典文化生生不息的活力火炬，也能对我们今天的文化发展提供启发意义。这是我们全书研究的目的所在。

参考文献

1. Oscar Wilde, *The Artist as Critic*, in Richard Ellmann, eds, *The Artist as Critic: Critical Writings of Oscar Wilde*, Chicago: The University of Chicago Press, 1969.
2. 奥斯卡·王尔德:《王尔德全集》,赵武平,北京:中国文学出版社,2000 年。
3. 安徒生:《安徒生自传》,杨灿译,江苏凤凰文艺出版社,2016 年。
4. 阿尔弗雷德·霍农主编:《生态学与生命写作》,蒋林、聂咏华译,北京:中国社会科学出版社,2016 年。
5. 埃文·汤普森:《生命中的心智:生物学、现象学和心智科学》,李恒威,李恒熙,徐燕译,杭州:浙江大学出版社,2013 年。
6. 埃文·汤普森:《生命中的心智:生物学、现象学和心智科学》,李恒威等译,杭州:浙江大学出版社,2013 年。
7. 艾伦·雷普克:《如何进行跨学科研究》,傅存良译,北京:北京大学出版社,2016 年。
8. 安乐哲:《自我的圆成:中西互镜下的古典儒学与道家》,彭国翔编译,石家庄:河北人民出版社,2006 年。
9. 奥托·兰克:《心理学与灵魂》,郑玉荣、殷宏伟译,北京:中国人民大学出版社,2020 年。
10. 鲍德里亚:《消费社会》,刘成富,全志钢译,南京:南京大学出版社,2000 年。
11. 彼得·拉比编:《奥斯卡·王尔德》(剑桥文学指南),上海:上海外语教育出版社,2001 年。
12. 彼得-安德雷·阿尔特:《恶的美学历程:一种浪漫主义解读》,宁瑛等译,北京:中央编译出版社,2014 年。
13. 毕来德:《庄子四讲》,宋刚译,北京:中华书局,2009 年。
14. 波德莱尔:《1846 年的沙龙:波德莱尔美学论文选》,桂林:广西师范大学出版社,2002 年。
15. 勃兰兑斯:《十九世纪文学主流》(第一分册),张道真译,北京:人民文学出版社,1997 年。
16. 博尔赫斯:《关于奥斯卡·王尔德》,《博尔赫斯全集》散文卷,王永年、徐鹤林等译,杭州:浙江文艺出版社,1999 年。

17. 布克哈特:《意大利文艺复兴时期的文化》,北京:商务印书馆,1979 年。

18. 陈独秀:《吾人最后之觉悟》,《陈独秀文集》第 1 卷,北京:人民出版社, 2013 年。

19. 陈瑞红:《奥斯卡·王尔德:现代性语境中的审美追求》,北京:中国社会科 学出版社,2015 年。

20. 陈竹:《中国古代剧作史纲》,武汉:武汉出版社,1998 年。

21. 茨维坦·托多罗夫:《走向绝对:王尔德、里尔克、茨维塔耶娃》,朱静译,上 海:华东师范大学出版社,2014 年。

22. 德勒兹:《哲学的客体:德勒兹读本》,陈永国、尹晶主编,北京:北京大学出 版社,2010 年。

23. 德里达:《一种疯狂守护着思想——德里达访谈录》,何佩群译,包亚明校, 上海:上海人民出版社,1997 年。

24. 狄百瑞:《〈大学〉作为自由传统》,《儒家与自由主义》,哈佛燕京学社、三联 书店主编,北京:生活·读书·新知三联书店,2001 年。

25. 丁玉柱牛玉芬:《海洋文学》,广州:中山大学出版社,2012 年。

26. 杜维明:《儒家传统与文明对话》,彭国翔编译,北京:人民出版社,2010 年。

27. E. C. 斯坦哈特:《隐喻的逻辑:可能世界中的类比》,黄华新、徐慈华等译, 杭州:浙江大学出版社,2009 年。

28. E. 哈钦斯:《荒野中的认知》,于小涵、严密译,杭州:浙江大学出版社, 2010 年。

29. 傅谨:《中国戏剧史》,北京:北京大学出版社,2014 年。

30. 傅守祥等著:《外国文学经典生成与传播研究》·第一卷:总论卷,北京:北 京大学出版社,2019 年。

31. F. 瓦雷拉、E. 汤普森、E. 罗施:《具身心智:认知科学和人类经验》,李恒威 等译,杭州:浙江大学出版社,2012 年。

32. 费尔南多·波亚托斯等编著:《文学人类学:迈向人、符号和文学的跨学科 新路径》,徐新建等译,北京:中国社会科学出版社,2021 年。

33. G. E. R. 劳埃德:《认知诸形式:反思人类精神的统一性和多样性》,迟志培 译,南京:江苏人民出版社,2012 年。

34. 冯建明等:《爱尔兰文学思潮的流变研究》,上海:上海三联书店,2022 年。

35. 弗莱德·R. 多尔迈:《主体性的黄昏》,万俊人等译,上海:上海人民出版 社,1992 年。

36. 弗洛伊德:《文明及其不满》,见《一种幻想的未来文明及其不满》,严志军、 张沫译,石家庄:河北教育出版社,2003 年。

37. 盖伊·克莱斯顿:《具身认知:身体如何影响心智》,孟彦莉、刘淑华译,北 京:中信出版社,2022 年。

38. 高庆荣:《〈庄子〉中"孔子"形象研究》,贵阳:贵州大学出版社,2021 年。

39. 郭沫若:《庄子与鲁迅》,《沫若文集》第 12 卷,北京:人民文学出版社,

1959 年。

40. 哈弗燕京学社:《波士顿的儒家》,南京:江苏教育出版社,2009 年。

41. 哈弗燕京学社:《儒家传统与启蒙心态》,南京:江苏教育出版社,2005 年。

42. 汉斯·格奥尔格·梅勒:《东西之道:〈道德经〉与西方哲学》,刘增光译,北京:北京联合出版公司,2018 年。

43. 汉斯-格奥尔格·梅勒、德安博:《游心之路:〈庄子〉与现代西方哲学》,郭鼎玮译,北京:北京联合出版公司,2019 年。

44. 何辉斌:《戏剧性戏剧与抒情性戏剧》,北京:中国社会科学出版社,2004 年。

45. 哈罗德·布鲁姆:《剧作家与戏剧》,刘志刚译,南京:译林出版社,2016 年。

46. 亨利·西季威克:《伦理学史纲》,熊敏译,南京:江苏人民出版社,2008 年。

47. 胡晓薇:《道与艺——〈庄子〉的哲学、美学思想与文学艺术》,成都:巴蜀书社,2015 年。

48. 黄梅:《推敲"自我":小说在 18 世纪的英国》,北京:三联书店,2003 年。

49. 黄朴民:《天人合一——董仲舒与汉代儒学思想》,湖南:岳麓书社,1999 年。

50. 黄伟珍:《英国维多利亚时期文学中的"家庭"政治》,成都:四川大学出版社,2019 年。

51. 吉尔·德勒兹:《德勒兹论福柯》,杨凯麟译,南京:江苏教育出版社,2006 年。

52. 纪德:《纪德日记》,李玉民译,上海:上海译文出版社,2015 年。

53. 纪德:《如果种子不死》,罗国林译,广州:花城出版社,2012 年。

54. 加洛蒂:《认知心理学》,吴国宏等译,西安:陕西师范大学出版社,2005 年。

55. 蒋承勇、杨希:《19 世纪西方文学思潮研究·第六卷:颓废主义》,北京:北京大学出版社,2022 年。

56. 蒋承勇等著:《英国小说发展史》,杭州:浙江大学出版社,2006 年。

57. 今道友信:《研究东方美学的现代的意义》,《美学译文》(二),北京:中国社会科学出版社,1982 年。

58. 卡罗琳·威廉姆斯:《认知迭代》,马磊译,北京:北京日报出版社,2018 年。

59. 克拉克:《欲望制造家——揭开世界广告制作的奥秘》,刘国明等译,郑州:河南人民出版社,1991 年。

60. 拉康:《拉康选集》,褚孝泉译,上海:上海三联书店,2001 年。

61. 莱昂内尔·特里林:《诚与真》,刘佳林译,南京:江苏教育出版社,2006 年。

62. 乐黛云、勒·比雄主编:《独角兽与龙——在寻找中西文化普遍性中的误读》,北京:北京大学出版社,1995 年。

63. 乐黛云:《朝向"人类命运共同体":乐黛云文选》,贵阳:贵族人民出版社,2018 年。

64. 利奇德:《古希腊风化史》,杜之、常鸣译,沈阳:辽宁教育出版社,2000 年。

65. 李元:《唯美主义的浪荡子:奥斯卡·王尔德研究》,外语教学与研究出版社 2006 年。

66. 李泽厚、刘纲纪主编:《中国美学史》第 1 卷,北京:中国社会科学出版社,1984 年。

67. 李志宏:《认知神经美学》,北京:中国书籍出版社,2020 年。

68. 李简:《元明戏曲》,北京:北京大学出版社,2003 年。

69. 理查德·J.海尔:《智力的奥秘:认知神经科学的解释》,葛秋菊译,北京:知识产权出版社,2019 年。

70. 理查德·艾尔曼:《奥斯卡·王尔德传》,萧易译,桂林:广西师范大学出版社,2015 年。

71. 刘茂生:《艺术与道德的冲突与融合》,北京:社会科学文献出版社,2015 年。

72. 刘绍瑾:《庄子与中国美学》,长沙:岳麓书社,2006 年。

73. 刘文、赵增虎:《认知诗学研究》,北京:中国文史出版社,2013 年。

74. 鲁迅:《"题未定"草》,《且介亭杂文二集》,北京:人民文学出版社,1973 年。

75. 鲁迅:《文化偏至论》,《坟》,北京:人民文学出版社,1973 年。

76. 鲁迅:《中国新文学大系·小说二集·导言》,上海:上海文艺出版社,2003 年。

77. 罗伯特·威廉姆斯:《艺术理论》,许春阳等译,北京:北京大学出版社,2009 年。

78. 罗曼·罗兰:《巨人三传》,傅雷译,合肥:安徽文艺出版社,1989 年。

79. 倪浓水:《中国海洋文学十六讲》,北京:海洋出版社,2017 年。

80. 玛格丽特·科恩:《小说与海洋》,倪敏译,上海:上海译文出版社,2017 年。

81. 马克:《面具:人类的自我伪装与救赎》,杨洋译,广州:南方日报出版社,2011 年。

82. 梅特林克:《日常生活的悲剧性》,见何辉斌、彭发胜编著:《艺术学经典文献导读书系·戏剧卷》,北京:北京师范大学出版社,2010 年。

83. 马泰·卡林内斯库:《现代性的五副面孔》,顾爱彬、李瑞华译,北京:商务印书馆,2002 年。

84. 米歇尔·福柯:《福柯文选》,汪民安编,北京:北京大学出版社,2015 年。

85. 尼采:《尼采诗集》,周国平译,北京:作家出版社,2012 年。

86. 牛京辉:《英国功用主义伦理思想研究》,北京:人民出版社,2002 年。

87. 欧文·白璧德:《卢梭与浪漫主义》,孙宜学译,石家庄:河北教育出版社,2003 年。

88. 欧阳予倩:《〈潘金莲〉自序》,《欧阳予倩全集》第 1 卷,上海:上海文艺出版社,1990 年。

89. 齐格蒙·鲍曼:《生活在碎片之中——论后现代的道德》,郁建兴、周俊、周莹译,上海:学林出版社,2002 年。

90. 钱乘旦、陈晓律:《英国文化模式溯源》,上海:上海社会科学出版社,2003 年。

91. 乔安娜·盖文思、杰拉尔德·斯蒂恩:《认知诗学实践》,刘玉红译,北京:外语教学与研究出版社,2020 年。

92. 邱方哲：《亲爱的老爱尔兰》,上海：上海三联书店,2015 年。

93. 乔治·莱考夫,马克·约翰逊：《肉身哲学：亲身心智及其向西方思想的挑战》(一),李葆嘉等译,北京：世界图书出版有限公司北京分公司,2017 年。

94. 让·鲍德里亚：《消费社会》,刘成富等译,南京：南京大学出版社,2014 年。

95. 申丹：《双重叙事进程研究》,北京：北京大学出版社,2021 年。

96. 沈泽民：《王尔德评传》,《小说月报》1921 年第 12 卷第 5 期。

97. 石评梅：《肠断心碎泪成冰》,见兰云月编：《民国才女美文集》,北京：北京燕山出版社,1995 年。

98. 斯达尔夫人：《论文学》,北京：人民文学出版社,1986 年。

99. 孙宜学：《泰戈尔与中国》,桂林：广西师范大学出版社,2005 年。

100. 沙米索：《出卖影子的人》,白永译,北京：人民文学出版社,1987 年。

101. 徐彬主编：《英国文学的伦理学批评》,北京：北京大学出版社,2020 年。

102. 解志熙：《美的偏至——中国现代唯美-颓废主义文学思潮研究》,上海：上海文艺出版社,1997 年。

103. 谈瀛洲：《诗意的微醺》,上海：文汇出版社,1999 年。

104. 唐文明：《与命与仁：原始儒家伦理精神与现代性问题》,保定：河北大学出版社,2002 年。

105. 特里·伊格尔顿：《圣奥斯卡》,《历史中的政治、哲学、爱欲》,马海良译,北京：中国社会科学出版社,1999 年。

106. 特里·伊格尔顿：《异端人物》,刘超、陈叶译,南京：江苏人民出版社,2014 年。

107. 特纳等著：《自我归类论》,杨宜音等译,北京：中国人民大学出版社,2010 年。

108. 滕守尧：《文化的边缘》,北京：作家出版社,1997 年。

109. 滕新贤：《沧海钩沉：中国古代海洋文学研究》,上海：上海三联书店,2018 年。

110. 田本相主编：《中国现代比较戏剧史》,北京：文化艺术出版社,1993 年。

111. 田汉：《我们自己的批判》,《田汉文集》第 14 卷,北京：中国戏剧出版社,1987 年。

112. 托马斯·曼《从我们的体验看尼采哲学》,《人类困境中的审美精神——哲人、诗人论美文选》,魏育青、邓晓芒等译,北京：知识出版社,1994 年。

113. 万俊人：《现代西方伦理学史·上卷》,北京：北京大学出版社,1990 年。

114. 汪民安编：《福柯的面孔》,北京：文化艺术出版社,2001 年。

115. 王凯：《逍遥游：庄子美学的现代阐释》,武汉：武汉大学出版社,2003 年。

116. 王青：《海洋文化影响下的中国神话与小说》,北京：昆仑出版社,2011 年。

117. 王炎：《小说的时间性与现代性：欧洲成长教育小说叙事的时间性研究》,北京：外语教学与研究出版社,2007 年。

118. 王国维:《宋元戏曲史》,北京:团结出版社,2005 年。
119. 王实甫著,金圣叹批评,陆林校点:《西厢记》,南京:凤凰出版社,2010 年。
120. 王夫之:《诗绎》,见《姜斋诗话笺注》,上海:上海古籍出版社,2012 年。
121. 王世贞:《曲藻》,见《中国古典戏曲论著集成》(四),北京:中国戏剧出版社,1959 年。
122. 威廉·冈特:《美的历险》,肖聿,凌君译,北京:中国文联出版公司,1987 年。
123. 威廉·冈特:《维多利亚时代的奥林匹斯山》,肖聿译,南京:江苏教育出版社,2006 年。
124. 韦尔南、维达尔-纳凯:《古希腊神话与悲剧》,张苗等译,上海:华东师范大学出版社,2016 年。
125. 维维安·贺兰:《王尔德》,李芬芳译,上海:百家出版社,2001 年。
126. 吴敬梓著:《儒林外史》,陈美林批点,南京:江苏古籍出版社,1989 年。
127. 吴其尧:《唯美主义大师王尔德》,杭州:浙江大学出版社,2006 年。
128. 肖同庆:《世纪末思潮与中国现代文学》,合肥:安徽教育出版社,2000 年。
129. 谢选骏:《神话与民族精神——几个文化圈的比较》,济南:山东文艺出版社,1986 年。
130. 徐复观:《中国人性论史》,上海:华东师范大学出版社,2005 年。
131. 薛雯《颓废主义文学研究》,上海:上海人民出版社,2012 年。
132. 雅克·巴尔赞:《从黎明到衰落——西方文化生活五百年》,林华译,北京:世界知识出版社,2002 年。
133. 亚里士多德:《尼各马可伦理学》,廖申白译注,北京:商务印书馆,2003 年。
134. 杨伯峻:《孟子译注》,北京:中华书局,1960 年。
135. 杨霓:《王尔德"面具艺术"研究:王尔德的审美性自我塑造》,北京:中国社会科学出版社,2017 年。
136. 么书议:《中国戏曲》,北京:北京出版社,2017 年。
137. 尹建民主编:《比较文学术语汇释》,北京:北京师范大学出版社,2011 年。
138. 叶舒宪:《〈庄子〉的文化解析》,西安:陕西人民出版社,2020 年。
139. 伊丽莎白·巴莱特·勃朗宁:《勃朗宁夫人诗选》,袁芳远等译,石家庄:花山文艺出版社,1995 年。
140. 殷贝、杨静、陈海兵:《兼容并蓄:融形式分析与文化研究于一体的认知诗学》,成都:四川大学出版社,2017 年。
141. 袁昌英:《关于〈莎乐美〉》,《袁昌英作品选》,湖南人民出版社,1985 年。
142. 约翰·吉布尼:《爱尔兰简史:1500—2000》,潘良译,桂林:广西师范大学出版社,2021 年。
143. 约瑟夫·皮珀:《闲暇:文化的基础》,刘森尧译,北京:新星出版社,2005 年。
144. 詹姆逊:《晚期资本主义的文化逻辑》,张旭东等译,北京:三联书店,

1997 年。

145. 詹姆斯·麦克库希克:《绿色写作:英美浪漫主义文学生态思想研究》,李贵苍、闫姗译,北京:中国社会科学出版社,2019 年。

146. 詹姆斯·斯蒂芬斯:《爱尔兰凯尔特神话故事:大师插图本》,余一鹤等译,北京:北京联合出版公司,2017 年。

147. 张兰阁:《戏剧范型——20 世纪戏剧诗学》,北京:北京大学出版社,2009 年。

148. 张岱年、方克立主编:《中国文化概论》,北京:北京师范大学出版社,2004 年。

149. 张陟:《大海如镜:英美海洋小说研究》,北京:海洋出版社,2022 年。

150. 张介明:《唯美叙事:王尔德新论》,上海:上海社会科学院出版社,2005 年。

151. 张若名:《纪德的态度》,北京:三联书店,1997 年。

152. 周宪:《审美现代性批判》,北京:商务印书馆,2005 年。

153. 周小仪:《唯美主义与消费文化》,北京:北京大学出版社,2002 年。

154. 周小仪,张冰主编:《外国文论研究》,《新中国 60 年外国文学研究》第 4 卷,北京:北京大学出版社,2015 年。

155. 庄子:《齐物论》,见郭象注、成玄英疏:《庄子注疏》,北京:中华书局,2011 年。

156. 周宁:《比较戏剧学——中西戏剧话语模式研究》,上海:上海社会科学院出版社出版,1993 年。

157. 施旭升:《中国戏曲审美文化论》,北京:北京广播学院出版社,2002 年。

158. 周靖波主编:《西方剧论选》(下),北京:北京广播学院出版社,2003 年。

159. 赵毅衡《反讽时代:形式论与文化批评》,上海:复旦大学出版社,2011 年。

160. 朱权:《太和正音谱》,见《中国古典戏曲论著集成》(三),北京:中国戏剧出版社,1959 年。

161. 张放:《海洋文学简史:从内陆心态出发》,成都:巴蜀书社,2015 年。

162. 赵澧、徐京安主编:《唯美主义》,北京:中国人民大学出版社,1998 年。

图书在版编目(CIP)数据

中国文化视野下的奥斯卡·王尔德研究/赵峻著.
上海:上海三联书店,2024.10.—ISBN 978-7-5426-8554-4

Ⅰ.I561.064

中国国家版本馆 CIP 数据核字第 20246CK736 号

中国文化视野下的奥斯卡·王尔德研究

著　　者 / 赵　峻

责任编辑 / 郑秀艳
装帧设计 / 徐　徐
监　　制 / 姚　军
责任校对 / 王凌霄

出版发行 / 上海三联书店
　　　　　(200041)中国上海市静安区威海路 755 号 30 楼
邮　　箱 / sdxsanlian@sina.com
联系电话 / 编辑部:021-22895517
　　　　　发行部:021-22895559
印　　刷 / 商务印书馆上海印刷有限公司

版　　次 / 2024 年 10 月第 1 版
印　　次 / 2024 年 10 月第 1 次印刷
开　　本 / 890 mm × 1240 mm　1/32
字　　数 / 180 千字
印　　张 / 7.5
书　　号 / ISBN 978-7-5426-8554-4/I·1886
定　　价 / 68.00 元

敬启读者,如发现本书有印装质量问题,请与印刷厂联系 021-56324200